ÓSCAR
COLLAZOS

LA MODELO
ASESINADA

OCEANO

LA PUERTA NEGRA

ÓSCAR
COLLAZOS

LA MODELO
ASESINADA

Editor de la colección: Martín Solares
Diseño de la colección: Estudio Sagahón
Imagen de portada: Dr. Alderete

LA MODELO ASESINADA

© 1999, 2013, Óscar Collazos

D.R. © Editorial Océano de México, S.A. de C.V.
Blvd. Manuel Ávila Camacho 76, piso 10
Col. Lomas de Chapultepec
Miguel Hidalgo, C.P. 11000, México, D.F.
Tel. (55) 9178 5100 • info@oceano.com.mx

Primera edición: 2013

ISBN: 978-607-400-965-1
Depósito legal: B-5139-LVI

Hecho en México / Impreso en España
Made in Mexico / Printed in Spain

9003550010213

(...) al fin y al cabo, desde una sola ventana
se contempla mejor la vida (...)
F. Scott Fitzgerald, *El gran Gatsby*

Advertencia del autor

Los personajes, la elección de sus nombres y las situaciones de esta crónica son enteramente imaginarios. Cualquier semejanza con la realidad es puramente incidental, como el hecho probable de que algunos personajes vivos se reconozcan en la ficción.

1

Marité ya debía de haber entrado al ascensor cuando empecé a tomar la decisión de dejar el aseo de la mesa a mi empleada. Retiraría los vasos sucios de la sala, pasaría un trapo húmedo sobre la superficie del sillón. No movería un dedo para devolver el orden a la vivienda que a menudo yo mismo aseaba con maniática dedicación. Así que abrí las ventanas de la sala y respiré hondo, asomándome a la panorámica de la ciudad que se extendía a mis pies trazando un irregular, inmenso mapa de luces.

Desde el piso 28 la mirada cubría la silueta de una urbe que se desparramaba hacia el norte, hacia el sur y hacia el inalcanzable confín de la sabana. A mis espaldas, los cerros brumosos y apenas reconocibles. De no ser por la iluminación, la iglesia de Monserrate sería solo un fantasma nocturno, el invisible escenario de la expiación colectiva: cada domingo, desde la madrugada, miles de penitentes subían a pie o de rodillas hacia el santuario, reclamando a Dios o a la Virgen el milagro que curara sus enfermedades, aliviara sus penas o diera solución a las injustas crueldades de la naturaleza.

No había podido ver el último informativo de la noche. Aunque empezaba a encontrarlos de una insufrible monotonía, el hábito y el relativo ocio que dominaba mi vida me llevaban instintivamente a encender el televisor a las doce y treinta del día, a las siete y a las nueve y media de la noche. Cambiaba de un canal a otro. Las noticias se repetían como se repetían los titulares y la continuidad, es decir, el orden en la sucesión de las noticias. Los bloques informativos se habían codificado: todos abrían con algún macabro asunto de violencia para pasar a las informaciones de la política doméstica antes de que los deportes irrumpieran con su alharaca de goles, antes de que hermosas jovencitas de espléndidas tetas enseñaran las piernas y la intimidad de los personajes del día.

El mundo exterior parecía no existir. Uganda no figuraba en el mapa de los redactores como tampoco figuraban Suecia, Nigeria, Bélgica o Trinidad y Tobago. Y si figuraban, era gracias a una nueva catástrofe natural, a un nuevo estallido de violencia o a la visita del presidente de la República a algún país amigo.

Todo era ciertamente tedioso. El tedio también era adictivo: como el jugador, siempre esperaba que la próxima ronda de la ruleta diera en mi número, que algo nuevo y gratificante apareciera en las noticias.

Después de tomar el aire expulsado por la urbe, pensé que era tarde para dedicarme a mi otro ritual. Desde que me separara de Marité, había cedido a la costumbre de espiar a mis vecinos valiéndome de unos potentes binóculos de campaña. Si el paisaje hacía méritos, corría veloz a desenfundar mi cámara de video. El artefacto cumplía funciones distintas a las asignadas el día en que la recibí como regalo de manos de mi esposa: ninguna cinta registraría ya el nacimiento de un niño, ningún cumpleaños quedaría en el archivo para las nostalgias del futuro. La cámara cumplía ocasionalmente otras funciones. Todo dependía de la perspectiva que me ofreciera el vecindario.

En principio, no había pasado de la curiosidad. Con el tiempo, el hábito se convirtió en un ejercicio cotidiano. Me servía un whisky, pasaba un buen rato eligiendo el objetivo. Si la oferta del día no merecía más que unos segundos, un invariable sentimiento de frustración me llevaba a la cama o a la juiciosa lectura de un libro. La vida se ve mejor desde una sola ventana —me consolaba recordando a Scott Fitzgerald.

Y se veía mucho mejor si en lugar de ventanas contaba con amplios ventanales y recovecos de mira, belvederes incanjeables en aquel edificio de extraordinaria hermosura. También era posible llevar la mirada a las altas edificaciones del centro donde de manera esporádica se sucedían encuentros amorosos en horarios de oficina. Invariablemente —sentado o de pie— sorbía mi vaso de whisky con mucho hielo y un chorro de agua de Perrier, escuchaba música y me rendía de aburrimiento cuando no hallaba nada de interés en el vecindario.

Nada de interés. Ninguna modalidad inédita en el estilo del amor, nada asombroso en la manera de dirimir las disputas conyugales —siempre gritos y golpes sin imaginación—, ninguna variante en el brutal castigo a los hijos. La repetición de las mismas escenas resultaba por supuesto decepcionante. Me animaba no obstante la esperanza de encontrar algo nuevo y sorprendente. Para ello no podía abandonar mi atalaya, no fuera a suceder que una noche apareciera la escena inusual, el episodio nunca antes visto. Paciencia de pescador a la orilla del río: el pez podía morder finalmente el anzuelo.

Iba a enfocar los prismáticos hacia uno de los apartamentos iluminados de la Torre B, que limitaba con el Parque de la Independencia, cuando sonó el teléfono. Era María Teresa ofreciéndome su parte de llegada. Todo bien. No la habían atracado, no le habían robado el BMW ni le habían dado escopolamina —la droga que quiebra la voluntad—, nadie estaba esperándola en el garaje, los cacos no habían violentado la puerta de su apartamento de Los Rosales. Todo bien excepto la desazón que la había acompañado al regreso, la sensación de ridiculez que la había acosado a la salida de mi edificio, de nuestro edificio —repetía por costumbre o por un lapsus, el de quien se resiste al cambio de domicilio—. Se estaba desvistiendo con el teléfono en una mano —dijo— y la mano libre le acariciaba los senos —dijo—. Se los acariciaba con rabia y de la rabia derivaba ese placer enfermizo. Se acariciaría el vientre, pasaría las manos por sus caderas —decía como si tratara de complacer al escucha de una línea caliente—, se echaría bocabajo en la cama, gozaría y me maldeciría por no estar presente, tendría en solitario el éxtasis que hubiera querido compartir.

—Eres una mierda, Raúl Blasco —dijo—. Te recuerdo que te portaste como un miserable. Como un impotente, como un ser digno de lástima. Tú eres el culpable de mis masturbaciones, bastardo. Porque me estoy masturbando. Si por lo menos estuvieras delante de mí, mirándome como miras a esos extraños del edificio —decía con pasmosa frialdad y una graciosa pizca de ironía.

—El jueves pasado no pensabas lo mismo —le recordé.

—Porque me hiciste feliz. De vez en cuando me haces feliz. Eso es lo peor.

—Ya lo sé; soy adorable cuando cedo a tus caprichos y un miserable impotente, un ser digno de lástima cuando me resisto —dije cuando ya mi esposa no estaba en el teléfono.

No me había acomodado aún al ventanal que daba a la torre de la izquierda cuando volvió a timbrar el teléfono. Decidí no responder. Si no era Marité, sería el fiscal Clemente Arias.

Apagué las luces del primer piso y me acomodé en el ángulo propicio. Un primer recorrido en sentido vertical y luego horizontal no me ofreció paisaje distinto al relampagueo de televisores y salas iluminadas, dormitorios de cortinas cerradas, siluetas de habitantes en el acto de desvestirse. Al ajustar el diafragma para conseguir una aproximación más nítida de la imagen, tuve la inmediata revelación de algo largamente buscado y solo a medias hallado en alguna ocasional escena de amor, pocas veces repetida porque sus protagonistas no habían vuelto a verse nunca.

Detuve la mirada, perfeccioné la calidad de la aproximación, como impulsado por el deseo, sincronizado con el mecanismo de los prismáticos. Lo que estaba viendo era tan real que no sospeché de mis sentidos: un cuerpo femenino danzaba en el centro de una sala vacía. Una mujer a todas luces joven —luces de la cámara, luces de la sala— se desprendía con lentitud de sus ropas. Corrí a desenfundar la Súper Video-8.

Eran las diez y cuarenta y cinco de la noche.

Sin duda, se trataba de una bailarina. Recordé de inmediato la canción de Tina Turner, *Private dancer,* la historia de una mujer que se alquila para bailar por algo más de un puñado de dólares. La canción revivía en una danza sin testigos. La perfección de los movimientos era tal que llegué a imaginar el género de música que escuchaba la bailarina. Podía tratarse de música árabe o andaluza. Por las cadencias de los movimientos pensé en Manuel de Falla o en Joaquín Rodrigo, *Amor brujo* o el *Concierto de Aranjuez* interpretados por una muchacha altísima y delgada. Los movimientos pasaban de la lentitud al corte abrupto. En cada giro la chica se deshacía de una prenda.

¿Bailaba para sí misma? ¿Bailaba para un espectador invisible, instalado fuera del campo de visión de los binóculos? La escena merecía un casete en la videocámara. Hubiera querido detenerme en la decoración de las paredes, en las obras de arte que tal vez adornaran las paredes. Al instante me di cuenta de que se trataba de una sala vacía. Esto era lo que empezaba a registrar tras el movimiento del *zoom*, que penetraba el fino velo de tul.

¿Estaba todo el apartamento vacío, como la sala, como mi conciencia sin memoria, dedicada únicamente a la bailarina? Ningún mueble obstaculizaba los desplazamientos de la chica.

Finalmente, se desprendió de la última prenda que la vestía, una blusa verde o tal vez de un amarillo pálido. Reparé en su rostro de pómulos salientes, en su cabello cortísimo, en sus senos muy pequeños y firmes. El cuerpo parecía de una liviandad casi intangible. La levedad de la época —pensé.

Todo, el cuerpo femenino, la alimentación programada, las películas, las series televisivas y hasta los amores pasaban por la balanza y se devolvían fugaces, etéreos, casi intangibles. La filosofía de la época era débil, como esta bailarina, como ese cuerpo, como esos movimientos alados. Música de alas —recordé.

Mi cámara grababa con milagrosa nitidez el último movimiento de la bailarina. Enseguida, su cuerpo se partía en una especie de venia, doblaba las piernas y saludaba extendiendo los brazos en cruz. Creí ver, quizá por el clímax de la emoción, un rostro contraído. Quizá esperase el aplauso. Pero lo que en principio me pareció una venia —final de la danza— empezó a ser un inesperado grito de alarma: el cuerpo se desplomó sobre la alfombra, sin mesura ni elegancia.

Creí ver un estertor, un movimiento brusco, la mano que se dirigía al estómago, otra sacudida y, enseguida, otra mano que se dirigía lánguidamente hacia el pecho izquierdo. El realismo no podía ser tan extremo, no se trataba de otro *Canto del Cisne*. Ni tan extraño el final de una danza privada. Aunque la cámara no registraba con claridad el color de la mancha que aparecía en el estómago de la chica, ni la que brotó de la parte inferior de su seno izquierdo, sí reconoció el color de la alfombra: salmón encendido. Se produjo de repente un relampagueo de luces, encendidas y apagadas, finalmente la oscuridad, como si un enemigo me negara el placer de seguir registrando lo que acontecía.

Tuve una corazonada: la chica acababa de ser asesinada de dos o tres rápidos disparos. No era posible que estuviera ensayando la última escena de una pieza de teatro ni el movimiento culminante de un espectáculo atroz. Esperé en vano que aquel cuerpo volviera a moverse, pero, tras el último estertor, la chica no volvió a dar señales de vida. La oscuridad y un lejano resplandor, venido tal vez de algún rincón de la estancia, anularon la eficacia de la cámara.

Tuve entonces la única reacción posible, dictada por mi corazonada: dejé de lado la cámara y calculé —guiándome por el orden simétrico de la numeración de los apartamentos— que lo sucedido estaba aconteciendo en el 909 de la Torre B.

Me dirigí al citófono y pedí al portero que se comunicara con su colega de la B; que preguntara si había alguien en el apartamento, que llamara a averiguar si algo ocurría en el 909.

—No deje salir a nadie —le ordené.

Supuse que me obedecería por ignorar que ya no era fiscal.

—Cierre la puerta con tranca.

—El 909 de la Torre B sigue desocupado —me informó Cantor. De eso estaba seguro. Hacía dos meses nadie vivía allí.

—¿Está seguro?

—Segurísimo, doctor.

Salí de mi apartamento y bajé a la portería.

El portero me vio correr hacia la torre vecina, a unos diez metros de distancia.

—¿Hay alguien en el 909?

—Nadie vive allí.

—Llame por el citófono.

—Ya llamé —pero pulsó el botón como si quisiera ponerme en ridículo—. Salir, lo que se dice salir, no ha salido nadie, pero entrar, lo que se dice entrar, sí —dijo—. Hace un ratico entró don Eparquio Mora.

—Comuníquese con el parqueadero y pregunte si ha salido algún vehículo en los últimos quince o veinte minutos. Que no salga nadie, ni motorizado ni a pie.

Aunque el portero no sabía que yo había dejado de ser fiscal, obedecía por una especie de automático respeto a la autoridad. Por la expresión del rostro adiviné la respuesta:

—Que no, que hace como media hora no sale ningún carro —informó—. Entran, pero no salen. ¿Pasa algo?

—Acaban de asesinar a una muchacha en el 909.

Sucediera lo que sucediera, había que subir al 909. El portero se mostró entusiasmado con la posibilidad de colaborar en el asunto. Así que, exponiéndose a una sanción, subió conmigo en el ascensor, asegurándose de mantener la puerta del edificio con una tranca de madera atravesada en las batientes.

Timbramos repetidas veces sin obtener respuesta.

La puerta del apartamento no mostraba signos de violación. Le di un empujón con el hombro, pero fue inútil; la chapa de seguridad estaba puesta. El portero me daba la espalda, como si autorizara una acción mucho más drástica. A un fiscal no se le niega la violación de un domicilio privado —parecía decirme.

—Hágale nomás, señor fiscal. Hágalo nomás —dijo—, yo no veo nada.

—¿Quién es el propietario? —pregunté, y el portero pronunció por vez primera el nombre del senador Ramiro Concha.

Mi corazonada seguía tan viva como en el momento en que decidí llamar a la portería del edificio, tan viva como en el instante en que llegué a la certidumbre de que el cuerpo de la bailarina se había desplomado gracias a los impactos sucesivos de un arma de fuego disparada desde algún lugar de la sala. Empujé de nuevo la puerta con el hombro, le di dos patadas. Tal vez estuviera reforzada por una lámina de acero.

—Ya no soy fiscal, Ramírez, ni cargo pistola —me asinceré—. Me regalaron la jubilación anticipada.

—Si es así, le prohíbo que vuelva a tocar esa puerta, doctor Raúl Blasco.

Me había llamado por nombre y apellido. Seguramente sabía que en agosto cumpliría cuarenta y nueve años, que me había separado de mi esposa un treinta y uno de diciembre de 1996, que hoy estábamos a junio del 97, que vivía ocioso en un dúplex de ciento veinticinco metros cuadrados, que el dálmata que me había dejado María Teresa se había enloquecido, que lo había regalado a una amiga con finca donde tal vez la locura fuera menor que en el encierro de un apartamento. Por no haber podido quererlo el tiempo suficiente que requiere un amo para querer a su perro, odiaba a los perros. También esto debería saberlo el portero porque los porteros creían que el dálmata seguía subiendo y bajando del primero al segundo piso, lo creía también la administración del edificio que incluía un precio extra por la tenencia de un animal doméstico, mascota, se precisaba en la factura. El portero conocía mi vida, creí yo al escuchar que me llamaba por nombre y apellido. Quizá supiese que a un año y tres meses de aprobada la nueva *Constitución Política de Colombia* me había casado con una atractiva muchacha de treinta y un años, un poco rica, un poco enferma, un poco ansiosa por contraer matrimonio.

—Le repito que en el 909 se ha cometido un crimen.

—Llamemos entonces a la televisión —se entusiasmó.

—No sea bruto —le dije—. Primero se llama a la policía y si la policía quiere pantalla, ella misma se encarga de llamar a los noticieros. A la policía y a los fiscales, que son policías sin uniforme.

Dijo que el teléfono del senador Ramiro Concha se encontraba en la cartelera. Usé el celular que guardaba en el bolsillo de mi chaqueta y llamé al honorable senador de la República. El contestador automático de una inmobiliaria me hizo una larga oferta de viviendas en alquiler y en venta, me pidió dejar un mensaje. "Es el tiempo de comprar —decía el anuncio—. Invierta para la crisis."

—No es el teléfono de Concha.

Como si hubiera abierto la llave cerrada de mis comunicaciones, sonó el teléfono. Por el identificador de llamadas supe que era mi amigo el fiscal delegado Clemente Arias. Tal vez quisiera invitarme a tomar unos tragos a uno de los antros de Chapinero donde lo tenían por comerciante en paños ingleses o distribuidor de licores, lo último más apropiado para este amigo de costumbres más bien licenciosas y, por lo licenciosas, indignas del cargo. Me había llamado antes —dijo— y supuso que me negaba a recibirlo esa noche. Pensaba que yo no deseaba oír quejas ni llantos, repetidos desde hacía dos meses, cuando fue abandonado, sin piedad ni aviso previo, por la muchacha que correría a los brazos de un abogado constitucionalista pretencioso y altanero. Pero este era otro drama.

Aunque Arias creyera que me tapaba los oídos para no seguir escuchándolo, no era así. Debía acomodarse en lo irremediable. "No estaba enamorada de ti —le repetía—. Fuiste un capricho, la pasión de una muchacha que quería conocer los bajos fondos de la justicia."

—Ven ya mismo a la portería de la Torre B. No lo hagas solo: se ha cometido un crimen. Estaba a punto de llamarte.

—Te recuerdo que ya no eres fiscal—dijo—. No toques nada.

No se sentía movimiento alguno en el edificio. Si se había disparado sobre el cuerpo de la chica, el asesino lo había hecho con silenciador. Un solo disparo hubiera alertado a los vecinos. Se disparaba tanto y tan a menudo que cualquier ruido nos hacía saltar de pánico y curiosidad. Ráfagas de metralletas, de subametralladoras, de pistolas automáticas; estallidos de bombas y, de nuevo, ráfagas de armas automáticas y explosiones de todos los alcances nos habían acostumbrado a vivir en medio de la zozobra. Un día el impacto se produciría en nuestra casa. Muchos, para protegerse, habían aprendido a vivir sin el temor a ese impacto porque hacerlo equivalía a morirse cada día. Uno vivía insensible por una suerte de mecanismo defensivo. Si se estaba expuesto a la indeseada muerte del cuerpo, había que mantener viva el alma. Los amigos, que enterraban a sus amigos muertos, se encontraban más a menudo en los funerales que en las fiestas.

—Llame por el citófono a Mora.

—El doctor Eparquio Mora llegó, perdone, perdido de la perra —informó el portero.

—No importa, cualquier buen periodista se despierta con la noticia de un crimen.

Mora no estaba borracho, sino perdidamente borracho cuando descendió a la recepción del edificio tirando de la cadena a Constitución, parida de madre callejera un día de un mes inolvidable de 1991. Guiaba a su amo con mejor tino cuando lo sentía llegar fuera de sus cabales. Era el fiel lazarillo de un amo enceguecido por borracheras de dos y tres días.

Le dije que había visto cometer un crimen y protestó por el alarmante acento de la información.

—Eso ya no es noticia —dijo—. Nadie dormiría en este país si nos desvelara la noticia de un nuevo crimen. Mientras más frecuentes son los crímenes, más dormimos —canturreó Mora. Le dije que este crimen se había cometido en un apartamento vacío. Le dije que tenía la cinta.

—Entonces no se ha cometido —hizo aspavientos de protesta con las manos—. Otra de tus fantasías. Trauma de un fiscal retirado, víctima del voyeurismo. ¡No me jodas! Si las grabaciones sirvieran de algo, ya el Presidente hubiera renunciado. No va a renunciar, como sabes.

—Lo grabé con mi Súper Video 8.

—*Les voyeurs et les cameras mentent aussi* —añadió en el francés que empleaba para recordar sus años mozos en París. "Los mirones y las cámaras también mienten" —fue su frase de película.

Mora quería probar que se mantenía en sus cabales, ingeniosamente lúcido y agresivo. El alcohol enriquecía sus facultades mentales tanto como su sociabilidad. Esa forma de locura se le volvía método. Llevaba razón en casi todo lo que decía, pero no podía elegir mejor estilo que la provocación.

Le seguía doliendo la punzada producida por un presidente que remontaba el río arrastrando la culpabilidad, condenando a sus amigos, jubilosamente cínico en sus manifestaciones de inocencia. El Presidente que no había caído había dejado de ser su tema, tal vez porque el tedio de un proceso nos había llevado a la indiferencia. Un presidente elegido con los dineros del narcotráfico carecía de importancia. Para Mora, el narcotráfico sobreviviría o se confundiría con la política en una fase superior y más discreta de su desarrollo. Era un engranaje superior, monstruosamente superior, como lo eran los conglomerados económicos y las sociedades anónimas, las multinacionales de refrescos y esa paradisíaca tierra de nadie donde se depositaban sus fortunas.

Así como el arte imitara hacía mucho tiempo a la vida, el crimen imitaba ahora a la política: el crimen y la política se imitaban como alguna vez el arte y la vida se habían imitado para confundir a los críticos de la vida y del arte. El crimen y la política confundían a los jueces. Este era el discurso de Mora, repetido y perfeccionado con reflexiones siempre agudas. Los anarquistas deseaban la destrucción del Estado, pero al Estado lo destruye ahora la pretensión del neoliberalismo. El reino de la libertad reemplazado por el reino absoluto de la libertad de mercado.

—Me voy a dormir —decidió Mora dando una orden a su perra, algo equivalente al recitado de un artículo de la Constitución Política. "Todos los colombianos nacen libres" —gritó a su perra y esta emitió un débil ladrido. La había educado para que el sonido de la *Constitución Política de Colombia* fuera el único campanazo de alerta en sus sentidos.

La entrada del fiscal Arias con agentes del Cuerpo Técnico de Investigaciones de la Fiscalía le alborotó la curiosidad. Llegarían agentes de la policía y agentes del Departamento Administrativo de Seguridad que tratarían de acordonar la entrada al edificio. En pocos instantes, Mora empezaría a provocarlos con insultos. A fiscales y a policías, temí.

—No te metas ni me metas en líos —fue lo primero que me aconsejó Arias—. Ya no eres fiscal ni tienes autoridad para husmear en mis asuntos. ¿Has bebido?

—Media botella de vino en la comida y un whisky para despedir a mi esposa —mentí—. Fue en el 909. Tengo la cinta. El *timer* de la cámara dice que el crimen se empezó a fraguar hacia las diez y cuarenta y cinco de la noche.

—Mantente alejado de nosotros. Ahora eres un simple testigo.

—Ese apartamento está desocupado, eso dice el amigo Ramírez —y lo señalé con simpatía. Seguía esperando la llegada de las cámaras de televisión de los noticieros de la mañana, de allí su constante vigilancia a la puerta del edificio—. El propietario es el senador Ramiro Concha. Tendrás que explicarle mañana temprano por qué violentaste la puerta de su propiedad con dos disparos.

—No te muestres muy confianzudo. Sé quién es Concha, sé lo que debo hacer en estos casos. Te presentaré como testigo. Si es como dices, esa cinta queda en manos de la Fiscalía.

2

Arias no encontró solución distinta para entrar en el 909 que la sugerencia del testigo: dos certeros disparos en las cerraduras. Las puertas de los apartamentos vecinos empezaron a abrirse.

En efecto, el apartamento estaba desocupado. Al acceder a la sala, reconocí el color de la alfombra, un salmón más fuerte que el registrado desde mi atalaya. Pero en el lugar donde esperaba encontrar el cadáver no había cadáver. Arias me dirigió una mirada de fastidio.

—No te desilusiones —le dije, inclinándome al suelo y tocando la superficie de la alfombra con la yema de los dedos—. Está mojada.

—Miren en la cocina, en el lavadero, en los baños, en los armarios, en el segundo piso —se veía que conocía de memoria los apartamentos. Si los conocía me lo debía a mí. Desde mi separación de Marité, elegía mi apartamento como su bar preferido. Se lo agradecía: siempre aparecía con una nueva marca de whisky. Infringía la ley al comprarlo a su proveedor de Sanandresito, pero ¿quién no infringía la ley para conseguir que el placer de beber un buen whisky no fuera asunto de ricos? El mismísimo Presidente de la República había prometido legalizar el contrabando. No iba a hacerlo, aunque el dinero que los contrabandistas le habían dado para su campaña permitía imaginar un futuro sin estampillas. Había prometido tantas cosas y cumplido tan pocas que ya nadie se hacía ilusiones ni se inquietaba: nuestro

Presidente empezaba a revelarse como un curioso tipo que creía ciegamente en sus mentiras. Cuando se le veía en la televisión, pocos dudaban de la enfermedad que lo aquejaba. No era en verdad viejo. Era un joven de cuarenta y tantos años, obeso y con cierta tendencia a la ironía, una ironía doméstica que, en muchos casos, solo era comprendida en su familia. Vivía decididamente aquejado de mitomanía. No iba a ser tampoco capaz de suicidarse —decían sin piedad quienes lo conocían—. A medida que las evidencias de su culpa crecían, se armaba con nuevas e inocentes mentiras. Mentía sin dramatismo, por una suerte de automatismo psíquico. Hostigado desde adentro, hostigado desde afuera, mentía con renovados bríos, como si se supiera inmune en la lealtad de sus amigos y en la deslealtad de quienes lo abandonaban. En sus largas noches en vela, dando vueltas de sonámbulo por los pasillos de un palacio sin vida, padecía las tribulaciones de su soledad, más inmensa que sus patéticas coartadas del día siguiente —imaginaba yo en aquellos días de simulación—. Había perdido ya la cólera que me producían las repetidas mentiras de un presidente que creía mortalmente herido en su empecinamiento de seguir siendo presidente por encima de las evidencias que lo señalaban.

—Restos de esponja amarilla —señalé con una de mis uñas—. La alfombra fue limpiada deprisa con una esponja amarilla en el lugar donde cayó la víctima.

—Por el momento no hay cadáver, luego, por el momento, tampoco hay crimen —dijo Arias.

—Hay una alfombra recién lavada, restos de esponja amarilla.

—No me presiones con deducciones precipitadas. ¿Cómo era tu bailarina?

—Alta, blanca, flaca, de senos pequeños y corte de pelo casi al rape. La verás en la cinta. Merece un *transfer* a tres cuartos.

—¿La conoce? —quiso saber Arias dirigiéndose al portero.

—No conozco a ninguna hembrita así, pero si la veo juraré que es un travesti.

Le hice saber a Clemente que el arquitecto del Conjunto Residencial Torres del Parque había construido una de sus mejores obras, no la más segura: de una cualquiera de las torres se podía subir y bajar a pie o en ascensor hasta los parqueaderos, entrar por una torre y salir por otra sin ser visto por los porteros. De la torre A se podía pasar a la B y de esta a la C, y así sucesivamente. El arquitecto no había pensado en los intrincados desaguaderos del crimen.

—¿Estás seguro de haber visto lo que viste? —me repitió con severidad el amigo, que no dejaba de dar órdenes a sus agentes, de husmear aquí y allá, seguido de cerca por mí.

—Tan seguro como que nunca vi un *striptease* con final más trágico.

—Bajemos entonces a los parqueaderos —ordenó, pidiendo que dos agentes se quedaran en el lugar del crimen, si había crimen.

Sentí necesidad de un trago. Clemente me pidió meter la mano en uno de los bolsillos de su saco. Encontré una petaca con whisky.

—No bebas más de un trago, es un exquisito whisky de malta.

Pidió a los agentes revisar cada uno de los carros, abrir los maleteros como fuera. La presencia de vecinos, alertados por la aparición de agentes de la Fiscalía, impidió la violación de muchas cerraduras.

Desde hacía seis meses, desde que me acogiera a la jubilación anticipada, había perdido la capacidad de mantenerme despierto más allá de las once de la noche. A partir de esta hora me convertía en un cadáver adormilado en la cama, con el televisor encendido, a la espera de alguna película que me arrojara al basurero del gran entretenimiento mediático. Era mi somnífero. Unas pocas escenas de pornografía ligera —también la pornografía era ligera— me dormían como me dormían los *talk shows,* las emisiones sobre chismes de la farándula o la repetitiva costumbre de exhibir hermosas piernas y escotes que las presentadoras convertían en noticia, carne fácil de ver, difícil de adquirir.

Más por automatismo de la costumbre que por decisión propia, empezaba a encontrar fascinante toda iconografía del espectáculo, ese mundo de divas y divos, modelos, estrellitas de un día, fascinante porque allí se expresaba la ligereza y la textura de una época que renunciaba a la dificultad como renunciaba a la profundidad de las cosas, al riesgo y a la certidumbre de elegir. Si un miedo dominaba estos tiempos, ése era el miedo al fracaso. Escuchaba desde mi cama el lejano run run de los vehículos que rodaban por las carreras 7ª y 5ª, imaginaba que Bogotá, insomne e invariablemente fría a esas horas, se complacía con sus innumerables miserias.

Otra ciudad se despertaba: la de los taxistas atracados o los taxistas atracadores, la de los indigentes drogados, la de las putas de centro y norte peleándose los clientes con los travestis, millares de hombres al acecho, la ciudad de las acechanzas y las felonías, una ciudad que en realidad no dormía. Apretados con el rincón de una acera o bajo las alas de un edificio, grupos de niños andrajosos sorbían el narcotizante de un frasco de pegante o soplaban la mierda fermentada del basuco. *Crack,* que decían los gringos.

Esta noche, el crimen me había despertado.

Había contado a Arias los pormenores de la escena, abundado en detalles, incluso en la calificación que puse a esa insólita función artística. Esa muchacha había puesto tanto empeño y conseguido tanta perfección en su *performance,* que nadie podría superarla. La perfección la había quizá llevado a la muerte. Me detuve en el tamaño de sus senos, en la firmeza de las nalgas.

—Sabes que me gustan llenitas, con tetas grandes y un poco caídas —me recordó Arias.

—Los agentes, asistidos por algunos propietarios de vehículos, habían rastreado casi todo el parqueadero.

—Conozco a una muchacha parecida —se acercó a informar un vecino—. Pero no vive en el 909 de la Torre B. Es modelo y se llama Érika Muñoz —dijo e hice que no lo conocía, porque, en efecto, conocía al poeta que se acababa de presentar como testigo.

Arias recibió la información con escepticismo.

—¿La conoce o la ha visto?

—No la conozco —matizó—. Esta noche, como a eso de las siete, subió conmigo en el ascensor. Yo me bajé en el piso 11 y ella siguió hacia arriba. Olía muy rico. Llevaba una de esas carteras metálicas que usan las modelos, como una caja de herramientas.

—¿Quién le dijo que la muchacha presuntamente asesinada se llamaba Érika? ¿Quién le dijo que así se llamaba la mujer que subió con usted en el ascensor?

—Primero: me lo dijo la memoria, porque hace poco la vi en televisión; segundo, me lo dijo ella misma, mejor dicho, llevaba el nombre escrito en su sofisticada caja de herramientas.

—¿Cómo iba vestida?

—Minifalda de cuero negro y blusa de seda verde —dijo con precisión el tipo—. Y un abrigo de cachemir negro, muy largo. Conozco el tejido de cachemir.

—Veo que la recuerda muy bien —dijo Arias.

—Nadie se olvida de una mujer así. Medía como un metro con ochenta.

—¿Le miró los senos?

—Pequeñitos, de esos que caben en la boca abierta, como una pera de agua.

Añadió que no era difícil mirarle los senos, que la blusa, de seda casi transparente, era como un vidrio empañado que deja ver el paisaje entre brumas. Arias, intrigado por la lírica de la descripción, preguntó al tipo por su profesión.

—Poeta —dijo—. Me llamo Antonio Correa —carraspeó—. Bueno, no vivo de mi profesión. Ningún poeta vive de escribir. Se me olvidaba decirle que me quedé como hipnotizado viéndole el anillo. Parecía de diamantes. Y un poeta que contempla un anillo de diamantes... multiplica su pobreza, amigo.

Arias interrumpió al poeta y anotó en la libreta su nombre y dirección. Omitió la profesión. Pidió a los demás curiosos que desalojaran el sitio. Ya los maleteros de cada uno de los carros habían sido examinados, los agentes habían recorrido los tres niveles de los parqueaderos, el portero de turno repetía una y otra vez que en una media hora no habían salido vehículos del edificio, que la muchacha descrita, mejor dicho la difunta, no había entrado al edificio en carro, sino por la portería.

—¿Cómo supo que la chica iba al 1302? —quiso saber Arias.

—Llevaba en la mano un papelito con ese número y lo miró antes de que yo me bajara, como para recordarlo. El anillo de diamantes era un poema en el anular de la mano izquierda. Digamos que era una mano diamantina. Voy a escribirle un poema en verso libre —confesó Correa mientras se pasaba los dedos por el bigote. Noté la intensidad de su tufo. Lo conocía de vista, lo veía entrar a menudo a las torres con el digno, preocupante paso de un poeta que se gana la vida haciendo cosas distintas a la poesía.

Al subir a la recepción de la Torre C el portero confirmó que a eso de las siete había subido al 1302 una muchacha con las características de la señalada. Subió al apartamento de la actriz Margarita Atienza.

—Llame por el citófono a la señorita Atienza.

—No puedo —dijo—. Mejor dicho, la señorita Atienza salió a las siete y media para Santa Marta. La vinieron a buscar en un carro de su programadora.

Arias conocía a la actriz, yo la conocía, a la Atienza la conocían los agentes del Cuerpo Técnico de Investigaciones de la Fiscalía, la conocían los porteros y estos sabían, como sabía quien perdiera el tiempo leyendo chismes de la farándula, que la Atienza hacía su nueva aparición en la televisión después de dos años de ostracismo. Una cura contra el alcoholismo le abría de nuevo las puertas al estrellato, amenazado tras conocidos escándalos, recuperaciones y recaídas. Había salido cargada de maletas. A las nueve de la noche salía un vuelo especial a Santa Marta.

—Salió sola, la visita debió de haberse quedado en el apartamento o salido del edificio sin que me enterara.

Mora no había querido perderse la continuación de las pesquisas. Apareció en escena, fresco y menos excitado. Constitución había meado en el parque, movía la cola entre las piernas de curiosos y fiscales. Levantó el hocico hacia el amo y este la tranquilizó con otro artículo: "El derecho a la vida es inviolable. No habrá pena de muerte." La perra movió la cola y se sentó en sus patas traseras, dando muestras de felicidad.

—Tengo el número del celular de Margarita Atienza.

—Por lo que veo, te interesó el caso —dije.

—No, me interesa Margarita.

Arias recibió el número que le escribió Mora, Margarita Atienza recibió la llamada de Arias y todos supimos que Érika había salido antes que ella, que su visita había sido de unos pocos minutos. Tenía entendido que la modelo iba a una comida en el edificio.

Una brusca interferencia apagó la llamada. Arias colgó con disgusto.

—Pasó de la torre C a la B por los parqueaderos —concluí.

—A un apartamento donde no vive nadie, cuyo propietario es un honorable senador de la República —añadió Arias.

—No prejuzgues.

—¿En qué estoy prejuzgando?

—En lo de honorable —aclaré—. Nunca se sabe y menos con Ramiro Concha.

—¿Te refieres a la investigación en curso?

—A la misma.

Mora se mantenía a distancia.

—Esa investigación no va a ninguna parte, amigos —intervino—. Yo que se los digo. Concha es un eslabón duro en una cadena de eslabones comprometidos tanto como él. No lo busquen, que anda en una comisión parlamentaria invitada a Ceilán para conocer el proceso de elaboración del mejor té del mundo.

—Señor Mora, retírese.

—Soy periodista —replicó con aspereza—. Y, para terminar mi frase, déjeme decirle que usted y yo pagamos el turismo de esos sinvergüenzas. ¿Qué se nos ha perdido en Ceilán? Por eso digo: "El pueblo unido, jamás será vencido" —frase que produjo un ladrido entusiasta de la perra. Dio nuevas muestras de felicidad: se lanzó sobre la cintura del amo. —"El secreto profesional es inviolable" —le recitó Mora para recompensar su alegría. La perra se abrazó aún más a la cintura, lamió sus manos, buscó la rasposa superficie de una barba de dos días. Mora la recompensó por tercera vez diciéndole que el desarrollo libre de la personalidad era el desarrollo libre del vicio. Constitución lloriqueó de alegría.

3

UN AGENTE APOSTADO EN EL ESCENARIO DEL CRIMEN LLEGÓ
con la evidencia que esperábamos: restos de esponja amarilla
envueltos en una bolsa de plástico. Se la extendió a Arias y este
la recibió con un gesto de asco al saber que el agente la había
sacado del fondo de un retrete del primer piso.

—La esponja no sirve —dijo Arias—. Nos sirven las huellas
en el plástico. Si hay huellas.

Quise adivinar el pensamiento de Arias.

—Siempre buscando entre la mierda.

—Lo adivinaste, pero me pregunto: si la viste bailando, ¿de
dónde salía la música que bailaba?

—Se ve que no conoces las costumbres de las modelos: no
se separan nunca de un *walkman* ni del maquillaje, mejor dicho,
el *walkman* forma parte del maquillaje, como las toallitas higiénicas flexibles y la caja de chicles. Chuingám, como las llaman.
Además, se puede bailar sin música.

Aunque Clemente aceptó mis versiones sobre los hábitos de
las modelos, se preguntó sobre la presencia de la muchacha en
un apartamento vacío, solo explicable si alguien —propietario
o intermediario— la hubiera citado para enseñárselo. ¿Tenía la
intención de adquirirlo?

Debía hablar de nuevo con la Atienza.

—¿No sientes un cercano olor a basura? —frunció la nariz
Arias.

4

BASURA. LA PALABRA ME LLEVÓ POR ASOCIACIÓN A LA
siguiente conjetura: Érika había sido arrojada por el *shut* desde
donde arrojábamos las bolsas que iban a parar a grandes reci-
pientes del sótano.

—Para un asesino, toda víctima es basura —musité sin que
Clemente lo escuchara—. Revisen los tanques de la basura —
dije.

—No me sigas dando órdenes, Raúl —protestó de nuevo
Clemente.

—No te doy órdenes, te regalo pistas.

—Tenemos depósitos de basura en las tres torres —medió el
portero del edificio.

—Revisen esos depósitos y que no salga de aquí, por hoy,
ningún tanque de basura —me dio la razón Arias—. El lugar del
crimen, mejor dicho, el apartamento vacío, queda a partir de
hoy sellado y sometido a vigilancia, día y noche, ¿me entienden?

—Un cuerpo como el que describen cabe perfectamente en
el *shut* —anotó Mora—. La comisión parlamentaria regresa dentro de cinco días.

Su olfato de periodista empezaba a desperezarse. Aunque se
dedicaba a investigar y escribir sobre las relaciones de la alta política con el narcotráfico o a buscar contactos rocambolescos con
la guerrilla, Mora había empezado a construir su propia novela
sobre el crimen. No iba a anticipar a nadie el argumento que parecía haber empezado a elaborar como un tejido de hilos invisibles.

Reinas de belleza, modelos, actrices de televisión e incluso señoras de buena familia vivían hasta hace muy poco en pública luna de miel con capas y subalternos de capas sin que a nadie le interesase la naturaleza del vínculo. El aparente desmantelamiento de los carteles de la droga, la muerte de algunos de sus cabecillas y la entrega de otros a las manos de seda de la justicia habían producido un repliegue de los socios sociales del gran negocio. Las fotografías de época, la cola de los cheques girados y los testimonios de quienes se acogían a la justicia a cambio de rebajas de pena convertían a los antiguos aliados y a las antiguas favorecidas en una enorme reserva pendiente de la publicación de un nuevo listado por parte de la Fiscalía.

La novela de suspenso era también una novela de intriga. ¿Quién saldría a bailar en una nueva lista? Un eufemismo podía ser argumento defensivo y ese era invariablemente el mismo: prestación de servicios profesionales. Y resultaba que todos —comerciantes, arquitectos, vendedores de vehículos, decoradores, artistas, galeristas de arte, restauradores, músicos, periodistas, todos, en una extendida variedad de oficios— habíamos prestado servicios profesionales al narcotráfico. Nadie, ni jueces ni fiscales, utilizaba aún la palabra "confeso". Todavía se tenía la certidumbre de que aquel fastuoso flujo de dinero venía de donde venía, pero no se interponía en esta certidumbre ningún juicio moral y, menos aún, ningún juicio jurídico.

Mora se mostró generoso y me dijo algo al oído:

—Este crimen, si hay crimen, tiene dos firmas.

—¿De quiénes son las firmas?

—No hay que echarles la culpa de todo a los narcos. Tienen buenos socios en la política. Y las modelos famosas tienen relaciones en otras esferas de la vida pública. Digamos que en esa cuenta figuran dos firmas autorizadas por sus titulares.

Barajó la hipótesis del crimen pasional, más verosímil. Quería decirme que sabía algo sobre las relaciones de la modelo, pero quizá lo guardase para sus escritos periodísticos. ¿Por qué tenía que pensarse en los narcos? ¿No se podía pensar acaso en los celos, en algún sórdido episodio de amores defraudados?

—Los traquetos aman, mi querido ex fiscal —dijo—. Pero mucha gente mata o ama con el estilo de ellos, que no es sino un estilo con el guante de la crueldad. Por ahora no sabes nada, a menos que creas saber algo porque el crimen se cometió en el inmueble vacío de un senador de la República.

Mi interés había empezado a decaer. Volví a meter la mano en el bolsillo del saco de Arias y bebí otro sorbo de su Glenfiddich.

—Deberías irte a dormir —me aconsejó Arias—. Por hoy, esto no pasa de aquí.

Media hora más tarde, cuando ya el camión de la basura había evitado su carga de las Torres del Parque, que duplicaría al día siguiente, Arias ordenó que se buscara en cada uno de los depósitos, que se hiciera una búsqueda minuciosa en tanques y *containers*. Era una búsqueda asqueante, pero había que hacerla. Habría que vaciar cada depósito, meter las manos en ese alud de porquerías, separar alimentos podridos de ropa desechada, meter las narices en ese asqueroso símbolo de la vida diaria. No importaban las protestas de los vigilantes ni la mirada de disgusto que el administrador, en pijama y gabardina, dirigía al desorden que montaba la Fiscalía en su edificio. Uno a uno, los tanques de la basura tenían que ser vaciados.

Al cabo de una hora, Arias fue notificado de que, en efecto, el cadáver de Érika Muñoz reposaba dentro de un contenedor de basura, desnudo y recubierto de porquerías. Desnuda y sucia —recalcó el agente de mano enguantada y pañuelo en la nariz—. En el cargamento expulsado desde el pasillo hacia el sótano venía una preciosa minifalda de cuero, una blusa de seda, zapatos de plataforma marca Gucci, un par de medias veladas, un pantaloncito de encaje, minúsculo, con un lacito en la parte anterior y, por último, el baúl de maquillaje envuelto en el largo abrigo de cachemir. Dentro del abrigo, un *walkman* con sus auriculares.

Si Arias se tomara la molestia de sumar el precio de semejante ajuar, concluiría que era superior a lo que le pagaban por un año de trabajo. Si hubiera hecho caso al poeta Correa, hubiera pedido de inmediato que sacaran del anular izquierdo de la víctima el anillo de diamantes, si había anillo de diamantes, y la versión de Correa no era una fantasía calcada de algún poeta modernista.

Arias recordó el detalle ofrecido por el poeta y ordenó que se buscara en los dedos de la víctima. Sentí entonces una deprimente decepción, mezclada con la repulsión que me causaba imaginarme la belleza de antes convertida en una belleza muerta afrentada por los desechos y porquerías de mi vecindario.

Lo bello y lo siniestro iban a ser grabados por las cámaras de televisión, temí al sentir el tropel de vehículos y luces en la entrada. Mora o Ramírez, el portero, habían llamado a los periodistas. La parafernalia empezaba: dos camionetas con cámaras, camarógrafos y reporteros irrumpieron en el lugar, iluminado de repente como un *set* de película. Buscaban el objetivo. Lo hallaron por fin: el bulto de escombros y el cadáver de la modelo recibieron la agresión de luces y cámaras. En segundos, la visión de aquel cuerpo joven se me reveló en su dimensión verdadera.

También el éxito, con sus sueños de grandeza o riqueza —con su trágico colofón—, podrían ser tema de una escandalosa nota necrológica.

Arias no estaba dispuesto a abrir la boca. Cuando le preguntaron por el crimen, si se tenían pistas sobre el asesino, si se conocían las circunstancias del homicidio, dijo que esas eran las preguntas que él mismo y sus agentes se estaban formulando. Los periodistas conocían ya la identidad de la víctima. Una muchacha de ademanes atolondrados quiso obligar a Arias a levantar el abrigo que cubría a la difunta, el largo abrigo de cachemir que aún mantenía las sucias adherencias del *shut*. "Nadie toca ese abrigo" —gritó. Quería decirles que ninguna cámara registraría la patética desnudez de la modelo, pero se contuvo. Si lo hacía, sería acusado de obstruir el trabajo de los periodistas, de oponerse al libre derecho a la información. No se humilla dos veces a una pobre muchacha desnuda, quería decirles, pero la periodista empezó a grabar su nota para la mañana siguiente. "Ha trascendido —dijo después de la introducción al tema— que el crimen fue cometido en un apartamento vacío de las

Torres del Parque, propiedad del senador Ramiro Concha. Este crimen, que ahora conmueve al país y en particular al mundo de la moda, es tan repulsivo como las imágenes parciales que estamos ofreciendo a nuestros televidentes de todo el país. En ellas pueden ustedes ver el cuerpo cubierto de la víctima, un cuerpo en verdad desnudo que la Fiscalía, en una clara muestra de obstrucción a la libre información, no ha querido enseñarnos."

—Señores, está desnuda y sucia y con dos impactos de bala, uno en el estómago y otro debajo del seno izquierdo. Hagan la crónica con esos elementos; resuelvan el crimen antes de que los echen del puesto —rezongó Arias. "Son aves carroñeras" —dijo para que lo escuchara Mora. "Si no existiera la carroña no existirían tampoco las aves" —se defendió el periodista.

Con un gesto de fastidio, Arias apartó el micrófono que estaba a punto de ser introducido en su boca.

—Puedes darte por satisfecho —me dijo Arias, casi en secreto—. Apareció el cadáver, existió tu crimen. Aparecieron las ropas y el baulito descrito por el poeta... Correa. Apareció el anillo —dijo y lo introdujo en la bolsa de plástico donde guardara hacía un rato los restos de esponja amarilla. La cámara de un noticiero registró el gesto y Arias se limitó a informar que se trataba de una sortija común y corriente, una baratija del mercado de las pulgas, dijo. La noticia sobre el anillo de diamantes hubiera sido una bomba de tiempo en manos de los periodistas. Un anillo de diamantes en un dedo de la víctima hubiera dado tema para una semana.

—No voy a poder dormir.

Arias había dispuesto todo para que se hiciera el levantamiento del cadáver. Sería trasladado a Medicina Legal. La Fiscalía no podía adelantar conjeturas. ¿Era cierto que el crimen se había cometido en el apartamento de un senador de la República?

—No, se cometió en un apartamento vacío que casualmente pertenece a un senador de la República —informó Arias—. Les ruego no adelantar conjeturas. Ustedes ven demasiadas malas películas.

Las cámaras seguían moviéndose y los reporteros trataban de recoger testimonios de los curiosos, incluso el testimonio de Mora.

—La farándula está de luto —les dijo el periodista—. Si yo fuera presidente, decretaría tres días de luto. El luto nacional despista tanto como los triunfos deportivos.

Una mujer bien vestida, de unos cuarenta y ocho años, fue recibida por las cámaras. Lloraba. Trataba de abrirse paso hacia el cadáver de Érika y a medida que lo conseguía su llanto era más intenso, casi diluvial. Una de las periodistas la conocía y enfiló el micrófono hacia el rostro anegado en lágrimas. La pobre mujer no pudo decir nada, solo hizo un ruego con un gesto, quería que la dejaran acercarse al cuerpo que yacía en el suelo cubierto por el abrigo negro de cachemir. Arias tuvo que intervenir para ahuyentar a los informadores.

—Es la madre de la modelo —dijo Mora a mi amigo—. Ella también fue modelo en una época en la que las modelos apenas salían en televisión. Doña Dora Gutiérrez de Muñoz —silabeó Eparquio Mora.

¿Cómo se había enterado del crimen? Una noticia de radio, dada hacía unos pocos minutos.

—Pobre mujer —alcanzó a decir Arias al acompañarla al pie del cadáver. La mujer no quiso descubrirlo. De rodillas, arropó el cuerpo de la hija con sus brazos. Mi amigo esperó que se levantara y la abrazó con delicadeza. Tomó después su nombre y dirección. "No quiero molestarla en estas circunstancias, pero me gustaría hacerle después unas preguntas."

—Detesto el patetismo —dije.

—Lo detestas porque lo temes —dijo Mora—. Me voy a dormir. La verdad en el periodismo, la verdad en la policía. Te dejo ese tema, Raúl.

La perra escuchó al amo y corrió por los subterráneos hasta el ascensor de la Torre B, el último del túnel. Mora la siguió al mismo ritmo. Tal vez la tranquilizara recitándole otro artículo. "Toda persona es libre de escoger profesión u oficio" —no podía ser otro el artículo memorizado por un hombre que parecía divertirse con su oficio.

5

Al dejar a Arias, sonó el teléfono de mi apartamento, justo en el momento en que me disponía a sacar la cinta de la cámara para introducirla en el proyector. Tardé en contestarlo. Cuando decidí hacerlo escuché la voz de María Teresa.

Tenía el acento de zozobra que ponía en sus llamadas nocturnas.

—No puedo dormir. ¿Podrías venir a mi casa?

—Lo siento, Marité, voy a dormir con el recuerdo de un cadáver.

—Siempre tratas de matarme, aunque no lo consigas. ¿Cuántas veces me has soñado cadáver?

Le narré el episodio del crimen, le hablé de la decepción que me producía conocer en unos pocos minutos el tránsito de la vida más exultante hacia la muerte más triste.

—Eres definitivamente patético.

—Te invito a desayunar hoy a las nueve. Es casi la una de la madrugada.

—No es eso lo que estoy pidiendo —dijo, pero aceptó—. Por las mañanas soy frígida, tú lo sabes. Había estrenado unas preciosas sábanas de raso moradas. Tú te las pierdes. Había puesto a enfriar una botella de Veuve Clicquot, para que sepas. Quería sorprenderte con un deshabillé transparente y me obligas a mandarte a la mierda.

6

Cuando colgué, recordé mi encuentro con Marité, antes de que una serie inacabada de acontecimientos me obligara a dar un giro en la vida. Evoqué la sensación de alivio que me produjo sentirla partir después de una cena que, como todas las cenas de los últimos meses, no alcanzaban el tiempo del postre ni el tiempo del sosiego que deseaba cuando la invitaba al apartamento que había sido nuestro.

A seis meses de nuestra separación y pese a los trámites legales insidiosamente aplazados —quizá gracias a ello— seguía siendo mi esposa. Ella, con calculada sabiduría, dilataba cada nuevo paso con la intención de darle tiempo a la reconciliación, pero cuatro años de matrimonio habían abierto una brecha infranqueable.

Era lo que pensaba cuando sus insistencias parecían cañonazos dirigidos a un objetivo que ella pretendía sorprender con largas treguas y sorpresivos cambios de táctica. Un día la comprensión, otro la intolerancia; una mañana la aceptación del fracaso, en la noche la terca imposición de sus caprichos. Un gesto de ternura, un fulgor incandescente en las llamas del deseo alentaban sus expectativas. Era como si, llevándome al desconcierto, ganara esa partida, reservándose para momentos más propicios la última carta de su juego. "No voy a desfallecer, si eso es lo que esperas" —me había dicho. Y lo que no decía lo escribía en mensajes que dejaba en mi casillero cuando una de sus frecuentes tormentas la llevaba a la elección del género epistolar que, por otra parte, cultivaba como puntual registro de sus tribulaciones.

Aunque seguíamos viéndonos dos veces por semana —ella hubiera preferido hacerlo a diario—, mi inflexibilidad en el asunto no encontraba grietas por donde pudiera escurrirse. No consentiría más que esos dos días. No daría pie para que se hiciera ilusiones sobre la reconquista. Pero este no era sino un deseo, en ocasiones vencido por mi debilidad.

—El jueves cenas en mi casa —me había dicho al salir esa noche. Y yo había hecho el acostumbrado movimiento horizontal de cabeza. Ni lo sueñes, quería decirle, pero no quería provocar otro de sus derramamientos de ira y lágrimas. La ira y las lágrimas pertenecían al cambiante estilo de su estrategia. Nada distinto, en fin, a las crisis de nuestro matrimonio, cuyos altibajos tuvieron durante cuatro años el sello de la enfermedad.

¿De qué estaba enferma? De celos incomprensibles, de irreflexiva prepotencia, de absurdos arrebatos de furia. ¿Por qué no pensaba ganarme la vida de manera distinta y con ambiciones más firmes? ¿Por qué? Siempre los porqués de una mujer enferma. Enferma de los destrozos que la naturaleza operaba sobre su aparato digestivo, anomalía que los especialistas llamaban "colon espástico" y los psicólogos a quienes ella se resistía a visitar incluían en una probable "somatización de conflictos sin resolver". "Charlatanes irremediables", los llamaba.

Esos penosos días de dolores y quemaduras internas, tan cíclicos como sus dolores menstruales, la sumían en la desesperación. Ningún recurso médico, ninguna mágica fórmula astral o terapia energética daban en el centro de la enfermedad. Se ilusionaba con un nuevo medicamento, pero la desilusión minaba aún más el ánimo de la paciente. Venían entonces los días irascibles. Noches en vela al lado de un marido tan impotente como ella, a la postre víctima de lo que ella y la naturaleza hacían para agravar el dolor. Ningún gesto compasivo de mi parte, ningún insomnio solidario servía para acercarla. Acabábamos siendo víctimas del mal insondable, pues insondable parecía a los especialistas una enfermedad que doblegaba a mi esposa hasta conducirla al deseo de la muerte, único alivio posible en aquellas noches de tortura que eran también mi tortura: nada podía hacer para aliviar tanto espanto.

Era sin duda una mujer buena de naturaleza. Sin embargo, el mal del cuerpo se introducía en las grietas de su alma, peor aún, en las grietas de nuestro matrimonio. Cuando algún remedio pasajero atenuaba el dolor —lo que sucedía en brevísimos períodos—, Marité volvía a ser la mujer alegre, generosa, deseable y cómplice que conociera en el noviazgo. Lo era hasta que la reaparición de la enfermedad reproducía otra implacable y extendida secuencia del dolor. Si los médicos no hallaban al culpable en las profundidades de un organismo minado por el enredado viaducto de las vísceras, ni se atrevían a conjeturar que las vísceras obedecían a algún antiguo desajuste nervioso, mi esposa pretendía hallarlo en el ser más cercano, en el hombre que vivía a su lado, que en ocasiones moría de tanto verla morir.

Me convertía entonces en culpable y en receptor de su cólera.

Quizá no exista amor a la altura de tantos y tan misteriosos padecimientos.

Deseaba verme enfermo, como ella, en una especie de solidaridad que me llevara a igual postración —era lo que yo pensaba en esas inacabables noches en vela.

Una súbita explosión de alegría volvía a abrir esperanzas, pero las esperanzas languidecían con la siguiente crisis.

—No me encuentro contigo en territorio enemigo —le dije.

—Habrá salmón ahumado, caviar y dos botellas de Vega Sicilia —trató de convencerme, pero ni el salmón noruego ni el caviar iraní, mucho menos ese exclusivo caldo de Valladolid, cambiarían mi decisión de no ir a cenar a su casa.

Conocía mis debilidades y de vez en cuando probaba suerte al deslizar dulces provocaciones en mi oído. "Te deseo, no sabes cuánto te deseo y te odio, desgraciado" —soltaba en su nueva retahíla. Debía ignorarla, no fuera a ser que abriera una nueva fisura en mis deseos.

—Si nos vemos el jueves, será aquí —le dije—. Tendré jamón de Jabugo y un vinito de la Ribera del Duero, tan bueno como el Vega Sicilia. Son vinos hermanos y como hermanos se pelean la fortuna de ser los mejores —me excusé en el mejor lenguaje porque a quien fuera mi esposa le complacía la palabra galante, el verbo afinado, la elegancia de la frase, incluso cuando era ella quien destilaba el más mortal de los venenos.

Mi esposa. Debo llamarla así. Mi esposa, mi mujer. "Tu concubina" —prefería llamarse a ratos. "Tu moza, si lo prefieres" —matizaba ella para saltar hacia la obscenidad, dichosa intrusa en la intimidad de los amores—. "Eres mi machucante y punto." ¡Delicioso coloquio de la lengua! "Desearía que fueras mi tinieblo" —remataba cuando el humor hacía su entrada en el placer de un rápido pulso de palabras.

Fue entonces —recuerdo ahora que el sueño se resiste a cobijarme— cuando le di un rápido beso en la boca. Fue entonces cuando emití un suspiro de alivio. Un hombre que ha decidido vivir solo siempre dará un suspiro de alivio al volver a sentirse dueño de casa, dueño de su mundo y hasta dueño de sus manías más íntimas. Ve el programa de televisión que quiere, lee la sección del periódico que le interesa, arroja la página de deportes al suelo, pone la música que le pide el alma, come salchichas y estofado caliente, duerme a horas imprevistas, evacúa sus intestinos con la puerta del baño abierta, va al cine en las sesiones de la tarde, es dueño absoluto de sus sábanas, de su mal aliento, en fin, rituales de la soledad cultivados como se cultivan las venenosas plantas del ego.

A medias levantada de la enfermedad, Marité creía que era hora de recuperar la armonía que una vida en común había malogrado.

La cena de esta noche había durado exactamente lo previsto. No le concedí más de dos horas, pero los *spaguetti* con almejas y la picadita de chile fresco habían producido en ella una inesperada reacción, estimulada quizá por la helada copa de *grappa*. Cuando nos levantamos de la mesa se lanzó sobre mí en un rapto de impaciencia y lascivia. Me empujó hacia la sala, me condujo a empellones al sofá. Se lo atribuí al picante y al vino de la Rioja, ese Marqués de Cáceres que dormía hacía un año en mi bodega, aunque ella siguiera atribuyendo esos raptos pasionales al deseo que sobrevivía en los escombros de nuestro matrimonio.

Le repetí que era en el pasado donde los matrimonios tenían algún sentido, que con frecuencia lo perdían cuando se trataba de abrirles un lugar en el futuro. No se ama dos veces a la misma mujer —me defendí—, pero ella replicó que precisamente por haber amado una vez era posible hacerlo en esa segunda oportunidad. Todo amor hecho de malentendidos reclama a sus protagonistas limpios ya de rencores —argumentó.

Conseguí no solo dominarla, sino provocar su llanto, poco después convertido en un nuevo desbordamiento de furia. Volvimos a caer en el ridículo. Casi desnuda, con las ropas fuera de su sitio, hizo de la impaciencia su peor consejera.

—Eres un miserable impotente —me gritó.

Al quejido de ira siguieron otras tantas expresiones malsonantes. Su repertorio era limitado, sobre todo cuando pretendía mostrarse tan espontáneamente callejera.

La Marité que conociera antes del matrimonio era de una delicadeza infinita, sutil y comedida, pudibunda en el lenguaje. Tal vez la naturaleza femenina le estuviera jugando una mala pasada. Tal vez la antigua enfermedad, desalojada de sus intestinos, pretendiera hacer nido en su conciencia. Pero de la enfermedad venía esa disposición a la vulgaridad. Todavía me dolían los martillazos propinados a los cuadros que yo más quería, el ensañamiento con que descuadernaba los libros que leía. Un desacuerdo la empujaba a abandonar la mesa y a arrojar los platos a la basura, una disputa trivial se volvía una monstruosa diatriba. Me ausentaba y buscaba en los cajones de mi escritorio. Destruía viejas fotos de amigas, cartas, documentos, todo aquello que hubiera dejado huellas en mi pasado. Cerraba la puerta de nuestro dormitorio y me confinaba al cuarto de servicio donde la noche era una pesadilla más larga que la padecida por ella. Y la noche, con mi deseo de apaciguar su ánimo, volvía a hacerme su víctima. Quería estar sola con su dolor, con la horrible pelea que le oponía la naturaleza, el mundo, su psiquis, su intestino grueso. Si hablaba era para injuriarme. Si callaba, para maldecirme en silencio.

A los pocos días lo olvidaba todo. Renacía su dolor, renacía su amor, renacía la flor abierta de su sexo, un girasol rotando a medida que acariciaba su cuerpo. Parecía olvidarlo todo. Jamás dijo un lo siento, jamás aceptó culpa alguna.

Era para volverse loco. Los instantes de fulgor duraban tanto como las treguas de su sufrimiento interno. Volvían los insultos y las afrentas.

Recordarla iracunda y semidesnuda después de la cena me llevaba a pensar que ella venía ensayando todos los métodos de seducción posibles. Todos fracasaban al estrellarse contra el *iceberg* que me había creado con metódica y no siempre exitosa metodología. No era aún un *iceberg*. Era un bloque de hielo que ella sometía al fuego de sus embestidas eróticas. Entonces, a veces, conseguía que el hielo goteara sin derretirse. Y esto abría nuevas esperanzas en su conciencia.

—Nunca volveré a acostarme contigo —le dije mientras ella trataba de arreglarse la blusa.

—Eso es mentira —me recordó—. En seis meses de separación lo hemos hecho trece veces. Las tengo contadas. Cinco en tu apartamento; cinco en mi casa; una en un motel de mala muerte; otra en el parqueadero de tu edificio y la última en un desvío de la carretera de Bogotá a Tunja. Trece veces en total. De todas, para que lo sepas, prefiero la del desvío —y evocó la imagen de mis pantalones en las rodillas, su falda levantada hasta el cuello, sus calzones enredados entre los dedos de un pie, la campesinita boyacense que nos miraba indiferente a la distancia sin abandonar el lazo del ternero que conducía. Era su descripción favorita. "Quisiera que siempre fuera así" —dijo con melancolía.

—Un desliz lo comete cualquiera.

—Trece veces no son un desliz, sino un método de mal gusto —exclamó otra vez irritada. Para sazonar su irritación, me recordó que tirar en un desvío del camino o en el rincón de un parqueadero solitario exigía método y premeditación. "En una cama tira cualquiera" —rió cuando hubo acomodado el sostén en sus pequeños pechos de pezones todavía erectos.

Habíamos hecho una y otra vez el inventario provisional de nuestras vidas, reconociendo faltas de uno y otro, repasado las líneas de nuestro paisaje amoroso, examinado el origen de nuestras desavenencias. Según ella, lo que faltaba al amor era el riesgo y el lugar insólito. Nos había faltado osadía e imaginación y ella estaba ahora en condiciones de ofrecerlas. No iba a ser feliz con otro. Si había conocido la parte intestinal de sus desgracias no era justo que le negara la prometedora llegada de su felicidad. "Te voy a hacer feliz; si no lo consigo, me matas" —decía en fugaces instantes de gracia.

La escena se repetía dos veces por semana, como se repetía con igual frecuencia el suspiro de alivio cuando la sentía más allá de la puerta, desamparada en el pasillo, sollozante o histérica. Tal vez fuese la nostalgia que le producía volver al apartamento donde habíamos vivido durante cuatro años.

Alivio y un poco de culpabilidad.

Si soy sincero, se trataba del asomo de algo incomprensible que asociaba vagamente con la crueldad. Era cruel con ella, cruel conmigo, cruel al cerrar la puerta de mi voluntad como cerraba la puerta de mi casa donde empezaba a fijar mis hábitos de solitario.

La experiencia de subir y bajar a cualquier hora del día o de la noche, de elegir la sala o el dormitorio para leer, de decidir las horas de comida, de no hacer nada o de hacer muchas cosas simultáneas, de no temer a los ronquidos de la siesta en el sofá de la sala ni al reproche cuando, después del almuerzo, me desvestía y me metía entre las cobijas para pegarme una siesta sin límite, en fin, hacer lo que deseara y sin testigos era ya un impagable rito en mis costumbres.

Imaginaba entonces que me preparaba para una vejez ociosa. Debía acostumbrarme a movimientos y actos creativos, a seguir o a romper la regularidad de mis costumbres. Debía introducir nuevos hábitos, romperlos cuando apareciera la monotonía, hacer unas cuantas cosas por el placer de hacerlas. Y para ello, con sospechosa frecuencia, escribía una lista de las cosas que hacía y las tachaba al encontrar que habían sido hechas repetidamente. Pasear, por ejemplo, por rutas regulares. Un día lo haría alterando las rutas. Soñaba vivir con lo imprevisible. Solo y con lo imprevisible, sin pedir cuentas a nadie.

En mi aprendizaje de solitario me sorprendí un día apagando las luces del estudio. Imaginé la distribución de los libros en la biblioteca y a tientas me dirigí a buscar un volumen, tal era el orden que pretendía imponer en las estanterías. Me había decidido por *Luz de agosto,* la novela de William Faulkner. Acerté al tomar el lomo de mi vieja edición. Otros intentos y aciertos —*Tonio Kröger,* de Mann; *La especulación inmobiliaria,* de Calvino; *La conciencia de Zeno,* de Svevo— me dieron la certidumbre de haber puesto mi neurosis al servicio de la ceguera. Podría un día sobrevivir en las tinieblas.

Quería perfeccionar esa destreza, pero me detuvo un sobresalto interior. En caso de quedar ciego, ¿quién leería los libros que con tanto tino podía identificar en una biblioteca? ¿Qué inútil, patético ejercicio era ese? El juego —me dije— podía dar pie a otra enfermedad, superior a la enfermedad del desorden. Era un juego diabólico.

Me consoló no haber acertado en siguientes ocasiones. Confundí a Chandler con Bruce Chatwin y a Petrarca con Petronio, alistados a pocos centímetros en la misma hilera alfabética. De seguir el curso de mis equivocaciones, confundiría a Moratín con Moravia.

Deseché para siempre el juego, no así la costumbre de descubrir motas de polvo en superficies brillantes, adherencias de papel higiénico en el lavamanos y manchas casi invisibles en el blanco de mis camisas. Perfeccioné mi afición a guisarme, a ordenar la ropa en los armarios, las camisas de manga larga en un cajón, en otro las de manga corta, la ropa deportiva separada de la formal, los calcetines en un cajón, los calzoncillos en otro, las corbatas alineadas, las chaquetas en el orden gradual de sus colores, los zapatos en hileras, negros antes de marrones. Era como si este aprendizaje hiciera parte de mi soledad.

¿Era esta la clase de soledad que buscaba?

De la vigilia pasé al sueño y el sueño retomaba los pensamientos de la vigilia en un argumento tan lógico que no sabía si dormía o seguía despierto. Y en el sueño reconstruía los incidentes ocurridos en mis cenas con Marité. Volvíamos a discutir sobre los términos de la separación. No le pedía nada que yo no mereciera: bienes gananciales a partes iguales. Llegué incluso a decirle que fuera ella la que en justicia decidiera lo que era mío y de ella. Solo reivindicaría la posesión de este apartamento. Pero Marité alargaba los trámites. Me repetía que sería justa, pero el fallo de la justicia no llegaba porque ella no se acercaba a los estrados judiciales. Antes de llevar nuestro asunto a notaría y juzgado deberíamos darnos otra oportunidad.

No había habido terceras personas entrometidas en nuestras vidas. La costumbre nos había convertido en sus presas. Todo, antes de ese funesto día en que le propuse la separación, se había desenvuelto con los esperados y superables conflictos de toda pareja.

Marité me recordaba, en la realidad y en el sueño, que en la cama, sobre todo en la cama, habíamos sido siempre la mejor pareja del mundo. Si a la cama se le añadían los escenarios poco frecuentados de una carretera y sus desvíos bucólicos, la soledad cinematográfica de sótanos y ascensores, conoceríamos entonces otra vida, prometedora y fértil. ¿Por qué no ir una mañana a un motel de camioneros y en la noche a un hotel de cinco estrellas? ¿Por qué no hacerlo en el baño de las visitas cuando fuésemos invitados a una fiesta? ¿Por qué no en una iglesia vacía, imaginándonos un concierto de Vivaldi? ¿Por qué no en un burdel? —jugaba ella en el sueño.

Ya no estaba enferma. Y era precisamente por estar sana, por haber estado enferma, por lo que una absurda línea la separaba de mi vida. "Los mejores amantes —decía— son aquellos que alguna vez se odiaron."

Estaba en lo cierto, me dije al recordar el sueño. Cuando traté de llevar a otra mujer al mismo sitio —siempre a la cama— todo fue un fiasco. En verdad, en cuatro años solo ella había puesto mi virilidad a la altura de sus expectativas. Si un día llegara a mi puerta y a mi corazón el llamado inexorable de una intrusa tendría que luchar contra mis aprensiones y con el fantasma del fracaso. Mi sexo —pensaba— era un sexo enajenado, era un sexo expropiado por el matrimonio.

En la soledad de la separación remendaría las rotas costuras de mi identidad.

Desperté a las cinco de la mañana navegando en sudor.

Fui por un vaso de agua y permanecí despierto largo rato, temiendo que no conciliaría el sueño.

7

Pude dormir de nuevo, aunque hubiera preferido una larga madrugada en vela. El crimen de la modelo Érika Muñoz se había metido insidiosamente en mis sueños. En el segundo sueño de la noche. Volvía a verla en la danza de la muerte, ya no en el escenario vacío de una sala, en un apartamento desocupado, sino en mi propia casa, ya no espléndidamente limpia y desnuda, sino recubierta por los desperdicios del *shut* adonde había sido arrojada por la mano esforzada de su asesino. Érika me reprochaba la imprudencia viciosa de haberla visto, no tanto desnuda como en su caída de cisne hacia la muerte. No me perdonaba la cochinada de haber grabado la escena. Por un espectáculo así cualquier programadora de televisión le habría pagado una millonada. Pasaba luego al asunto de mi esposa. ¿No me bastaba Marité? ¿No era aún joven y en cierto sentido atractiva? Me reprochaba la dureza de mi actitud. ¿Por qué no le concedía la gracia de una segunda oportunidad? Una mujer de treinta y seis años y un hombre de cuarenta y nueve estaban destinados a vivir juntos por el resto de sus días. Yo envejecería antes que ella. ¿No me había mirado en el espejo? Envejecería solo con el sucio vicio de espiar al vecindario y la horrible manía de acostarme frente al televisor, con la enfermiza costumbre de la limpieza, el orden y la puntualidad, incomprensible enfermedad de un virgo intransigente y egoísta, perfeccionista que no podría nunca alcanzar la perfección, acorralado por un sentido de la libertad que no conduciría sino a la soledad y al patetismo. Envejecería sin tener a nadie a mi lado, abrumado por mis quejas, postrado en mis achaques, golpeado en mis riñones, caminando con la rígida presión del lumbago, caminando hacia ninguna parte con mis pulmones hechos trizas. Debería hacerme una carta astral. Envejecería —me gritaba Érika. Y la hermosa, delgada hermosura de la modelo se transformaba en el sueño en una figura repulsiva, solo reconocible por su delgadez, por su estatura, por su perfil, por los cortos cabellos, de manera alguna reconocible por ese cuerpo rodeado de algas podridas y adherencias excrementicias. Has vivido con tu mujer durante cuatro años —me repetía. Ella había sido mi sostén en las difíciles. ¿No era una mujer rica? Un abogado de cuarenta y cinco años convertido más tarde en fiscal no era gran cosa comparada con la clase de esa mujer que me había dado todo y seguiría dándome lo que deseara por un simple gesto de lealtad. ¿Quién era yo ahora? Un fiscal destituido, un abogado sin clientela, un vicioso que consumía sus días en el despreciable oficio de espiar a sus vecinos con el agravante de registrar en una videocámara la intimidad de desprevenidas criaturas. ¿Pensaba acaso comercializar el delito de violación de la intimidad ajena?

A medida que los reproches de Érika se volvían más agrios, su identidad se me escapaba segundo a segundo. Su cercanía era tal que temí el roce de ese cuerpo, el aliento de su boca, la fetidez mortal de su piel. En unos pocos instantes creí reconocer en Érika el rostro de María Teresa, mi esposa. Afeamos hasta la monstruosidad lo que no deseamos y la injusticia es tanta que aceptamos la monstruosidad de ser tan injustos, porque Marité era en muchos sentidos una mujer joven y bella, siempre con el sutil y discreto encanto de un perfume de marca, piel bien cuidada, aliento de frutas maduras. ¿Por qué la odiaba? ¿Por qué la temía? Los sueños son un disparate, una mala jugada de la conciencia dormida. Un *puzzle* que se hace y deshace en el absurdo.

Cuando desperté, la voz de Marité estaba al otro lado de la línea.

—¿Qué me tienes de desayuno? —eran apenas las siete y media de la mañana.

—Algas podridas —escuché mi propia voz—. Disculpa, huevos poché, trucha ahumada y tostadas con mantequilla. Tuve una pesadilla.

—Por lo que escucho, con algas podridas.

La segunda llamada de la mañana era de Clemente Arias. Se estaba haciendo la autopsia al cadáver. Los noticieros tenían prácticamente bloqueado el acceso a Medicina Legal. La biografía de Érika Muñoz era resumida en unas pocas líneas, expuestas a la morbosidad pública. Se estaba diciendo que no podía ser otra la biografía de una muchacha de veintidós años, que había empezado a mostrarse a los catorce, primero en un anuncio de cervezas, con la precoz plenitud de un cuerpo delgado de nalgas robustas y firmes y, después, en comerciales de diversos productos, antes de que el futuro la lanzara a las pasarelas con la esbeltez de una figura apetecida por diseñadores de moda y, episódicamente, por productores de telenovelas. Unos breves papeles y Érika había vuelto a vestir ropas de modistos famosos, más preocupados en añadir a los diseños europeos modificaciones que por darle a la creatividad un sello personal. Teníamos Kenzos, Armanis, Lagerfelds, Herreras, Ungaros, Versaces y Gaultiers criollos, adoradores de la víctima.

En poco tiempo, Érika se convirtió en la modelo mimada de algunos. Muy pronto, los rumores cayeron sobre ella: alguien le había puesto los ojos encima y ese alguien, de identidad por ahora desconocida, entraba a formar parte de las dos o tres hipótesis barajadas a raíz de su muerte. Los noticieros de televisión ya habían lanzado hipótesis sobre el crimen, pero las reflexiones sobre el pasado de la modelo eran de la cosecha de Arias. A las pocas horas, eran iguales las reflexiones del periodista Eparquio Mora.

A la mañana siguiente, las versiones sobre los móviles del crimen circulaban ya en ese nivel subterráneo de la información llamado rumores sin confirmar. Los rumores, sin embargo, surgían de evidencias públicas.

Los informativos trataban de explicarse el tren de vida de Érika Muñoz, la posesión de un enorme apartamento en el nororiente de Bogotá, el carro, la ropa que vestía, los viajes que hacía, los restaurantes que frecuentaba, las joyas que exhibía, el aura de opulencia que a sus veintidós años la convertía en diva de la alta costura. En tan poco tiempo, si se hacían bien las cuentas, una chica de su edad podía alcanzar un poco de bienestar, acercarse a la riqueza, pero no lo bastante como para sentirse sentada sobre ella. Hablaban de la riqueza de Érika como se hablaba de los aviones privados que la llevaban de Bogotá a Medellín, de Cartagena de Indias a Miami, de Nueva York a París; del yate donde había sido vista cruzando el Caribe como se cruzan las aguas de un sueño feliz: sin tempestades. La riqueza de Érika tenía un nombre que tal vez tuviera un origen turbio.

El carro —recordé. Si en verdad lo tenía, si el portero de los parqueaderos aseguraba que la víctima no había entrado al edificio en un vehículo, ¿en cuál de los estacionamientos del barrio había consignado su auto? Una modelo como Érika, que tiene una lujosa burbuja de cristales polarizados, no se desplaza en taxi u otro vehículo, lo hace en el propio, símbolo de su triunfo, adherencia insustituible en su vida social. La vida de las modelos de éxito no imitaba al arte: pretendía imitar a Hollywood, patrón del artificio.

Sugerí a Clemente la búsqueda del auto en los garajes del barrio, en un área comprendida entre el costado izquierdo de la plaza de toros y la carrera 4ª con calles 27 y 26. No había otros en el vecindario. Tal vez lo hubiera dejado en la calle, al cuidado de los vigilantes del restaurante El Patio. La búsqueda fue inútil.

¿Cuáles eran sus vínculos con Margarita Atienza, una buena actriz acosada por sus periódicas crisis de alcoholismo? ¿Le dijo Érika el nombre de quien la invitaba a comer? ¿Le dijo la verdad o le mintió?

Clemente Arias quería verme en su oficina. Mi desayuno con Marité había sido placentero y apacible. Ni un reproche, ni una queja. Tenía razón: en las mañanas era una mujer frígida. En cuanto a la cita con Clemente, pensé que no era la mejor de las citas. Acercarse a las oficinas de la Fiscalía era penetrar en el centro de las nostalgias y de los rencores aún vivos. Quizá quisiera verme allí para molestar a algún funcionario implicado en mi destitución. Yo era en todo caso un testigo y eso bastaba para justificar mi presencia en la oficina de un amigo fiscal que empezaba a investigar el crimen de una modelo conocida. Arias me ofrecía la oportunidad de mirar mal a quien se creyera en el derecho de reprocharme el exceso de celo que me condujo a abrir y adelantar investigación al embajador Leonel Piccolo.

Debo pues detenerme ante el semáforo amarillo encendido por Piccolo.

Desde su refugio dorado en La Haya el diplomático negaba haber participado en la formación de bandas armadas que operaban en sus fincas, negaba haber desalojado a la fuerza a campesinos que denunciaron la presencia de un ejército privado en latifundios donde él y su hermano solo podían sentirse seguros con un arsenal de armas de uso privativo de las Fuerzas Armadas. Mi investigación tendía un cerco cada vez más estrecho a Piccolo, pero este, desde la inmunidad diplomática, negaba una y otra vez haber participado en el asesinato de cinco campesinos. El acopio de pruebas, las declaraciones de testigos y las contradicciones en que caía el hermano del diplomático, constituían un acervo probatorio que los medios de comunicación empezaron a tomarse en serio. Contrariando las peticiones de organizaciones europeas de derechos humanos, Piccolo seguía en su paraíso desentendiéndose del caso, como se desentendían del caso el Presidente de la República, la Cancillería y sus amigos del Congreso. Las presiones venían de todas partes, las pruebas se extraviaban de mis archivos, los padrinos de Piccolo extendían su brazo hacia el edificio de organismos de vigilancia y estos me exigían más pruebas, evidencias más contundentes. Todo se enredaba en la tupida telaraña de las formalidades.

Mi investigación —empezó a decírseme— mostraba inconsistencias y juicios temerarios. No había méritos para exigir la destitución de nuestro embajador y solicitar su expatriación a Colombia. En pocas palabras: se me acusaba de introducir pruebas falsas y testimonios amañados en una investigación que debía cerrarse. Alguien tiraba cáscaras de plátano en mi camino

y la cáscara donde resbalé fueron los testigos que espontáneamente ofrecieron más testimonios contra Piccolo para después
declarar que esos testimonios no habían sido voluntariamente
ofrecidos, sino conseguidos por las presiones del fiscal a cargo
de la investigación.

Este fue mi desliz y el principio de mi caída.

La trampa estaba tendida. Empezaron entonces las presiones amigables, las sugerencias de abandonar el caso, las cada vez
más perentorias órdenes de acogerme al retiro. Esta solo era la
primera fase. La segunda tenía el sello de la intimidación: mensajes en mi contestador, anónimos en mi casillero, sabios consejos que me pedían no poner más riesgos a mi vida. Conocían
que no tenía pasta de héroe ni arrebatos suicidas. No se men-
cionaba el asunto de Piccolo, todo era de una vaguedad tal que
excluía en apariencia la investigación en curso y me arrojaba a la
incertidumbre de no saber por qué se me intimidaba con anónimos cada vez más agresivos.

No podía afirmar que las presiones vinieran de los amigos
de Piccolo. De nada servían las grabaciones de mensajes ni las
cartas amenazantes presentadas como prueba de una sistemáti-
ca obstrucción a la justicia. Renuncie al caso —me empezaron a
sugerir. Al caso y al cargo. Metió la pata al incluir en el expediente testimonios de dos testigos falsos.

¿Y las amenazas? No podían venir de Piccolo, formaban parte de una estrategia tendiente a debilitar la moral de los inves-
tigadores, probablemente urdida por el narcotráfico, aunque yo
no investigara todavía los vínculos de los narcos con la alta política. Los narcos, no obstante, compraban tierras abandonadas
por sus propietarios y, para protegerlas, necesitaban de la mano
del paramilitarismo, de ejércitos privados como los de Piccolo.

Se trazaron las tres rutas que seguiría mi futuro: sanción por
presentación de falsos testigos, destitución por iguales motivos
o aceptación de una honrosa salida. Podía aceptar una indemni-
zación en el momento en que toda la rama jurisdiccional y otras
entidades del Estado eran sometidas a una reestructuración exigida por la modernización tecnológica puesta en marcha en el

último año. No tenía pasta de héroe —me decía y por esa fisura se fue debilitando mi moral y fortaleciéndose mi amor por la vida, esa breve vida amenazada que un día me llevaría a justificar la decisión tomada. No me encontraría en la calle, sometido al chantaje del hambre. La pensión y la solvencia económica de Marité —deshecha en temores, afectada por las amenazas que llegaban al contestador de su oficina— eran la garantía de un futuro sin sobresaltos. Imaginemos que lo metes preso —argumentaba ella—. Que la Cancillería lo destituye, que se ordena su detención domiciliaria. Que tu investigación conduce al proceso que buscas. ¿Quién te asegura que, condenado a una pena de pocos meses, Piccolo no saldrá de nuevo a sus fincas con la honra restaurada y con un ejército de defensa privada encubierto bajo la fórmula de una Cooperativa de Vigilancia? Renuncia, Raúl, o permite que te renuncien —decía la voz de la cordura.

Acepté que me renunciaran. Y era esto lo que estaba recordando a Clemente Arias cuando me acerqué a su escritorio de la Fiscalía. No me comían los remordimientos ni me mostraba sensible a lo que otros hubieran tomado por cobardía. "Morir por las ideas, pero de muerte lenta" —solía recordar la canción de Georges Brassens. "Desgraciado el país que necesita héroes" —trataba de consolarme con una frase de Brecht. Débil hasta la cobardía —me decía a ratos la conciencia herida.

Por una inexplicable reacción de mis sentidos, obedientes a un corazón tan confuso como mi futuro, mi matrimonio con María Teresa empezó a resquebrajarse desde el día en que llegué a casa con la jubilosa noticia de haber pactado mi renuncia. El ocio me empujaba como se empuja una carreta sin destino, con una fuerza sin sentido. Se empuja pero no se sabe a dónde conduce esa fuerza ni a dónde se dirige la carreta. El ocio es el tiempo de la reflexión y el tiempo del pecado. El ocio es el tiempo de la introspección y la búsqueda de heridas que no han restañado.

A unas pocas semanas, sin haber decidido aún lo que haría con esas veinticuatro horas del día, me sumergí en reflexiones pecaminosas que me devolvían a la vida de nuestro matrimonio. Quizá, para entrar en confianza, era lo que Arias me estaba pidiendo que le explicara. ¿Por qué se había roto mi matrimonio precisamente en los días que siguieron a mi renuncia? Le prometí hablar del tema en una sesión con su delicioso whisky de malta.

—No lo creo roto del todo —dije—. Creo que ha empezado apenas a romperse.

—La están velando a partir de las doce del día en la Funeraria Gaviria —me informó Arias—. El forense terminó su trabajo, los de balística empezaron a hacer lo suyo. Los impactos son de una 9 milímetros, Te pido que me acompañes. Tengo la lista de las amigas de Érika Muñoz. A la Atienza habría que hacerle viaje a Santa Marta. Parece que una de esas amigas no es solamente colega de modelaje, sino compinche de pasadas andanzas. Mira —y me extendió una revista abierta en una página repleta de fotografías con escuetos pies de foto. No encontré nada de interés al repasarla.

—No, a ése no, fíjate en el que está a la izquierda de Érika.

—Aristides Alatriste, el abogado. Abogado de tercera fila detrás de la primera fila de los *consiglieri.*

—A ver ¿abogado de quién?

—Abogado o mandadero menor dentro del pool de abogados de Patricio Aldana, el narco guardado hace un mes en La Picota. Mandadero del senador Concha —dijo—. Aldana se entregó y se acogió al plan de rebaja de penas por colaboración con la justicia. Tendrá seguramente una rebaja por estudios y buena conducta. Por lo que sabemos, es uno de los reyes en el Pabellón de Alta Seguridad. Un hombre calmado y generoso, querido y protegido por los reclusos.

—Lee bien el pie de foto. Se celebra la elección de una miss al Reinado Nacional de la Belleza. Érika daba clases de *glamour* a ciertas candidatas, si tenían un padrino que las pagara. Imagínate: la miss elegida ese año fue apadrinada por Aldana. Y no solamente apadrinada. Se convirtió en su amante, fue encerrada en una jaula de oro y un día cayó en desgracia. Parece que se fue del país. Aldana ya tenía a otra reina en la mira.

—La belleza, la política, el Derecho y los narcos. ¿Vas a seguir por ese camino? Es la réplica colombiana de *El amor, las mujeres y la muerte.*

—No hay otro camino. Son senderos que se bifurcan —dijo Arias—. Se bifurcan y al final convergen.

—Veo que has estado leyendo a Borges.

—A Borges y a Leonardo Sciascia.

—¿Vamos a la Gaviria? Mora se informó en el Congreso: Concha regresa este fin de semana —dije.

—Ya notificamos a la inmobiliaria lo del apartamento. Permanecerá sellado unos días. Tengo un agente durmiendo en el pasillo. Eparquio Mora, tu amigo periodista, puede ayudarnos, por supuesto desde la sombra. Debe parecerle divertido.

—Patéticamente divertido. Soñé con esa pobre muchacha.

—Mora debe estar sobándose las manos con este caso, por eso hay que soltarle de la lengua: un periodista como él puede ayudarnos.

—No aceptará ayudar a la Fiscalía. No te olvides que tiene alma de anarquista. Conoce la farándula y puede llegar sin despertar sospechas a testimonios más veraces. Se los guardará. Para su reportaje o para su novela. Parece que quiere seguir los pasos del padre novelista. Podrá ayudarnos un poco en la farándula. Conoce a todo el mundo. A ratos, no puede controlar su lengua y se deja llevar por el delirio. Frecuenta de todas maneras a muchas actrices.

—¿A la Atienza, por ejemplo? —se entusiasmó Arias.

—A la Atienza y tal vez a Irene Lecompte, la más cercana amiga de la difunta. Empezaron como modelos cuando tenían la misma edad. No se parecen en nada —recordé a Arias, que se mostró complacido al escuchar la descripción que le hacía sobre la exuberancia de la Lecompte, decepcionado cuando precisé que por distintas publicaciones se sabía que casi todo en esta muchacha era obra milagrosa de la cirugía.

—Quiero que te encargues de la Lecompte. Supongo que la información te la dio Mora. Hazle un amistoso interrogatorio a la amiga de la víctima.

—¿Con qué autoridad, Clemente? Además, me quieres colocar ante el paradigma estético de nuestra época. Por mi parte, prefiero a las flacas tipo Érika Muñoz. Recuerda que éramos adolescentes cuando se levantó el imperio de Twiggy. No te imaginas lo que una mujer puede hacer, en pocos años, por la fijación de nuestros gustos. Marité me condenó a las flacas de tetas pequeñas y culo macizo.

—Usúrpala —sugirió con indecencia—. Quiero decir, la autoridad. Una muchacha así no pide credenciales. Empieza a interrogarla en la funeraria. Yo soy demasiado feo y demasiado fiscal para que confíe en mí.

—Gracias. ¿Quién interroga a Concha?

—Ese juguete es mío. No te olvides que el senador tiene rabo de paja. No conseguimos llegar al fondo de su fortuna. Llegaremos allí, te lo juro. Es todo lo que sabemos; además, es mujeriego y algo dado a la fantochería. Hay fotos que lo comprometen, aunque una foto sea apenas una foto para un personaje público. Responderá que se las tomaron en campaña, que un político en campaña no puede estar ahuyentando moscas, así sean ratas disfrazadas de moscas.

La oficina de Arias había empezado a ser objeto de curiosidad. Mis antiguos colegas pasaban a saludar con idénticos cumplidos: mi vida era la más deseable de las vidas, no podía quejarme. Suponían que un ex fiscal casado con una mujer rica no solo tenía su futuro asegurado, que se libraba de las miserias de un oficio temerario. No sabían que seis meses atrás ese futuro pendía de un hilo, de mi irrevocable voluntad de separación y de la no menos irrevocable voluntad de mi esposa, reacia a concederme el divorcio. No era una negativa explícita. Su método era un eficaz procedimiento de dilaciones.

—Almorcemos juntos antes de ir a la funeraria —propuso Arias.

Le exigí que fuera en un restaurante de clase, exigencia que Clemente podía satisfacer si un restaurante de clase no lo obligaba a absurdos ceremoniales de etiqueta. Tenía que cobrar por mis servicios. No iba a aceptar uno de esos comedores de mala muerte en los que Arias hacía sus cacerías de secretarias y esclavas de oficina. El apetito se me abrió al imaginar un carpaccio de salmón y una ternera a la pizzaiola regada con un buen vino.

En mis gustos, empezaba a parecerme al investigador gallego Pepe Carvalho. Una diferencia: yo no quemaba los libros que había leído. Quemaría con gusto los libros que nunca me atrevería a leer no solo por malos, sino por ser los más vendidos. Si un día escribía una novela, comería tanto o mejor que Carvalho. La literatura es una glosa de la literatura, el cine una glosa del cine y el crimen una nota al pie de página escrita debajo de la crónica de otros crímenes —pensaba. La vida es una glosa de otras vidas, repulsivas o ejemplares. A veces, quería ser una glosa de Carvalho.

¿Dije que alguna vez quise ser escritor? Mis estudios de Derecho frustraron esa vocación, si la tenía. Me consolaba leer y creer que era yo el autor de los libros que admiraba. Escribía notas en los márgenes, corregía las erratas, cambiaba los títulos poco convincentes, alteraba la puntuación de lo leído, me imaginaba distintos los ritmos de la frase. Y si esto no era ser escritor, ¿qué diablos era entonces ser escritor? Me enfurecía con las soluciones fraudulentas a los relatos y con la rima forzada de los sonetos nacionales. Me emocionaba con los hallazgos y con esos comienzos de novela que, en adelante, serán la clave para recordarlas. Interrogaba, aplaudía con signos de admiración, me quedaba flotando en el vacío cuando sentía la llegada del fin. No solo era un abogado frustrado, un fiscal destituido; era un escritor que había escrito solo glosas en los márgenes de los libros. Si un día escribía, lo haría olvidándome de la literatura. Un disparate de libro robado a las costuras mal remendadas de mi vida.

8

La funeraria estaba repleta de curiosos más que de amigos de Érika.

Las cámaras de televisión formaban un abigarrado paisaje de luces. Los camarógrafos se empujaban y pugnaban por conseguir un mejor ángulo para sus tomas. En la entrada se había hecho un cordón de seguridad, pero el morbo de los espectadores era más fuerte que la resistencia de los vigilantes. La lluvia que caía sobre Bogotá no había impedido que los amigos de la modelo llegaran puntuales a la cita ni que los atuendos elegidos hicieran pensar más en un desfile de temporada que en el último adiós a una amiga asesinada. Coronas de flores rodeaban el féretro, identificadas con las tarjetas respectivas. Uno no podía creer que bastaba una ocasión como esta para que aquellas bellezas ocultas y solo ocasionalmente vistas en la televisión y en las revistas salieran a la luz pública a recordarnos que existían. Se las podía ver y reconocer en algún bar o restaurante del norte de la ciudad, siempre en pequeños grupos. Nadie imaginaba que podían estar juntas en el mismo sitio, a la misma hora y por un motivo común. A las modelos y a los modelos se sumaban rostros conocidos de la televisión, actores y actrices a quienes los curiosos de la entrada aplaudían o chiflaban, pedían autógrafos o tocaban al pasar. Al lado del féretro, sentada en una poltrona, de riguroso luto, estaba sentada la madre de la difunta, doña Dora Gutiérrez de Muñoz. Las lágrimas parecían habérsele secado. En posición casi rígida, veía y sentía el paso de quienes antes de mirar el cadáver la besaban en las mejillas o le extendían la mano, recibida por otra mano enguantada de encaje negro. La mujer, aún joven y atractiva, exhalaba una dignidad pétrea. Se mostraba inmunizada ante el dolor. Despedía a su única hija.

—De la foto, no vendrá nadie.

—Te equivocas —dijo Arias—. Mira quién acaba de entrar.

—Aristides Alatriste en persona.

—El enviado especial de Concha, quiero decir, de Patricio Aldana. Desde la cárcel se manejan mejor los hilos del mundo.

—Hoy deben de haber cancelado la grabación de todas las telenovelas del país, excepto la de Margarita Atienza. —También cancelaron esa —anoté—. Hace su entrada nuestra amiga.

—Acompañada por Daniel Fortesa. Fue modelo antes de ser actor.

—¿Qué hace Eparquio Mora en este entierro? Parece que nos busca.

—No nos busca, busca a la Atienza.

—Me busca a mí —dije y le hice aspavientos con las manos.

No era un gesto inoportuno: los saludos en voz alta, los besos, los cumplidos que divas y divos se hacían convertían el velatorio en una gran fiesta del *fashion*. Algunos de los recién llegados se acercaban al féretro y regresaban a los corrillos. Mora había conseguido hacerse al lado de la Atienza y recorría el salón tomándola del brazo, decidido a acompañarla hasta el ataúd. Que un periodista dedicado a la investigación de escándalos políticos contara con amistades en un medio indiferente a la política, permitía descubrir en Mora veleidades escondidas. El último de sus amores venía de la farándula, la investigación que tal vez empezara a interesarle tendría a la farándula como personaje. El último de sus amores —una joven periodista que él había adoptado y moldeado con la paciencia de un Pigmalión— lo había abandonado cuando sintió que había aprendido a volar sola y libre de las maratónicas borracheras del maestro y amante. Entre el resentimiento y el orgullo, Mora la veía ascender los peldaños de la fama.

—No quise perderme este espectáculo —dijo—. Ni la oportunidad de decirte que le dije a mi amiga periodista que no insistiera en lo de la grabación del aficionado. Le dije que era solo una ocurrencia mía.

—No dejes sola a Margarita —le sugerí después de presentarle al fiscal Clemente Arias.

—Nos conocemos de vista. ¿A que no saben quién vive en el 910?

—Me rindo —dije.

—La señorita Angélica McCaussland, propietaria de una agencia de modelos donde trabajó la víctima. Por cierto, no veo a Irene Lecompte en el *casting*.

—¿Vive allí? —quiso saber Arias—. Digo, la McCaussland.

—Vive allí y he tenido el honor de no ser invitado a sus fiestas, honor que sí ha tenido nuestro honorable senador Ramiro Concha. Pero Érika cambió de agencia cuando la contrataron en una de Miami.

—Quieren cuerpos estilizados para la ropa de Versace —especulé. Mi afición pasajera a la moda y sus figuras se la debía a Marité. Entre una sala de exposiciones y una pasarela la distancia se abreviaba cada día más. A Marité y a la televisión, que había llevado la moda a los horarios de mayor audiencia.

—No abandones a la Atienza —le pidió Arias—. Preséntamela.

—No se hagan ilusiones: Margarita es de esa clase de mujeres que al no poder alcanzar la felicidad con los hombres se arrojó en brazos del delicado eterno femenino. Sigue siendo fiel a su elección. Por lo que se dice en el medio, fue amante de la McCaussland. Les doy otro dato: Amparo —así a secas porque no hay otra Amparo— acaba de decirme que la Lecompte sufrió un grave ataque de nervios. No quiere salir de su guarida. No sé si se trata de la depresión producida por la última intervención quirúrgica o del dolor que la embarga por la muerte de la amiga. No quiere salir de su casa, no pasa al teléfono fijo, pero contesta el celular. Les regalo el número.

—No pretendo seducirla, sino hacerle unas preguntas.

—La Atienza dirá la verdad —anotó Mora—. No ha cometido otro delito que el de dejarse acorralar por la bebida y el primer producto de exportación del país. Tal vez le gustara Érika Muñoz.

—¿Y ella a Érika?

—Descartado —se burló Mora—. Érika era carne de varones y una mujer muy exigente en el tema de las cuentas bancarias. Aunque, nunca se sabe. El hastío hace milagros. ¿Hay homosexualidad más explicable que la producida por el fracaso de la heterosexualidad? No crean, también leo a Freud, aunque prefiera a los bacanes de la antipsiquiatría. Voto por la muerte de la familia y por un mundo que no encierre a la locura —se alistaba para la apoteosis—. Lástima que ya nadie lea a Ronald Laing y a David Cooper.

—Renuncia a tu revista y te vienes a trabajar a la Fiscalía —le propuso Arias.

—Prefiero los riesgos del periodismo. Desconfío de la justicia: cojea y le pegan un tiro en la otra pata. Ni las prótesis la salvan. Es un simulacro que mantiene viva la majestad del Estado. En el mejor de los casos, es una idea moral, como Dios o... el amor de madre. La justicia, para mí, es una novela de Kafka, una película de Orson Wells, un expediente empolvado, un inocente condenado a cadena perpetua, O. J. Simpson declarado no culpable, *No guilty,* que dicen los gringos —e hizo una pausa en el delirio.

—Se acerca tu amiga —advertí al sentir la proximidad de Margarita Atienza. Deslumbrante, realmente atractiva. Sobria con su sencillo atuendo negro y sus gafas oscuras. Daniel Fortesa —protagonista de la serie *En cuerpo propio*— se entretenía rodeado de macizos muchachos de pasarela. Ilusorio el destino de sus *fans*: adorar a un hombre que las engaña a diario con hombres que no salen en televisión, jovencitos anónimos que conducen taxis o camiones, desocupados de esquina, guapos muchachos que mueren de anonimato y pobreza en oficinas, exhibicionistas de gimnasio. Esta es la verdadera competencia que encuentran las muchachas que piden autógrafos a Fortesa.

—La llamé anoche por teléfono —le dijo Arias—. Investigo el crimen de su amiga. ¿Suspendieron su grabación?

—No, pedí que aplazaran mis escenas hasta pasado mañana. ¡Pobre Érika! Fue a visitarme antes de que la mataran. Era un nudo de nervios.

—De eso quería hablarle, pero este no es el lugar indicado. ¿Puedo invitarla a tomar un café después del entierro? No le quitaré mucho tiempo —propuso Arias sacando lo mejor de su galantería.

—¿Necesito un abogado?

—No es necesario, usted no es sospechosa de nada. Fue la última persona que vio a la víctima con vida.

—La penúltima —dijo ella—. No me explico por qué la asesinaron.

—Ayúdeme entonces a encontrar la explicación. ¿La conocía bien?

—No tanto —dijo Margarita—. Le di unas clases de actuación y nos hicimos amigas. Creo que yo le inspiraba confianza. Quería ser actriz y me llamaba para que la ayudara. Ayer fue a consultarme sobre la conveniencia de abandonar el modelaje y dedicarse a estudiar actuación en Nueva York —dijo—. Pensaba que abundaban las modelos y reinas de belleza decididas a matricularse en el Actors Studio. La muerte de Lee Strassberg ha cambiado los reglamentos de admisión. Cualquiera puede hacer su curso y salir con un diploma. Érika tenía los medios para irse una larga temporada del país. Le habían prometido modelar para Versace, pero fue un cuento de su agencia. Soñó que podía modelar ropa de Armani y tampoco. Debió conformarse con desfiles de diseñadores locales. Vivía obsesionada con la brevedad del éxito. Me dijo que en unos dos o tres años sería ya vieja para el negocio. Por eso quería ser actriz. La consolé diciéndole que Cindy Crawford pasaba de los treinta años. Fue inútil. No podía curarle el desasosiego.

—Gracias, Margarita —la cortó Arias—. Le pido que me cuente un poco más de Érika cuando nos tomemos un café. ¿Le parece bien el Oma del Centro Internacional? Sirven un buen cappuccino.

—A las seis y media, entonces.

Una nube de amigos y admiradores rodeó a Margarita.

—Lo que le diga ella, téngalo por cierto, fiscal —se entrometió Mora—. Conozco el medio y lo divido en dos: están las que quieren ser abrumadas por la fama, que no tienen y las que, con la fama encima, se convierten en víctimas de la fama que no desean perder por nada del mundo. Si pierden la fama pierden el *casting*. A Margarita, la fama solo le ha dañado el hígado y los tabiques de la nariz. Mantiene su alma intacta, llena de cicatrices y a salvo de todo artificio. Es casi ingenua y por eso la han manoseado. No ha buscado la gloria, sino la perfección de su trabajo con los recursos de un carácter imperfecto. Paradojas del *show business*.

—Buena descripción, Mora —intervine—. ¿Estás dispuesto al intercambio de conjeturas?

—Si las tuviera, no las intercambiaría —se mostró casi violento—. Estoy cansado de escribir informes que la justicia bota a la basura. Un periodista no aporta pruebas, sino sospechas que hace públicas. A veces evidencias, pero las evidencias pasan por el cedazo de las leyes y las leyes se interpretan para que les salga la trampa. ¿No juzgaron en Derecho al Presidente? Contra toda evidencia, fue declarado inocente. Sus jueces están enredados en la misma trama.

—¿Quién crees que mató a Érika Muñoz? —pregunté.

Quería evitar toda discusión sobre el Presidente de la República. Sin embargo, Mora quiso volver al Presidente de la República. Dijo que esa pobre testigo que había dado millones a la campaña del candidato y ofrecido joyas a su esposa —jamás se sabría si fueron aceptadas— probaba que la razón de Estado no estaba muy lejos de las razones del crimen. Tal vez no hubiera sido el Presidente, probablemente, es una hipótesis —dijo—, el crimen lo habían cometido quienes se sentían obligados a protegerlo. Para eso se creaban servicios de inteligencia, para proteger la razón de Estado, para proteger su prestigio, para que el Estado no se quedara sin cabeza.

—Se mató ella misma —respondió—. No digo que se suicidara, digo que se mató ella misma: malas compañías y ambición desmedida. Me consuela saber que nadie le abre procesos a la condición humana. De vez en cuando los novelistas, cuando no se dedican a malabares formales o a labrar la gloria del próximo milenio.

—El abogado Alatriste parece una mosca en un vaso de leche —apuntó Arias—. Nadie lo mira ni saluda. Si te le acercas por la espalda, verás la mancha de caspa que cubre las hombreras de su saco. ¿Saben qué lo vuelve más repugnante? Hace trabajos sucios y no ha tenido la astucia de volverse rico. Por ahora no nos sirve, a duras penas unas pocas preguntas: ¿qué hace un abogado como él, feo y casposo, en un lugar como este? Una imprudencia de quien lo haya mandado.

—No vino a que lo saludaran, vino a tomar notas para sus jefes.

Alatriste había pasado dos veces por el féretro, besado la mano de la madre de Érika y regresado a un rincón de la sala sin encontrar un solo conocido. En su libreta de apuntes debió de haber escrito los nombres del fiscal Clemente Arias, del periodista Eparquio Mora y del ex fiscal Raúl Blasco. Los noticieros de televisión y las revistas de farándula registrarían la presencia de la multitud, la identidad de otros rostros, más interesantes y atractivos que los nuestros. Tal vez anotara también el nombre de Margarita Atienza.

—Sentí que me miraba con cara de pocos amigos —advertí.

9

DEBÍAMOS SALIR. NI ARIAS NI YO IRÍAMOS AL ENTIERRO DE Érika, previsto para las tres y media de la tarde del día siguiente. Dora Gutiérrez de Muñoz había ordenado que así fuera. Admiradores y amigos de la modelo esperaban darle un último adiós a su hija. El fiscal había ordenado la presencia de un agente en los Jardines de Paz.

Mi celular apagado guardaba en el buzón tres mensajes de María Teresa. Solo el tercero me pareció preocupante. "Acércate por mi casa, es urgente —decía—. Urgentísimo y sin margen de duda."

Sin margen de duda. No era este el vocabulario empleado en sus diatribas amorosas. Había aprendido a reconocer en su voz el tono de la simulación, así que no me fue difícil descubrir en el tercer mensaje la sincera urgencia de un reclamo. Le pedí a Clemente que me llevara hasta Los Rosales.

—Sospecho que Marité ha entrado a jugar en nuestra historia.

—¿Temes que la estén usando como mensajera?

—Temo que la quieren asustar para que me asuste. No tengo autoridad, pero tengo la autoridad de ser el único testigo.

—Te dejo en Los Rosales y sigo para las Torres del Parque. Pedí que tomaran huellas digitales del pomo de las puertas, de los grifos, del banquito de madera que los agentes encontraron en un rincón de la sala. Un taburete rústico, aparentemente insignificante. La bolsa con los restos de esponja amarilla ya está en el laboratorio, al igual que las ropas de Érika. El anillo de diamantes está en lugar seguro.

—¿Qué dicen en balística?

—Mañana me dan los resultados. Dos impactos en el cuerpo y ninguna huella de contacto carnal.

—Apenas estaban en los preliminares —dije—. Hay gente rara: necesitan un *striptease* para calentarse.

—Raros somos casi todos. ¿A quién no lo calienta el *striptease* de una mujer como Érika?

—Veo a Marité asomada a la ventana del segundo piso —dije—. Debe de estar esperando hace rato.

—Llámame al celular si pasa algo grave.

Arias hizo una arriesgada maniobra que lo llevó a la Circunvalar en el sentido opuesto al que nos había traído a la calle 74. Subí las escaleras del antejardín a zancadas. Antes de que llamara, Marité abrió la puerta y se lanzó a mis brazos. Sollozaba. Conocía sus reacciones histéricas, me sabía de memoria el breve repertorio de llantos y supe que estos no eran sollozos ni llantos conocidos.

—¿Qué sucede?

—Entra —alcanzó a decir.

El gran apartamento seguía manteniendo el buen gusto de siempre. No se había introducido ninguna modificación en el decorado. Comprado hacía apenas cinco meses, de contado y con el dinero llegado de la herencia de su madre, tenía el atractivo de la carnada en el anzuelo: si un día cosíamos las costuras rotas de nuestro matrimonio, este sería el nuevo hogar de la pareja. Podía dejar el apartamento de las Torres como estudio u oficina. No le importaría saber que lo destinaba a una que otra aventura, condescendía ella, a sabiendas de que era alérgico a las aventuras pasajeras.

—Escucha el contestador. Empezaron a dejar mensajes cuando desayunaba contigo.

El chirrido de la cinta me produjo un leve dolor de estómago. La luz roja del aparato registraba la existencia de tres mensajes. El primero era una amable invitación dirigida a mí: debía abandonar el vicio de mirar a los vecinos. El segundo contenía una advertencia mucho más drástica: yo no había visto nada desde mi apartamento, todo había sido una ilusión óptica producida por mis deseos reprimidos. El tercero aconsejaba a mi esposa: para el bien de ambos, debía aconsejar al marido no meter las narices donde no le importaba.

¿Por qué habrían de saber que era testigo del crimen? Arias pudo haberlo dicho esa mañana en la Fiscalía. Y la infidencia tal vez se hubiera filtrado desde los servicios de información que la Temible Alianza extendía hacia los organismos de fiscalización. Demasiado pronto para una reacción así. El tercer mensaje iba al grano: puesto que ya no era fiscal y, por lo tanto, no gozaba de protección, la señora de Blasco debía tomarse la molestia de hacer saber todo esto a su marido.

—Es alguien que nos conoce y que supo que soy el único testigo.

Temí que Marité volviera al tema recurrente de la separación y la segunda oportunidad para el amor, pero se reveló como una mujer superior a sus fantasías. Volvía a la realidad impulsada por el miedo a los mensajes.

—Hablan en serio, Raúl. Yo soy tu costado más sensible.

—Nunca dejaron de hablar en serio —recordé—. Eres mi costado más sensible aunque no durmamos juntos —dije y recordé que la investigación sobre Leonel Piccolo iba más allá de Piccolo: paramilitares, Inteligencia del Ejército, propietarios de tierras que veían en el caso un asunto funesto. Si se juzgaba y condenaba al embajador no se sentaría jurisprudencia, sino un arriesgado precedente: no hay inmunidad diplomática para ciertos delitos, no hay cargo, por alto que sea, que excuse la posesión y uso de armas ni la formación de grupos de justicia privada.

Piccolo había regresado al país y se suponía que sería llamado a indagatoria, pero su expediente, que tal vez permaneciera apenas entrecerrado, podía abrirse. Bastaba un tránsito simple, el que iba de la Procuraduría a la Fiscalía. ¿Qué alta, influyente instancia protegía a Piccolo? ¿No se le había abierto investigación en la Procuraduría por ser un antiguo funcionario del Estado? ¿Quién obstruía el camino que iba de la Procuraduría a la Fiscalía?

—¿Qué tiene que ver esa modelito asesinada con tus enemigos de antes?

—Nada y mucho: si el asesino pertenece a ese tejido de relaciones, temen que se destapen complicidades más profundas. No te olvides que vivimos en un país que, en principio, solo es normal por las apariencias. Nuestras enfermedades endémicas van más abajo de la superficie. Rasques donde rasques, escarbes donde escarbes, siempre encontrarás escondido un germen de la enfermedad. Los estratos geológicos del delito muestran capas lisas y capas rugosas. Detrás de la suavidad de las primeras capas siempre viene una rugosidad que se profundiza. En un pliegue, se anuncia una grieta más profunda. En las superficies lisas siempre hay una capa de maquillaje que encubre algo podrido. Las cañerías conducen a menudo a un mismo conducto.

—¿Quieres un cognac?

—Gracias, prefiero un whisky.

Sin que Marité me lo pidiera, la abracé un largo rato. Había dejado de temblar. Mi perorata había conseguido fortalecerla. Sentí en la memoria el aroma de su perfume. Le pedí que no se moviera del sofá. Yo iría a buscar su copa de cognac y mi whisky. Sumergido en el bar, concluí que Marité no había abierto una sola de las botellas de su reserva. Todas mantenían el sello de seguridad, es decir, las estampillas. Entonces era cierto lo que no se cansaba de repetir: que no probaba un solo trago que no fuera el vino de las comidas, que aceptaba algún licor cuando me visitaba, que la tentación de beber sola había sido desterrada hacía meses de sus hábitos.

La llamada de Arias llegó en el momento en que alargaba la copa a Marité.

—Lo que me temía, Clemente —le dije—. El método sigue siendo el mismo: dejaron mensajes grabados en el contestador de María Teresa.

—Veámonos después de mi entrevista con la Atienza. Y guarda el casete de los mensajes.

—Que no sea en mi apartamento ni en el tuyo, mucho menos en el de María Teresa. La voz del casete pasó por un filtro —dije—. Elige uno de tus antros de Chapinero, el que sabemos. ¿Siguen guardándote el reservado? Aleja del escenario a tus muchachas —recordé el bar de la calle 62, a unos pasos de la iglesia de Lourdes.

Marité no dejaba de mirarme. Por la fijeza de su mirada comprendí que me reprochaba todo el interés que yo ponía en seguir una investigación que no me concernía. No era más que un testigo. Un testigo que, cumplida su obligación de dar testimonio de lo visto, no tenía por qué estar enredado en un oficio del cual había sido despedido. ¿Pensaba abrir una oficina de investigador privado? Si había aceptado un despido encubierto para preservar mi vida y no seguir blandiendo mi espada contra molinos de viento, resultaba absurdo que me implicara ahora en la investigación de un crimen, así fuera en condición de testigo. Le parecía una irresponsabilidad. También ella, ajena en apariencia a mi vida y a mis obsesiones secretas, podía ser víctima de los criminales.

—No investigo nada —me defendí—. Solo actúo de testigo. Es mi obligación —quise cambiar de tema y señalé la presencia de un nuevo cuadro: un enorme óleo del pintor Fernando Botero. Pensé que el monto de la herencia recibida por mi mujer le permitía adquirir una obra cuyo precio era superior al medio millón de dólares. O lo había sido. La estampida de los grandes compradores había deprimido el mercado del arte para que los precios volvieran a su cauce inicial. Trescientos mil dólares, a lo sumo, valía el óleo de Botero —pensé. Si lo vendía, su comisión podía pasar de los treinta mil.

—No es mío, lo tengo en consignación —aclaró ella—. Tengo un cliente interesado en comprarlo, pero ando investigando su hoja de vida.

El último oficio de Marité era el de marchante. Compraba y vendía arte, cuidándose de no entrar en el baile largamente bailado por galeristas y *dealers:* vender a precios inflados obras de prestigio que el fabuloso dinero de los narcos aceptaba sin chistar. Vendía poco y todo por culpa de sus escrúpulos. Nadie le garantizaba que la cadena de intermediarios no tuviera a honorables personajes metidos en el negocio. Lo había advertido un sabio y anciano ex presidente: en estos tiempos nadie repara en el origen del estiércol del diablo. ¿Se excusaba de haber recibido aportes de dinero sucio para su campaña en una época en la que no se hablaba de dinero sucio?

—Un industrial judío de Medellín está interesado en adquirirla.

—Por supuesto que la guardará en su casa antes de vendérsela, vía Nueva York y por transferencia, a un banco de las Islas Caimán, a un capo colombiano. O a su intermediario.

—No seas tan escrupuloso, que los judíos también coleccionan.

No le iba mal en el negocio. Marité permutaba obras de arte por casas y terrenos, por autos último modelo, por lotes de esmeraldas, por cuanto tuviera un valor seguro en el mercado sin estar sujeto a la devaluación de la moneda. Lo hacía porque le gustaba el riesgo y, por supuesto, también el dinero. El BMW que provocaba mis pudores era la comisión ganada en la venta de tres espléndidas esculturas de Édgar Negret a un millonario venezolano. En uno de los cuartos espaciosos de esta casa de Los Rosales tenía su caja fuerte de obras, pinturas, esculturas en bronce rematadas por herederos de familias ricas o antiguamente ricas, piezas auténticas de arte precolombino que nuestra amiga Rita Restrepo le entregaba en consignación. No tenía prisa en vender —me decía.

—No me gusta Botero, me gusta solamente su portentoso genio para perfeccionar una fórmula exitosa. La fama y el dinero, una vez adquiridos, son superiores a la crítica de arte, que es un perrito faldero de la fama y del dinero.

—En gustos no hay disgustos —aceptó mi esposa.

No solo le gustaba Botero. Veía en su obra la imagen de una estética popular —la opulencia de las formas, la candidez de la fealdad— y la expresión de una belleza ajena a la época. El artista tenía genio comercial, era cierto, pero se libraba así de la usura de los intermediarios. Era un anacronismo metido en las entrañas de la modernidad —argumentaba.

Se había sosegado un poco. Extendida en el sofá de cuero nuevo, con la cabeza recostada en mis piernas, sorbía poco a poco su copa de Hennessy. El sosiego alcanzado le permitió cambiar de tema:

—Tengo un cheque para ti. La parte que te corresponde por los intereses de un certificado a término fijo. Son bienes gananciales y no un regalo personal. No pienses que trato de sobornarte. Podrías comprarte un carro nuevo. Me da lástima verte en ese lamentable Renault 12.

—Sabes que sigo siendo peatonal y que guardo un cariño especial a esa vieja chatarra de motor casi perfecto.

—¿Tienes que salir?

—Tengo cita con Clemente.

El teléfono de la casa sonó al mismo tiempo que mi celular. Decidí responder y hacer un gesto a Marité para que se olvidara de su línea. Era Clemente:

—Localicé a Irene Lecompte, la modelo amiga de Érika —dijo—. Está en su apartamento y es cierta la versión que, según Morales, le dio Amparo Grisales: no sale de su casa.

—¿Conseguiste una cita?

—No para hoy. Dijo que podríamos vernos pasado mañana, cuando saliera de ese estado —mintió Arias—. Lloró por teléfono. Dijo que Érika era su mejor amiga y mucho mejor modelo que ella.

—Los muertos alborotan la modestia. La competencia viva es peor que la competencia muerta: deja libre una silla. Por eso se lloran los muertos de la competencia. La muerte no es una desgracia, sino un favor que se concede a los vivos.

—Espérame en tu apartamento de las Torres a eso de las ocho. Llevo escocés con estampilla de impuestos. Un modesto Chivas.

—¿Qué pasó con tu antro de Chapinero?

—Lo sellaron por exceso de medidas higiénicas.

Marité dio muestras de disgusto. Sin embargo, la paz alcanzada en dos horas le hizo pensar que esa paz podría ser perfectamente repetible. La cabeza que recostaba sobre mis piernas se movía presionando sobre mi sexo, como si deseara penetrar el suave tejido de la fibra. Estaba jugando sucio, provocando una erección en circunstancias inconvenientes. Sonreía al sentir el movimiento debajo de sus cabellos, extendidos sobre mis muslos. Decidí no oponer resistencia cuando empezó a abrir mi braqueta y a buscar su juguete. En unos instantes lo tendría en su boca, rodeándolo con los labios. En unos pocos instantes, con la fuerza de mi voluntad derrotada, Marité ya se habría salido con la suya. Quédate quieto —dijo. Al quedarme quieto continuó con la sabia operación de pasear su lengua por mis testículos para, después, hacer un recorrido desde la base de la torre erguida hacia su suave extremo superior. Bebérselo o no bebérselo, ese era siempre su dilema, resuelto la tarde de hoy con una lenta aplicación de elíxir genital en sus mejillas.

En estas circunstancias flaqueaba mi voluntad, flaqueaba mi decisión de no volver a aceptar que el sexo se entrometiera en el curso de nuestra separación. Y este era el mejor argumento para que ella atacara la absurda obstinación de un marido que gozaba en el amor y le oponía, sin embargo, las razones del rompimiento. Mis ganas de libertad eran simplemente transitorias. Aceptaba y rechazaba. Mis contradicciones, francamente, merecían el diván de un psicoanalista.

—Un día te convencerás de que solo nos separan tu signo zodiacal y tu negativa a ser feliz. Virgo con tendencias autodestructivas. Tratas de ocultar el amor como el gato oculta su caca: le echas arena y te mientes, me mientes, nos mentimos.

Marité seguía acariciando mi sexo dormido. Por un miserable mecanismo de asociación, apareció en mi memoria la escena de la bailarina privada con su delgado, perfecto cuerpo aleteando en el centro de una sala vacía. Érika revivía después del éxtasis alcanzado. Y revivía segundos antes de precipitarse hacia la alfombra color salmón encendido. Me levanté bruscamente del sofá.

—¡Cochino! Estás pensando en la muerta —adivinó en una suerte de deducción incomprensible.

Guardé silencio. Marité se removió en el sofá hasta quedar bocabajo, el rostro hundido entre los almohadones. Pensé que empezaría a sollozar. Si no lo hizo fue gracias a los rescoldos del placer que le producía haberme dado ese placer desinteresado y brevísimo.

—Te volverán a llamar, te dejarán mensajes en el contestador, así que no respondas —le aconsejé—. Usa tu línea privada. Debo irme, ya son las seis y media.

El cuerpo de Marité había dejado de parecer inerte. Suaves, cadenciosos movimientos me advirtieron que iniciaba su propio ritual. Llevó una de sus manos hacia el vértice de sus piernas y las cadencias del cuerpo siguieron el ritmo lento de la paciencia. Me pidió en voz muy baja que me quedara solo un momento. Quería que la mirara, en realidad, quería sentirme próximo. Volví a sentarme al borde del sofá y acaricié sus nalgas, su espalda, su cuello. No deseaba nada distinto a esas caricias. Si lo hubiera intentado habría rechazado la intromisión de mis caricias en su sexo. La otra mano arrastró el vestido de seda hacia la cintura. Vi su fina ropa interior negra, el delgado hilo de encaje que dividía sus nalgas en dos mitades espléndidas. La mano buscó mi mano y la condujo al otro sitio del placer. Ya no necesitaba evocar a la bailarina asesinada. Mi erección progresaba a medida que los movimientos de aquel cuerpo, aprendido de memoria, se iban haciendo más rápidos sin abandonar sus cadencias. Bajé mis pantalones hasta la rodilla, con urgencia, subí encima de la espalda vestida. Cuando el teléfono empezó a sonar, ella siguió gritando obscenidades. Mi cuerpo se había desplomado sobre su espalda. Nada podría hacer. Volví a ser un fraude. Unos segundos de erección parecían un simulacro y Marité no esperaba un simulacro, sino la firmeza de mi sexo en su trasero. La última obscenidad la dijo a quien estaba al otro lado de la línea:

—¡Váyase al carajo, terrorista malparido!

—¿Quién es?

—Perdona —bajó la voz ella—. Es tu socio —alzó de nuevo la voz—. No metas en líos a mi esposo, Clemente, que a ti te pagan por el riesgo y a él lo echaron por arriesgarse más que tú. Lo dejaste solo en esa investigación de mierda.

Iba a coger el aparato cuando un estruendo venido de la calle congeló el movimiento de mi mano. Marité me miró horrorizada. Las ventanas de la casa reprodujeron el estruendo y una de ellas se vino abajo, dibujando un simétrico hueco triangular. Le pedí que no se moviera del sofá, donde hacía unos pocos segundos trataba de acomodar las ropas en su sitio. El susto y el pánico la habían paralizado.

Eran otros tiempos. Las bombas, las explosiones sucesivas por toda la ciudad, los petardos colocados en centros comerciales y en calles populosas habían cesado. Se creía que ya ningún demente haría dinamitar un avión comercial en pleno vuelo, pero de vez en cuando una bomba despertaba nuevos temores.

La guerra subrepticia —temí— tendría nuevos escenarios y protagonistas distintos. Dejaría de ser subrepticia para volverse evidente y terrible: la guerrilla contra el Estado, el paramilitarismo contra la guerrilla o contra quienes creyera sus aliados, narcotraficantes detrás de la guerrilla y también detrás de los paramilitares, la guerrilla a la caza de cómplices del Estado y paramilitares. No era una predicción catastrófica —me decía—. En esa otra guerra por venir seguirían los mismos elementos de la anterior expresados con una complejidad mucho más irresoluble.

—Ha sido cerca de aquí —dije para tranquilizarla—. Fue la onda expansiva.

Podría haber sido en la carrera 7ª. El estruendo nos llegó como si el petardo hubiera estallado en la puerta de la casa. Encendí el radio transistor que Marité dejaba siempre en la cocina. En pocos minutos se informaría sobre el atentado —me dije. Y, en efecto, no pasaron cinco minutos y ya la radio emitía un *flash* de noticias: un artefacto de alto poder explosivo había estallado al pie de la residencia de un general de la República. A la misma hora, en otro extremo de la ciudad, dos petardos habían estallado cerca de la Escuela de Caballería.

—Los colombianos seguimos jugando con dinamita —dije para sacar a Marité del pánico que la mantenía paralizada en el sofá—. Los narcos, la guerrilla, los paras, todo el mundo juega con explosivos. Un día de estos empezaremos a jugar con morteros y cohetes teledirigidos. Los gringos jugarán entonces al espionaje satelital con armas teledirigidas.

La llamada de Arias se había quedado sin respuesta. Cuando intenté recuperarla, el fiscal ya no estaba en la línea. Llamé a su número y desde el celular me remitieron al buzón de llamadas.

—Los narcos ya no ponen bombas, las pone la guerrilla —dijo Marité al salir de su mutismo. Trataba de acercarse a la ventana, abriéndose paso por el montón de vidrios rotos que tapizaba el suelo como una peligrosa capa de astillas sobrepuesta a la fina alfombra persa que cubría gran parte de la sala. Los cristales habían caído también en la mesita de fina madera brasileña, sobre la cual seguía intacto un soberbio jarrón chino. No sabíamos a ciencia cierta a qué dinastía pertenecía esa joya. Lo que Marité sí sabía era el precio pagado por ella. Era su joya mimada y solo desatendida por sus afectos cuando sostenía que lo mejor de su colección de objetos era la estatuilla Tumaco que representaba a un indígena en cuclillas, indiferente al gran falo que sostenía con las manos.

La llamada de Arias entró a mi celular. Una idea, llegada súbitamente, fue el lacónico saludo dirigido al fiscal:

—El anillo de diamantes —dije—. Acuérdate del anillo de diamantes de la víctima. Una muchacha como Érika no compra un anillo de diamantes; lo recibe cuando se lo regalan. ¿Quién se lo regala? ¿Dónde lo compra quien se lo regala? ¿Se puede seguir la ruta que conduce de la joyería al comprador y de este a la víctima? No te rías, hace tiempo que no leo novelas policíacas: prefiero leer novelas de amor. Los grandes amores llevan en el dedo un anillo de diamantes.

—Mañana voy a estar ocupado en poner orden a unas cuantas ideas —dijo—. Ocúpate de Marité. Merece un poco de cuidado.

10

A LAS NUEVE EN PUNTO DE LA NOCHE, EL DÍA DEL ENTIERRO de Érika, Arias llegó a mi apartamento con una botella del modesto whisky prometido. Desde que descubriera el whisky de malta, no era capaz de probar un trago distinto, aunque se hubiera pasado la vida bebiendo los más baratos de promoción, venenos importados con la garantía equívoca de Escocia. Hacía una excepción con el Old Parr.

—Te tengo información sobre Margarita Atienza.

—Yo esperaba información sobre el anillo de diamantes.

¿Había leído las noticias sobre el bombazo de la noche anterior? Juan Gossaín había dicho en su informe de la mañana que el artefacto explosivo no había producido víctimas. Sin embargo, parecía estar dirigido al general Turcios Aponte, miembro de Inteligencia del Ejército. Igual versión ofrecieron otros informativos. Había explotado cinco minutos antes de que el general entrara al parqueadero de su residencia. "La guerrilla aprieta a los generales" —dijo Arias. Y añadió que era ya casi unánime la versión que implicaba a una Brigada del Ejército en trabajos sucios de inteligencia con un hilo extendido hacia los cerebros paramilitares. Por el momento no era nuestra guerra —dijo—, pero empezaría a serlo. La guerrilla quería hacer daño a los generales que le estaban haciendo daño y los paramilitares más daño a la guerrilla que golpeaba a los generales aliados.

—Las dos cosas van juntas —dijo Clemente Arias—. Digo, inteligencia militar y paramilitares. Tiene su lógica: toda guerra es endemoniadamente pragmática. ¿Cómo sigue María Teresa? Si el Ejército no puede, pide ayuda para debilitar o vencer al enemigo común, la guerrilla. ¿Está tranquila?

—Echando candela por la boca e insultando el recuerdo de mi madre. Cree que soy culpable de las amenazas, y razón no le falta. Ella espera, sin decirlo, que las amenazas y mi culpabilidad vuelvan a unirnos. Estuve toda la tarde en su casa.

—Margarita recibió la oferta de comprar el anillo de diamantes de la difunta. Dice que descubrió en Érika un desmedido interés en deshacerse de la joya. Una locura, le dijo Margarita. ¿De dónde diablos iba a sacar los cincuenta mil dólares que pedía? Tenía de todas maneras interés en venderla y no porque estuviera mal de plata. Érika le dijo que el anillo valía ochenta mil, bien tasado, unos cien mil —dijo Arias—. Habló pocas veces con ella en la última semana y las pocas veces que lo hizo la notó particularmente alterada. Estaba indignada con su agente, Angélica McCaussland, me dijo.

—Me interesa lo que dijo la Atienza sobre las relaciones de Érika. El anillo nos llevará al mismo sitio, mejor dicho, a las amistades peligrosas de la modelo.

Arias buscó vasos en la cocina y sirvió dos largos chorros de whisky.

—Érika no precisó esa noche a cuál apartamento iba ni con quién iba a cenar. Margarita cuenta que la sintió nerviosa. Y, por supuesto, el nerviosismo tenía su origen en la nariz. Contra la voluntad de Margarita, que dice haber dejado la adicción, la modelo se metió dos pases de "perico".

—Nadie se pone nervioso con dos o tres pases de "perico", el nerviosismo lo traía antes de la visita. El nerviosismo era por la cita.

—Una cita en un apartamento vacío —dijo Arias—. Margarita me dijo que todo el mundo sabía de los amores de Érika, pero todo el mundo no es nadie a la hora de dar un testimonio a la Fiscalía. Parecía odiar a la McCaussland, esa fue la impresión que le dio. Odiarla o temerla.

—¿Contactaste a la McCaussland? De todas maneras, el *striptease* parece haber sido un espectáculo voluntario.

—A eso iba. La superagente no estuvo en la velación ni en el entierro de Érika y un día después del crimen salió de viaje, eso es lo que dice el portero de su edificio.

De viaje. Todos se estaban yendo de viaje: el senador, la agente de modelos. ¿Adónde? ¿Por cuánto tiempo? ¿Por cuáles motivos? Arias se lo preguntaba y era posible que nadie le diera respuestas si lo averiguara en la agencia de la McCaussland. Una mujer del alto mundo, acostumbrada a someter a sus pupilas al hambre de las dietas o a las transformaciones aceleradas del cuerpo a cambio de un contrato en el negocio de la publicidad o de la moda, no podía ser una mujer de explicaciones fáciles y menos de explicaciones a las muchachas que hacían antesala en su oficina. Reaparecería, le aseguré a Clemente. Tal vez buscase escampar del temporal y del asedio de los periodistas. No podía estropear la imagen del negocio. Reaparecería cuando la última corona de flores se hubiera secado sobre la tumba de Érika. No se abandona un negocio de la noche a la mañana ni se le cede el paso a una competencia tan infernal. La moda era la profesión de este final de siglo y la ferocidad era el estilo elegido para seguir estando en la moda. La competitividad era la moda y la moda un animal de afilados dientes depredadores. Nadie caía en la trampa. Dormirse era perecer. Mi amiga Nélida Pantoja, fundadora de una estirpe de agencias, más amiga de mi mujer que mía, nos lo había dicho con el temple de su ascendencia guajira: "Sigo en el negocio porque no duermo. Si me duermo me devoran. Trabajar con la belleza exige el uso de los más feos instintos."

—Nos toca llegar donde Irene Lecompte, la amiga.

—A esa ya la tengo planillada —se jactó Arias—. La cité en tu casa, mejor dicho aquí. Vendrá cuando acabe de cenar con Helios Ruiz. Dijo que una cena de negocios podía sacarla de la depresión. Ruiz pretende seducirla ofreciéndole un papel en su próximo seriado.

—¿Quién es Ruiz? ¿Quién te autorizó a citarla en mi casa?

—Por partes —se defendió Clemente—. Ruiz es el mandamás de una programadora de televisión y la Lecompte una aspirante al estrellato. Todas quieren ser actrices.

—¿Y ... ?

Clemente hizo el elogio de la joya. Evadía la segunda respuesta. Si la vida no lo hubiera castigado con la pobreza, un anillo de diamantes hubiera sido el regalo que él hubiera elegido para complacer a una muchacha como Érika. Si se gastaban ochenta mil dólares para complacer el capricho de una amiga, mucho dinero debería quedar en la reserva de ese amante generoso, muchísimo, si se aceptaba que el regalo solo satisfacía un pequeño trozo de la vanidad femenina.

—La invité a venir aquí porque no se siente segura en su casa.

—Probablemente valga más de los ochenta mil dólares.

Leí que en Tiffany los hay de medio millón de dólares y en Tiffany llevan un escrupuloso registro de sus clientes de lujo. ¿Quién paga un viaje a Tiffany, mi querido fiscal? Porque a Nueva York deberá viajar la Fiscalía. O un mensajero de la Interpol.

—No menosprecies a los joyeros colombianos. Hay que investigar entre los mejores.

—Tengo entendido que no hay dos anillos iguales ni dos clientes que satisfagan un mismo capricho. Ergo...

—Ergo nada, Clemente. No has dicho aún por qué la invitaste a mi apartamento. No me siento seguro porque ella tampoco se sienta segura. Mejor dicho, no me gusta tenerla en casa.

—Ya verás, no va a incomodar a nadie.

—Incómoda o no, la Irene esa está fuera de mis planes. Soy testigo, no fiscal.

Bebí un vaso entero de whisky y caí en la cuenta de que el proyector seguía esperando la película del crimen. Arias parecía no tener interés. Si lo tenía, ocultaba sus intenciones.

—Veámoslo antes de que llegue Irene Lecompte.

—Pasemos a la sala de proyección.

11

Nadie distinto a Marité había entrado a mi santuario, como empezaba a llamar a ese pequeño cuarto de la segunda planta. Tu aberración —lo llamaba ella. No de otra manera podía llamar al disparate de instalar allí un verdadero estudio de edición adquirido en el remate de una productora. Era el complemento a mis aficiones más secretas. Y aunque mi esposa se había opuesto a tal adquisición, negándome en principio las utilidades puntuales de los valores de bolsa vendidos una semana después de nuestra separación, había aceptado a regañadientes, temerosa de producir otra tormenta, que invirtiera tanto dinero en un capricho como ese.

Allí podía transferir formatos de grabaciones, emplearme con más entusiasmo que conocimientos técnicos en la edición de imágenes, introducirles el sonido deseado, buscar y conseguir efectos visuales, ora un fundido, ora una transparencia, atenuar colores, rebajarlos, en fin, todo un juguete que solo ocasionalmente me robaba el día para que, al final, deshiciera lo conseguido. Es solo un placer como otro —explicaba a Marité. Un placer desinteresado. Has visto que nada de lo que hago lo conservo, has visto que trabajo en grabaciones de películas por el simple placer de transformarlas: te has dado cuenta de que mis videos de aficionado son editados para después ser borrados, devueltos a la nada de la imagen. Un juguete, en esto se había convertido ese estudio, un juguete secreto y a ratos rabioso, sobre todo cuando no encontraba el efecto que buscaba. Grababa una película defectuosa y la sometía a cortes y modificaciones. Tomaba viejas películas de 90 o 100 minutos y las cortaba para probar que el corte no afectaba en nada su argumento. Me empeñaba en jugar, cuando ocurrió el crimen, con recortes argumentales a dos películas nacionales, en suprimir o abreviar diálogos. Probablemente resultaran menos ambiciosas y malas. Si se distorsionaba el sonido, los diálogos parecerían más absurdos. Cambiaba el audio de un documental hacia otro y el juego resultaba tan creativo que durante días imaginé el resultado de tal operación con viejas películas. ¿Qué tal el sonido de *Ben Hur* en *Los diez mandamientos?*

—Estás loco —exclamó Arias al entrar en mi santuario—. Marité tiene razón: esto es una aberración. No eres profesional de la imagen ni lo serás, eres solo un fiscal retirado que desperdicia la plata ganada por su esposa. Si la plata te quema los bolsillos, consigna un poco en mi cuenta.

—Yo también la gano, mejor dicho, lo que gana ella nos pertenece porque son bienes gananciales de una sociedad que no se ha disuelto.

No importaba que ella fuera rica y yo un humilde desocupado viviendo de la renta, lo que importaba era que aquel estudio estaba allí y a nuestros ojos la película de la danza ritual de Érika Muñoz, proyectada ahora en tres cuartos, un formato que perfeccionaba la imagen. Lo que importaba era el interés de Arias. Su atención, el silencioso seguimiento de la cinta, igual o más tenso que el experimentado en el momento de grabarla.

Un día, probablemente dentro de unas pocas semanas, introduciría la música apropiada al *striptease* de la modelo, la música que había imaginado en esos instantes de exaltación. Manuel de Falla o Joaquín Rodrigo, *El amor brujo* o el *Concierto de Aranjuez*, porque Érika bailaba a veces como si las cadencias le impusieran movimientos abruptos de cante jondo, quiebres de la cintura, brazos en alto y un armónico ritmo en las manos. Flamenco, tendría que ser flamenco. No le vendría mal un poco de *Camarón de la Isla,* la exaltación del cante. Editaría sonidos de *Camarón* y *el Lebrijano.* Y si era posible, editaría fragmentos de *Carmen* cantados por Martha Senn, nuestra diva.

—Está de perfil a la cámara —anotó Arias—. De perfil y por momentos de tres cuartos. Quien la mira, quien le dispara, está enfrente, ligeramente instalado a su derecha, es decir, a tu izquierda. Yo diría que no le disparan de pie, le disparan desde una silla. El asesino no se toma la molestia de pararse. Eso lo veremos con el informe de balística.

Detengo o congelo la imagen. Un movimiento de la mano izquierda, ralentizado, permite ver por fin lo que no había visto en los minutos de grabación: el anillo de diamantes. Arias se emociona. Tal vez empiece a aceptar que mi juguete —mi incomprensible aberración— tiene un sentido y una función. Pide que congele ese movimiento y se regodea con la mirada. Ya Érika se ha desnudado, solo le queda el hilo posterior y el triángulo de la prenda. Le da la espalda al espectador y con sabio gesto de las piernas, con lentas ondulaciones de las manos, consigue que el "hilo dental" caiga a sus pies. Da un breve salto y vuelve a estar frente al espectador, siempre en perfil de tres cuartos frente a la cámara oculta que la graba, que registra los instantes anteriores a su muerte. Arias acepta que, pese a lo flaca, es soberbiamente hermosa. Nada le sobra. Le sobrará la muerte porque la muerte sobra a los veintidós años, le sobra a la belleza, le sobra al tamaño de las ambiciones. Sobra toda muerte que no sea el efecto ineluctable del tiempo o la obsesiva voluntad de renunciar al mundo. Solo el tiempo y la psiquis justifican la muerte.

—El primer impacto —casi grita Arias—. El segundo, habrase visto al animal, se lo manda a la parte baja del seno izquierdo. Quería darle en el corazón. Devuelve la cinta al primer disparo. ¡Mierda! Le pegó un pepazo en el estómago, a pocos centímetros del ombligo. Mira el rostro, mira esa expresión de desconcierto. La muerte es bella, Raúl, terrible, bella y desconcertante. Sigue. Adelanta. ¿Cuánto tiempo duró la actuación?

—Exactamente cuatro minutos con treinta y cinco segundos, eso dice el *timer* de mi cámara. Debió de haber empezado antes de las diez y cuarenta y cinco. Llegué tarde. Por culpa de María Teresa. Quería violarme en la sobremesa. ¡Maldita sea!

—¿Qué pasa?

—Están timbrando. Debe ser Irene Lecompte. Y apenas son las diez y cuarenta y cinco. ¿No te asombra tanta coincidencia? Ruiz no debió tener suerte con ella. ¿Sabías que nadie es más seducible que una mujer deprimida por el miedo? En el supuesto de que esté deprimida y no asustada.

Apago el proyector. Veo que Arias se muestra decepcionado. El cine o cualquier formato que se le parezca, suscita emociones imprevisibles. Le ha emocionado mi aberración. Pide, con evidente mal humor, que le tenga lista una copia en tres cuartos.

Se siente obligado a hacer un elogio de mi estudio. No le importa ya lo que haya gastado, sabe que el dinero no me desvela más allá del placer que me produce, es más, presiento que de un momento a otro se va a quejar de su suerte, del sueldo tan precario, de mis privilegios, de una vida perdida entre legajos, primero como juez, después como fiscal, siempre como un pobre diablo obligado a pagar alquiler, intereses por su tarjeta de crédito, sumas inconcebibles por la mora en los pagos, a quejarse por no poder salir de ese viejo trasto que tiene por auto. Se va a quejar seguramente de su moral: no haber tenido la sangre fría para aceptar un soborno o permitir la desaparición de un expediente.

—Hágala pasar —ordeno al portero. Y mientras bajamos al primer piso, Arias se arregla el nudo de la corbata, dice que la voz que le respondió al teléfono era una voz ronca, la voz de una mujer que ha estado llorando. Esta evidencia no encaja en la superficial imagen que se ha hecho de la modelo: exuberante, espléndida de carnes, voz de niña y perplejidad permanente en sus respuestas. La belleza, el haber perfeccionado la belleza hasta llevarla a las alturas de un símbolo sexual, no encajan en la voz escuchada por teléfono.

—Pedimos a Interpol información sobre el anillo de diamantes —dijo con voz más bien apagada—. Precio, comprador y forma de pago, esos son los datos que nos interesan. Me inclino por la versión según la cual el anillo pudo haber sido adquirido en Tiffany. Es el sueño de las actrices y modelos colombianas. Tener una joya de Tiffany.

12

La voz escuchada en el teléfono empezó a encajar, no obstante, con la voz de Irene, presencia deslumbrante en la puerta del apartamento. Vestía minifalda negra, *body* negro escotado. Un poco de maquillaje. Sobre los zapatos de plataforma, la figura de Irene nos obligó a mirarla hacia arriba, como si solo esa mirada oblicua alcanzara a cubrir su estatura. Era más alta de lo que podía parecer en los desfiles. Más alta, menos niña. Altas niñas convertidas en mujeres que veían cómo se abreviaba el tiempo del esplendor, la gloria y la fortuna. Jugaba con un manojo de llaves en las manos, quizá las llaves de su auto.

—Pasa —le dije, y se abrió paso hacia la sala. Arias había desaparecido. Seguía allí, pero parecía no estar. Y lo primero que dijo la modelo antes de sentarse fue un débil quejido:

—Tengo la impresión de que me siguen. Ruiz me acompañó hasta la entrada al edificio, pero sentí que alguien me seguía.

—Nadie te sigue, siéntate. ¿Bebes algo? —Arias no salía de su tonta perplejidad. En un segundo plano, haciéndose el distraído ante un móvil de Calder —herencia de Marité—, se resistía a volverse visible. Lo señalé y le dije a Irene que ese tipo, el que ponía cara de moribundo, era el fiscal Clemente Arias, el mismo que la había llamado a su casa.

El fiscal dio entonces señales de vida. "No te imaginaba tan particularmente hermosa" —le dijo. Recordé que los tímidos pueden resultar insospechadamente agresivos. "Gracias" —dijo ella. "No le creas —añadí—, siempre se queda corto en sus cumplidos. Estás realmente deslumbrante." E Irene soltó la sonrisa que habría de acomodarla mejor en el sillón de cuero que eligió para cruzar las piernas y echar una vaga mirada al apartamento. "Muy lindo" —dijo. "No soy fiscal—le confesé—. Soy asistente voluntario del fiscal, aquí presente hace unos segundos."

Y fue entonces cuando la voz de niña mimada, natural o artificiosamente elaborada, grave en todo caso, convenció a Arias de que esta era la niña que había visto entrevistada en numerosos programas o en esa última sesión de los noticieros en la que la farándula había destronado a la cultura. La farándula era la cultura. Y el peso de la cultura se había aligerado.

—Me pregunto por qué la mataron —dijo a punto de sollozar.

¿Sollozaba en realidad o todo era un simulacro de sollozo? Ni Arias ni yo podríamos saberlo. Se aprende a simular y el aprendizaje lleva a convertir en real, verosímil y auténtico lo simulado. Acepté entonces que sollozaba, lo que resultaba inverosímil en una chiquilla que, con las piernas cruzadas y el *body* a punto de reventar las costuras, empezaba a hablar de la desaparición trágica de su única amiga.

Érika lo había sido todo en su vida. Eran apenas niñas cuando fueron lanzadas a la publicidad. Juntas habían compartido el desprecio o el desdén de los primeros años. Juntas habían aprendido a burlar el encantamiento de las promesas. Y juntas habían empezado a saborear —¿por qué Arias saboreó también esta palabra?— el éxito, en principio esquivo. No era una profesión fácil. La liebre saltaba a cada rato en el camino. Aprovechados que les ofrecían la gloria con la intención de que ellas cumplieran en la cama. Si había una profesión en la que la envidia fuera mortal, esa era esta. El cuerpo tenía que estar a cada instante del día socorrido por la inteligencia o la astucia. No era cierto lo que se decía, que ellas eran solamente carne de muñecas sin nada en el cerebro. La inteligencia vivía agazapada detrás del cuerpo, inteligencia y cuerpo debían abrirse paso para no dejarse arrebatar lo conseguido. Aspiraban cien pero solo una se quedaba.

¿Quién podía haber llegado al extremo de asesinar a una amiga buena, leal, indefensa, genial, espectacular? El adjetivo se había demorado en aparecer en los labios de Irene. Espectacular. Modelo y amiga espectacular, eso había sido Érika Muñoz. Un sollozo salió de su garganta y la mantuvo callada unos instantes. Arias no solo había hecho presencia. No retiraba la mirada de la modelo, de su rostro, de la particular forma de esos labios abultados, de los senos, de las piernas que, por segundos, ella abanicaba. ¿Sabía de las amistades de Érika? ¿Sabía si andaba en problemas? ¿Le dijo, si le dijo, con quién iba a cenar la noche en que la asesinaron? Vaciló un momento antes de preguntar si ella, Irene, sabía de quién había sido el maravilloso regalo, es decir, de dónde provenía el anillo de diamantes que Érika no pudo llevarse a su tumba.

Irene quiso responder una a una las preguntas de Arias y empezó a decir que conocía a algunas de las amistades de su amiga, compartidas en algunos casos, en otros simples conocidos; no andaba por lo visto en problemas o si los tenía nunca se los comunicó. Érika la evitaba en los últimos días, era cierto, quizá fuera por su trabajo, por el estrés que exigía olvidarse de casi todo, de amigos y amigas, hasta de la familia. No sabía con quién iba a cenar la noche que la asesinaron. Algo sabía del anillo de diamantes: Érika le dijo alguna vez que había sido el regalo de un pretendiente de mucha plata y mucho poder que, en un viaje a Nueva York, lo había comprado para deslumbrarla. Valía una fortuna, era lo único que sabía. ¿Cómo se llamaba esa joyería famosa donde compraban joyas los jeques árabes y las actrices de Hollywood, los magnates de Texas y los ricos suramericanos? Tiffany, la ayudó Arias. Eso, Tiffany, aceptó Irene. Y la mirada fugaz de Arias me hizo saber que desconfiaba de la modelo. No miraba a los ojos. Parecía hipnotizada por el lento movimiento de la escultura de Calder. Por algún cuadro de las paredes, por el desnudo femenino de Darío Morales, un dibujo de pliego dejado en consignación por Marité: una mujer de piernas abiertas se extiende sobre una mecedora, el vello púbico es apenas una mancha negra casi transparente debajo de un ombligo perfecto. E Irene volvía a cruzar las piernas, a ajustarse el *body* cuando este se escapaba de sus pechos o sus pechos pugnaban por liberarse de la cárcel de lycra. "No tiene que temer nada —la tranquilizó Arias—. No sospechamos de usted, queremos saber cuestiones de rutina. De su amistad con Érika Muñoz." Le ofrecí algo de beber. "Un whisky con hielo y mucha agua" —pidió Irene. "Ayúdame a sacar el hielo" —pedí al fiscal.

—Tiene miedo, Clemente, no la asustes más de lo que está.

Una lejana campanada, tal vez proveniente de la pequeña iglesia de La Macarena, me advirtió que eran las once de la noche. Por segundos me distraje imaginando el paisaje nocturno del Centro. De los casinos, en el tramo comprendido entre las calles 19 y 22, sobre la carrera 7ª, debían de estar saliendo los primeros esquilmados de la noche. Otros tantos estarían entrando a jugarse fortunas, comerciantes desesperados buscando cómo salir de la ruina. La Avenida Jiménez y más al sur la Plaza de Bolívar se mostrarían en la formidable grandeza de los espacios vacíos. ¡De qué manera afeábamos los hombres el paisaje urbano! Solo el vacío restituía la grandeza de los espacios públicos. Hacia la carrera 10ª con calles 20 y 26, el mundo tomaba el aspecto de un bazar de carnes enfermas y delincuentes al acecho, atracadores de periferia lanzados al centro vivo de una ciudad que no dormía. En la esquina de la 7ª con 24, muchachos de catorce y quince años estarían ofreciéndose a adultos desesperados. Siete mil pesos el rato, el doble sin condones —anunciaban. Hacia el occidente, atravesada la Avenida Caracas, en el corazón del viejo barrio de Santafé, un modesto apartamento de soltero esperaba la llegada del fiscal Clemente Arias. Pero este esperaba ahora en un dúplex de las Torres del Parque a que Irene Lecompte respondiera a su pregunta.

—¿Con quién salía Érika en las últimas semanas? —pregunta que la modelo tardó en responder. Cuando lo hizo, comprendimos que lo hacía con evasivas. "No puedo decírselo con seguridad, pero creo que no andaba en buenas compañías."

—¿Quiénes eran, según tú, esas malas compañías? —pregunta que la obligó a beber de un sorbo los restos de whisky: trozos de hielo quedaron nadando entre el paladar, los dientes y la lengua. "No quiero meterme en líos" —dijo, agitando el vaso vacío. "Te meterás en líos si ocultas información a la Fiscalía" —dijo con el más paternal de los tonos el fiscal Clemente Arias. "No queremos forzarte a decir nada. Si la investigación nos lleva a descubrir lo que tú sabes y ocultas, las cosas podrán ponerse feas para ti."

—¿Saben quién es Armando Bejarano? —preguntó al cabo de unos segundos sin dejar de hacer tintinear el vaso con restos de hielo—. No tengo ninguna queja de él. Creo que es muy amigo de Patricio Aldana, el tipo que metieron preso hace poco. Es joven, buen mozo, muy educado. Érika me dijo una vez que había vivido muchos años en Boston y en New Jersey. Es economista o algo así.

—Sabemos quién es Bejarano, sabemos quién es Aldana —dijo suavemente Arias—. ¿Fuiste a alguna fiesta de Aldana o Bejarano? —seguía probando su más inofensivo acento mi amigo. Por el nerviosismo que Irene descargaba en el vaso vacío, comprendí que necesitaba otro whisky. No le pedí el vaso. La hubiera separado de nuestra escena. Me levanté y le traje otro. Al aceptarlo, depositó el vacío encima de la mesa—. ¿Frecuentabas las fiestas de Bejarano? Sabemos que da fiestas y no hay nada malo en eso. Todos damos fiestas.

Una llamada a mi celular rompió el hechizo. Era mi esposa. No era mi esposa, exactamente, era una mujer presa de un incontrolable ataque de histeria. Las nuevas llamadas, atendidas por ella, insistían en recordarle el tema de las llamadas anteriores. Primer episodio. El segundo episodio justificaba aún más el ataque de histeria: el vigilante de la calle, protegido del frío en una garita, había llamado para informarle que alguien había forzado la puerta del garaje, que se había dado cuenta tarde, que, en otras palabras, dos tipos lo habían encañonado y pedido silencio mientras un tercer sujeto sacaba el BMW de la señora. No había podido hacer nada.

Arias quiso saber lo que ocurría. Decírselo hubiera alarmado a la modelo.

—Voy para allá. No digas nada a la Policía —pero la palabra Policía alertó a Irene y dio por terminado el interrogatorio—.

No es nada, mi mujer no se siente bien —mentí—. Trataron de entrarse al apartamento, no es nada —repetí a sabiendas de que rompía el hechizo: el vaso que Irene sostenía a la altura de los labios, las uñas esmaltadas de un morado oscuro, las piernas cruzadas con la perfección de una estudiada geometría carnal, todo, vaso, labios, uñas, piernas deshicieron el hechizo. La realidad, la vulgaridad introducida por la llamada de mi esposa descompuso la perfección de ese cuadro que Irene, más tranquila, había dibujado para nosotros. "Te acompaño a tu casa" —se ofreció Arias.

Irene se había levantado del sillón y alargaba con sus manos la falda sin conseguir que alcanzara la mitad del muslo. Dijo que no quería dormir esa noche en su casa. Tenía miedo, no sabía de qué o de quién, tenía miedo: al recuerdo de Érika, a la impresión de ser seguida, miedo tal vez a nada o a nadie, miedo de dormir sola en casa. ¿Quién iba entonces a proteger a esta muchacha?

—¿Tienes un cuarto de huéspedes? —interrumpió Clemente—. Que se quede en tu casa, mejor dicho, en el cuarto de visitas —insistió. Y la pobre muchacha, silenciosa, de brazos cruzados, miró la sala, las escaleras que conducían al segundo piso, me miró con expresión de absoluta modestia. "Si quieres, puedes dormir aquí —decidí por fin—. Debo irme. En el segundo piso, a mano derecha, hay un cuarto libre. La cama está tendida y en el baño hay toallas limpias. No contestes el teléfono ni el citófono. Si te sientes mejor, ponle el seguro a la puerta del cuarto. Debo irme" —repetí tontamente. Irene siguió mirando las paredes, los cuadros, aferrada al bolso de fino cuero negro que había mantenido a sus pies y que ahora aferraba a sus brazos como si ese fuera el único contacto protector con el mundo. "No quiero molestarlo —dijo—. Tengo miedo" —y se dirigió a Clemente mientras buscaba en las profundidades del bolso. "¿Le molestaría ir a mi apartamento? Puedo darle las llaves" —y extendió la mano con un manojo de llaves y una tarjeta de visita. "Puedo llamar a la portería para pedir que lo dejen pasar" —dijo. "Si decide ir, por favor, no conteste el teléfono. No tengo novio, pero desde ayer me están haciendo llamadas: timbran y cuelgan, timbran y cuelgan. No sé quién pueda ser. Anoche no pude dormir. No se preocupe por las llaves, tengo un duplicado, pero si va a mi apartamento acuérdese de regarme las matas. No se asuste por el perro. Es un juguete muy cariñoso, como son todos los french poodle. Encima de la nevera hay una caja de concentrados. Encima de la nevera —repitió—. No se olvide."

Irene tenía un acento casi suplicante. "Por una noche, puedes quedarte por esta noche. Regreso dentro de dos o tres horas" —dije. Y pensé que su miedo era real, pero temí también que se quedara en mi apartamento con el propósito de espiar.

—¿Tiene un cepillo de dientes?

—En el baño hay uno sin usar —dije—. No te preocupes, voy a poner la llave de seguridad. En tu cuarto hay un televisor con tevecable. A la una de la mañana pasan una película, si recuerdo bien pasan *Casablanca* —dije—. Tal vez regrese antes de que la película termine.

Clemente parecía indeciso. Debía en todo caso salir conmigo, llevarme a casa de Marité. "Cierra con doble llave y pide a la portería que no la dejen salir" —me dijo. "Préstame mejor a uno de los dos agentes que montan guardia en el apartamento del senador Concha —le pedí—. No le iría mal cambiar de un pasillo a una sala."

—Para su seguridad, un agente de la Fiscalía va a venir a acompañarla —dijo Arias e Irene aceptó con naturalidad la decisión de mi amigo.

Una nueva llamada, igualmente desesperada, me obligó a abreviar la despedida. Le di las últimas instrucciones a Irene y le repetí que no tardaría más de dos horas. Podía ver la película, si necesitaba algo para dormir podía tomar una camiseta de mi armario. Podía hacer llamadas, pero no contestar las que entraran. El agente que el fiscal acababa de llamar desde su celular llegaría en unos minutos. ¿Otro whisky? En la cocina estaba la botella. ¿Algo más? No, no quería incomodarme, era muy amable de mi parte aceptarla en mi apartamento, me lo agradecía de corazón. Nunca había sentido tanto miedo, mejor dicho, nunca había tenido miedo de nada. Creía que la muerte de Érika era un mal augurio, que algo terrible podía suceder —y lo decía con sinceridad, casi con inocencia, tanta sinceridad e inocencia que el fetiche, la mujer de mundo, segura aunque artificialmente provocativa que Clemente había admirado durante largos minutos, adquiría ahora la vulnerabilidad del desamparo. Pareció más tranquila cuando el agente llamó a mi puerta y Arias le pidió que se quedara en la sala, la señorita Lecompte dormiría en el cuarto de arriba.

Seguí pensando en la repentina vulnerabilidad demostrada por la muchacha. Se lo dije a Clemente al salir: de repente, Irene se convirtió en una niña común y corriente, casi anodina, hermosa, pero anodina, una de esas muchachas que uno encuentra en los centros comerciales, se cruza con ellas y piensa que podrían ser más hermosas si las recubriera un aura de misterio. Le dije, mientras conducía hacia Los Rosales, que la Irene vista y admirada en los primeros minutos era la máscara, la imagen que nos ofrecía su fama, su aparición en la televisión y en las revistas, el pequeño mito apetecido. El miedo, porque creía que su miedo era real, le había quitado la máscara y el ser humano, la muchacha de veintidós años, aparecía en su inmensa fragilidad. Sabía algo más de lo que nos había confesado —aseguró Clemente. Si no había ido más lejos era porque el miedo la atenazaba. ¿Miedo a qué? ¿Miedo a quién? Sabía algo más de las relaciones peligrosas de Érika, quizá conociera al amigo o amante de turno. Quizá supiera de la cita fatídica, de esa cena misteriosa a la que Érika debía asistir en uno de los apartamentos de las Torres y sobre la cual Margarita Atienza no pudo ofrecer más detalles.

¿Una cita en un apartamento vacío? ¿Sabía que el senador ya no vivía en el 909, si fue citada en el 909 y si fue el senador quien la invitó a cenar esa noche en su apartamento? No podía ser Concha: el día del asesinato era atendido por los fabricantes de té de Ceilán, él y su comitiva. Alguien pudo haber llamado en nombre del senador y haber concertado la cita —estaba soltando conjeturas a Clemente a medida que rodábamos por la Circunvalar. Era el único vehículo que circulaba a esas horas por una vía que nadie se atrevía a usar después de las nueve de la noche. Un árbol atravesado, el simulacro de un accidente o de un coche averiado, cualquier obstáculo podía convertirse en segundos en un atraco a mano armada.

—Esconde algo, pero no miente —dijo Arias—. ¿Crees que debo hacerle una visita? Hay algo que me llamó la atención cuando insistió que pasara a darme una vuelta por su apartamento. Repitió que encima de la nevera estaba el concentrado para su perro.

—Dijo también que le echaras agua a las matas. Solo quiere que la autoridad vigile su casa, que des un vistazo, por si acaso —dije cuando Arias se detuvo frente a la vivienda de dos pisos de mi esposa. Tenía todas las luces encendidas, como si diera una fiesta—. Un robo a mano armada, no es otra cosa —dije—. No tiene ninguna relación con las llamadas. Un BMW es una provocación callejera y un botín que cualquier ladrón de carros codicia toda una vida.

—Si hay novedades, te llamo.

—Quiero la cinta con los mensajes del contestador —dijo Arias.

13

María Teresa esperaba detrás de la puerta. No tuve que llamar. Aunque me había ofrecido las llaves de la casa, siempre las había rechazado. Si no deseaba que se entrometiera en mi intimidad, tampoco deseaba una patente de corso para introducirme en la de ella. Insistía en entregarme un juego de llaves, por cualquier cosa, por si se le extraviaban las suyas, por si se presentaba alguna emergencia, y yo sabía que tanta confianza y generosidad buscaba introducirme sutilmente en su vida. Me esperaba, aparentemente tranquila, vestida apenas con un discreto pijama de seda blanca.

Sí, en efecto, se habían llevado el BMW. Habían neutralizado al vigilante y entrado al garaje de la casa. Tres hombres armados. Solo había podido saber del robo cuando el vigilante vino a llamarla. Ya era tarde. No lo habían matado de milagro, dijo el tipo. Se la perdonaron de milagro, dijo Marité que había dicho el vigilante santiguándose.

—Me interesan las llamadas —dije—. ¿El carro estaba asegurado? —pregunté y supe que no lo estaba porque Marité extendió su silencio antes de aceptar que cada día aplazaba la decisión de asegurarlo contra todo riesgo. ¿Por qué le había pedido que no llamara a la Policía? No era fácil explicárselo. Le dije que había rutas más sencillas para llegar a los ladrones de carros. Atracadores, corregí, porque se trataba de algo menos vulgar que el robo de un vehículo estacionado en la calle. No olvides que fui fiscal, no olvides que nuestras relaciones se extienden también al bajo mundo. No olvides que a menudo las vías normales son más lentas o no conducen a ninguna parte. No olvides que en la Policía hay cómplices de esas mafias y más aún si se trata de un carro de cincuenta millones de pesos. "Sesenta al cambio" —corrigió ella.

—Insisten en que dejes de meter las narices donde no te importa —informó Marité—. Tú y tu amigo Clemente, pero sobre todo tú, pues ya no eres fiscal. Insisten en que saben no solamente dónde vives, sino por dónde te mueves, lo que haces de día, lo que no haces de noche, lo débil y desprotegido que eres ahora. Insisten en que soy tu esposa, Raúl, eso mismo: que como soy tu esposa debo convencerte de sacar las narices del asunto. No hablan del asesinato de Érika. Lo dan por supuesto. Te vieron en el velatorio con Clemente, te vieron haciendo preguntas, te vieron yendo y viniendo entre los deudos y los amigos de los deudos. Te vieron con Clemente la noche del levantamiento del cadáver.

—Alatriste —musité—. El casposo de Alatriste es el informante. Estaba en la funeraria, donde nadie lo conocía, donde no tenía que estar un miserable abogado de tercera. Lo vi dándole el pésame a Dora de Muñoz y mirando con cara de perro apaleado a las divas de la televisión que fueron en masa a la funeraria. ¿Me regalas un whisky? ¿Grabaste alguna de las llamadas? Clemente quiere la cinta.

—Solo la última —dijo Marité volviendo el rostro hacia mí mientras buscaba en el mueble-bar de la sala. Pisaba descalza sobre la suave alfombra de lana turca. Al regresar con el vaso —había echado hielo y chorros exactos del agua de Perrier con que acompañaba siempre el whisky—, advertí que la camisa de su pijama de seda solo tenía un botón cerrado, que el ombligo de mi mujer seguía en el mismo sitio, redondo, ancho y profundo, que sus pequeños senos tenían aún dos rosados botones de granulaciones marrones en los bordes, que la sencilla cadena de oro con una esmeralda minúscula seguía acompañándola en el sueño, que el perfume ya no era Fidji, sino el casi varonil aroma del "Banana Republic".

—Lo del carro es lo de menos. Si dices que puedes seguir otra ruta para llegar a los ladrones, no me preocupa. Me preocupan las llamadas, me preocupas tú. ¿Quién es el tal Alatriste?

—Un abogadito de mierda. Un informante, un tipo aparentemente insignificante que conduce quizá a la gente de Aldana, a políticos e incluso a periodistas. La malla es bastante tupida. Y ha entrado a enredarse en ella Armando Bejarano. No debes conocerlo, pero ya supimos que era amigo de Érika Muñoz. O algo más que amigo. Y da la casualidad de que Bejarano fue una especie de asesor de imagen de Aldana y también uno de los más cercanos benefactores de la campaña que llevó a Ramiro Concha al Senado. Por el momento no hay investigación abierta contra Bejarano, pero sí una interrogante irresistible alrededor de sus actividades financieras. Sospechamos, por versión libre de Irene Lecompte, que fue él quien le regaló a Érika el anillo de diamantes. Por otra parte, no es de fabricación colombiana. La amiga de la Muñoz —oculté que la amiga de la Muñoz pernoctaba en mi apartamento— dice que es una preciosura de Tiffany's —seguí explicando a María Teresa, ostensiblemente aburrida con tantos detalles. Solo mostró interés en el anillo de diamantes y en el perfil profesional de Bejarano. ¿Lo conocía acaso? Trataba de recordar que así se llamaba el tipo que tres años atrás, en febrero de 1993, se empecinó en adquirir un formidable óleo de Alejandro Obregón. No puso objeciones al precio de venta, satisfecho al día siguiente en efectivo. Marité solo había sido intermediaria de la operación en una subasta de Christie's a la que se enlazó por teléfono. Estaba presente en el pequeño grupo de inversionistas y puesto que existía fotografía de la obra con su ficha técnica, Bejarano —si era ciertamente Bejarano— le pidió que se sostuviera en la puja. El cuadro fue adquirido por setenta y cinco mil dólares. Una buena comisión —aceptó María Teresa.

¿Era el mismo Armando Bejarano?

El camino seguido por las obras de arte era sinuoso y accidentado. Las piezas pasaban de una mano a otra y reaparecían donde uno menos se lo imaginaba. Los intermediarios, sin un peso en sus cuentas bancarias, trabajaban por encargo aunque parecían compradores de solvencia extraordinaria. Ella sabía de uno que en cada subasta importante alquilaba un frac, llegaba en taxi y al día siguiente volvía a ser el pobre diablo de a pie, de apartamento arrendado y deudas con todo el mundo. El camino seguido por las obras de arte conducía a colecciones privadas, aunque nada de lo privado se hacía público.

Quizá se tratase del mismo Bejarano. ¿No era un tipo buen mozo, elegante, de corbatas Hermes, trajes de Ermenegildo Zegna y cabellos engominados, un *dandy* cosmopolita cuidadoso al controlar los excesos del lujo?

Marité había dejado de hablar del auto robado, de las llamadas, de los intermediarios del mercado del arte. Puso la cinta del contestador automático de llamadas y supe que la voz que amenazaba pasaba por el filtro de un pañuelo. Era, no obstante, una voz masculina, lenta, que se esforzaba al pronunciar cada sílaba. No le di importancia. Mi esposa tampoco parecía dársela. Tenía un aspecto más sosegado que el de anoche. El mismo pijama de seda, blanco y discreto, prolongaba o revestía su sosiego. Se había sentado en una esquina del sofá y, con las piernas encogidas, hablaba con pausas, jugueteaba con el cojín de seda que a manera de abrigo apoyaba sobre su vientre. Hacía mucho tiempo que no veía en su semblante y en su actitud algo parecido al equilibrio. Parecía ignorar que la camisa del pijama se abría, que bastaba un movimiento de los hombros o los brazos para que sus pechos se abrieran como un espléndido, sereno paisaje tocado apenas por pinceladas de sensualidad.

¡Qué extraño y cambiante era todo! Esta noche, después de su llamada a mi apartamento, descubrí en ella otro de sus acostumbrados excesos de histeria. Ahora, y hacía un buen rato, era de una serenidad absoluta. No había fingimiento alguno, todo —sus ademanes, sus frases, su actitud— me ofrecía la imagen de una mujer irreconocible. Si esta hubiera sido la mujer conocida al azar y esta la primera noche de un encuentro entre desconocidos, me hubiera enamorado de ella, habría hecho lo imposible, no por seducirla, sino por dejar en su memoria el germen de un amor sin sobresaltos, el principio de una larga conquista. No habría asomado el deseo, sino esa intrigante curiosidad que conduce por caminos más bien inexplicables a algo que no reconocemos como amor, sino como el preludio de una amistad amorosa ajena a los arrebatos de la pasión, una especie de llama tenue a punto de apagarse, viva a medida que la contemplamos, siempre con el temor de verla apagarse, aunque no se apague, porque el brillo y el temblor son encantamiento y milagro.

Todos los temas —las llamadas intimidantes, el robo del BMW— eran ajenos a la placidez de duermevela que transmitía desde la esquina del sofá. No se molestó cuando Clemente llamó a mi celular, porque no podía ser otro que Clemente a estas horas de la madrugada. "Regué las matas, le di concentrado al french poodle, jugué un rato con él —dijo—, pero te confirmo que mis sospechas eran atinadas: en la bolsa de alimento para perros Irene guardaba una foto. Por nada permitas que se vaya esta noche de tu apartamento."

Marité no mostró curiosidad alguna cuando le dije a Clemente que en unos pocos minutos —eran casi las dos de la madrugada— regresaría a casa, que podríamos seguir hablando con Irene a las nueve de la mañana. La tranquilizaría con un desayuno, con jugo de naranja y cereales. Al contrario, se levantó pausadamente del sofá, como si iniciara el gesto de despedida, indiferente al desarreglo de su pijama, casi abierto. "Si tienes que irte, hazlo ya mismo —dijo—. Un minuto más y te cierro toda salida de esta casa" —todo esto con voz pausada y sin ningún asomo de rencor. Podía pensar que tanta calma era el anuncio de la siguiente tempestad, pero la sonrisa de mi esposa era cierta y auténtica, como lo fue la caricia que recorrió mi cuello, la proximidad de su cuerpo, abrazado a mi espalda, y el fresco aliento de sus palabras. "Si puedes hacer averiguaciones sobre el robo del carro, hazlas con prudencia" —dijo e insinuó la posibilidad de pagar alguna propina a los intermediarios. Por unos segundos siguió abrazada a mí, en silencio, conteniendo casi la respiración. Giró, sin dejar de rodear mi cuerpo, y me ofreció sus labios, sin urgencia. "Como en los mejores momentos —dijo—. Fueron pocos, pero fueron los mejores momentos."

—Me pregunto cuándo fue el día en que se nos empezó a joder todo —dijo con el mismo tono apacible—. Porque debió de haber empezado un día, inadvertido, y desde ese día, por ignorarlo, todo empezó a joderse aún más.

—O fue una suma de días inadvertidos —dije—. La corrosión es casi invisible y el tiempo va acumulando fastidio. Ya no nos miramos como la pareja, sino que empezamos a mirarnos nosotros mismos, a buscarnos un sentido. Allí es donde en verdad empieza a joderse todo: cuando dejamos de mirarnos como dos y nos obsesionamos por mirarnos como el uno que somos o que seremos en el futuro.

—Todo se jodió el día en que quisiste ser totalmente libre —y sonrió sin malicia.

14

LAS LUCES DE MI APARTAMENTO SEGUÍAN ENCENDIDAS. LA
sala, el acceso a la segunda planta, todo estaba iluminado. El
agente, echado en el sofá, se restregó los ojos y dijo que la muchacha parecía estar despierta. Le pedí que volviera al 909 de la
Torre B. Había tratado de no hacer ruido al entrar, pero el agua
de un inodoro recién vaciado me advirtió que Irene Lecompte
seguía despierta y despierto también el televisor. Recordé que
la última escena de *Casablanca* significaba, no la salvación de la
pasión que unía en la tormenta de la guerra a Ingrid Bergman y
a Bogart, sino la salvación de un héroe y acaso también de ese
matrimonio que estaba a punto de embarcarse hacia un destino
más seguro, lejos de las manos criminales y de las intrigas del
contraespionaje nazi. Laszlo, el hombre de la resistencia, sería
salvado por el cínico Rick. Y Sam, el pianista negro, volvería a
tocar la melodía odiada por un Bogart enamorado y herido y
abandonado por el azar en París. Ella regresaba a meter el dedo
en la herida, con el marido que daba por muerto. Las miserias
del Prefecto, su complicidad con los nazis, narraban la historia
paralela de este amor redivivo. Victor Laszlo debía ser salvado.
Recordé el aeropuerto brumoso, el avión con los motores en-
cendidos, la inquietante belleza de la Bergman. Y a medida que
subía las escaleras hacia el segundo piso, pensé que Irene no solo
había visto la película de Michael Curtiz, sino llorado lágrimas de
decepción por la honrosa salida que Rick había dado a la pasión
que creía perdida. Para cualquier mujer, la retirada del prota-

gonista no era el digno gesto de un hombre que aceptaba algo superior al amor, sino la cobardía de quien huía de la responsabilidad de amar por encima de las dificultades. Bogart/Rick no soportaría otra herida en su vida y el pianista negro lo sabía cuando se resistió a tocar la pieza solicitada por la Bergman. La tocaría, a sabiendas de que abriría en la memoria del hombre que admiraba la herida que aún no cicatrizaba.

—La película acaba de terminar —dijo Irene, retirando el kleenex de sus ojos llorosos—. ¿Por qué tenía que acabar así? Hubiera podido salvar a ese Laszlo y quedarse con ella. No entiendo a los hombres —dijo, como si hubiéramos estado platicando juntos toda la noche. Yo no había salido por más de dos horas. La familiaridad de su comentario parecía la réplica a un diálogo interrumpido hace apenas unos segundos.

—¿Te sientes mejor? —no deseaba tocar aún el tema de la visita que Clemente acabara de hacer a su apartamento, pero la mirada inquisidora de Irene estaba buscando algún comentario—. Mi amigo el fiscal estuvo en tu casa. Regó las matas, le dio concentrado a tu perro y encontró la foto en la bolsa. No la he visto todavía. ¿La escondiste allí deliberadamente? —y un mohín, acompañado de un suave movimiento de cabeza, fue la respuesta afirmativa de la modelo. "Esa foto vale oro —dijo—. Cuando la vea sabrá por qué. Cuando supe que habían asesinado a Érika, pensé que lo mejor hubiera sido destruirla. No sé por qué decidí esconderla en la bolsa de concentrado de Kuky, mi perra."

—Adelántame algo —pedí—. Me gustan las fotos, me gusta identificar a las personas que posan. Adivino que, por supuesto, tú y Érika aparecen en esa bendita foto. ¿Cuándo fue tomada? Las fotografías traen siempre la fecha e incluso la hora. La tecnología está auxiliando hace rato a nuestra mala memoria. ¿Quién más aparece en la foto? —no podía ser otra la pregunta ni distinta la respuesta de Irene. "No aparezco yo, es una foto muy comprometedora; bueno, ya no tanto, pues ella está muerta, pero no quisiera que se supieran estas cosas. Es muy triste, Raúl. Uno no puede ensuciar la memoria de una amiga y esa foto es muy sucia. Cuando la vea sabrá que tengo razón. No me explico por qué lo hacía, no necesitaba hacer esas cosas y menos por plata. Usted debe saber que Érika era una modelo muy cotizada, que últimamente ganaba más plata que todas nosotras."

No podía violentarla pidiéndole más detalles. ¿Por qué no trataba de dormir? Un poco de sueño le sentaría bien. "He tratado de dormir, pero no puedo —dijo—. ¿Sabe? Soy muy curiosa, casi metiche. Empujé la puerta de ese cuarto —lo señaló con la mirada— y vi que tenía un verdadero estudio de edición. ¿Se dedica a la televisión, hace películas? Le juro que no pasé de la puerta, que solo prendí las luces y vi ese magnífico computador." Y aunque no me molestara saber que Irene había estado husmeando en mi santuario —mi aberración para otros—, le dirigí una mirada de reproche. "Si no tienes sueño, puedo enseñarte algo" —y lo que iba a enseñarle no era otra cosa que mi película del crimen. Si se la enseñaba —calculé—, no tendría que esperar a Clemente para ver la dichosa foto hallada en una bolsa de concentrados para perros. Irene describiría la escena que, según ella, podía enlodar la memoria de su amiga asesinada. "Ven —le dije—. Si quieres, ponte cómoda" —le sugerí, porque la modelo seguía con la misma ropa, ahora un poco arrugada. Solo se había quitado el maquillaje. En verdad, el rostro revelaba así la verdadera edad y la casi adolescente frescura de la piel. Casi una niña escondida detrás del maquillaje de una mujer. Sin la máscara con que llegara horas antes, no solo parecía más bella, sino más indefensa. "Voy a buscar la camiseta que me ofreció. ¿Puedo?" —preguntó. Y le dije que podía tomar también el pantalón de una sudadera azul que estaba en el segundo cajón y a mano izquierda del closet. Pareció sorprenderla tanta precisión. Reí y le dije que era virgo, que ese orden, esa pulcritud, eran una especie de tara que me evitaba perder tiempo y ganar un poco de orden en mi vida. "Voy a poner el casete en el proyector" —dije en voz alta cuando ella se internó en mi dormitorio.

Pensé que tal vez esta película la condujera al tema de la foto. Tal vez se tratara de temas idénticos o de episodios de un mismo, sórdido relato. Tal vez no se sorprendiera o solo la sorprendiera la evidencia del crimen, los prolegómenos del crimen cifrados en una danza ante un espectador invisible, espectador y criminal invisibles, fuera del objetivo de la cámara.

La sudadera azul y la camiseta (*Save the whales,* decía en la parte anterior) devolvían el aspecto de Irene a un estadio inferior de la inocencia. Descalza, sus movimientos resultaban más prudentes. La sentí apenas sentarse en el sillón de cuero de magnífico diseño, una réplica del estilo Bauhaus adquirida por capricho y ahora mimada por metódica inclinación estética. Era mi asiento preferido y el preferido por Irene cuando las imágenes del *striptease* la redujeron al más completo silencio. En unos pocos segundos el silencio la llevaría al desconcierto o a la perplejidad, al gesto de taparse el rostro con las manos, no para ocultar el sollozo y las lágrimas, sino para contener el estremecimiento y el dolor de esas imágenes. Al apagar el proyector, Irene no se movió del sillón. Apretó aún más sus manos contra el rostro. Despertó del *shock* con una observación que en principio me pareció disparatada.

—Devuelva la cinta, devuélvala hasta el momento en que ella cae al piso —dijo tratando de controlar los sollozos—. ¿No vio usted una sombra o algo parecido? Puede ser un defecto de imagen, pero... —se levantó del sillón y se acercó a la pantalla. ¿Una sombra? ¿Defecto de la imagen? No, Irene estaba en lo cierto. Yo había sido ciego a ese casi imperceptible detalle. Una sombra. Cuando el cuerpo de Érika se desplomaba, cuando ese último estertor la conducía a la definitiva inmovilidad, una rápida sombra se proyectaba sobre la pared de la sala. Una sombra, una silueta que en segundos se dibujaba y deshacía.

Congelé la imagen. La silueta parecía una adherencia, una mancha caprichosa en la pared blanca, una de esas manchas arbitrarias que deja con el tiempo la humedad de una pared.

—Si no me equivoco, es la silueta de una mujer —anotó Irene emocionada—. Fíjese bien: los cabellos, el perfil y el movimiento de cabeza cuando gira el cuerpo. Un hombre no hace ese giro, es, no sé, un movimiento de cabeza muy femenino. Fíjese bien —y señaló con un dedo, como si dibujara esa silueta para detenerse en la ausencia de busto. Concluí que era necesario volver al oftalmólogo. Ni Clemente ni yo habíamos reparado en esa sombra, silueta o sombra del crimen. Y ahora una muchacha aturdida por el miedo lo hacía y concluía que se trataba de una silueta femenina, masculina, no lo sabía. ¿No podía ser un hombre de cabellos largos, muy largos, un hombre que usa habitualmente coleta y la deshace para sentirse más cómodo? Abundaban. El cine los ofrecía a diario, el cine y la moda impuesta por el cine, modelos, guapos de discoteca, cabellos largos y coletas, un estilo para la ambigüedad de la época, un estilo para la entrada de lo femenino en lo masculino, ese *trompe l'oeil* que imponía el siglo moribundo a una cadena cambiante de gustos para el siglo siguiente. No, decía Irene, un hombre con cabellos largos no tiene, de perfil, esa delicadeza femenina. No la tienen tampoco los travestis, que son una caricatura femenina que cuando se ajusta al modelo delata su condición masculina. ¿No lo estaba viendo? La mujer no tenía senos, pero muchas mujeres tampoco los tenían. Botones a manera de pezones, capullos con vida.

Podíamos repetir la proyección del casete. Si lo deseaba, podíamos reconstruir la escena, decía Irene. Sabía de luces, sabía de sombras, su profesión era una profesión de luces y sombras, de siluetas cobijadas por chorros de luces. Bastaría tomar esa lámpara —señaló la lámpara de pie de tres focos— y buscar la luz que se proyectara sobre su cuerpo. Se instalaría de perfil y cuando la sombra de su silueta cayera sobre la pared, giraría, haría un movimiento como de huida. Podíamos ensayarlo. En el primer piso sería mejor. Había una pared blanca. No sería difícil reproducir el efecto. "Puedo volver a ponerme el *body*, soltarme el pelo, ¿no le parece?"

Pese a lo absurdo de la propuesta, absurdo por la hora, por el entusiasmo de la modelo, precisamente por lo absurda, la propuesta tenía su lógica. Le ofrecí café, que ella prefirió envenenar con un chorro de brandy. En unos pocos minutos, ella misma se encargó del *set*: de la lámpara, de los focos que dirigidos sobre su cuerpo proyectaran su silueta sobre la pared. Debía grabar la escena. Cotejar lo grabado con la imagen primera del video. Se había tomado aquella puesta en escena como una especie de remedio a su miedo de antes, probablemente deseaba sentirse útil, atenuar el sentimiento de culpa que la muerte de alguien deja en quienes lo sobrevivimos. Así que cuando creyó haber dispuesto las luces que producirían el efecto sobre la pared, ordenó que me instalara con la cámara a la mayor distancia posible. No debía utilizar el *zoom*. A esa distancia no se hacía indispensable. Y empezó entonces su actuación. Vi el perfil de Irene, el perfil de sus pechos, el rápido movimiento de los cabellos, como si se tratara de un comercial de champú, el brillante, sedoso cabello de una reina, el esplendor alcanzado después de la metódica aplicación del producto. Ese era el giro dado por la cabeza del asesino o asesina y al dar ese giro —diría después Irene— se podía sospechar que se trataba de una deformación profesional incontrolable. Quizá la asesina fuera una actriz o alguien capaz de actuar como si lo fuera —concluyó. Porque, comparadas con las imágenes del crimen, las brevísimas imágenes recién grabadas se parecían increíblemente.

La realidad podía pues ser puesta en escena. El cine o la televisión podían llegar al nudo del crimen, pero cine y televisión no eran más que un simulacro de la realidad. El repentino relampagueo de luces en la sala, una vez consumado el crimen, y la oscuridad que registraba mi grabación, no permitían introducir certidumbres, sino meras hipótesis.

No se trataba de una evidencia, sino de un acercamiento más probable a la sospecha. La idea daba vueltas en la cabeza de Irene. Se convertía en una obsesión. Aunque tratara de dormir, no conseguiría hacerlo. Estaba despierta y se mostraba exaltada con su propio invento. Le pedí que descansara y dijo que trataría de recostarse y cerrar los ojos, pero le iba a resultar imposible conciliar el sueño.

Quise volver al asunto de la foto. Sí, en ella aparecía Érika, no aparecía Irene, mejor dicho, ella no era personaje en ese retrato de familia. ¿Quiénes figuraban entonces? Érika ¿en qué circunstancias?

—Desnuda, bailando, como en su video —dijo al fin—. No está sola. Tres hombres presencian el *striptease* y usted debe conocerlos. Érika me regaló esa copia hace más o menos un mes. Me dijo que habían tomado la foto en una fiesta privada, como para divertirse solamente, que otras chicas habían hecho lo mismo, que se trataba de una apuesta. Cada prenda valía mil dólares. El desnudo completo —se rió mucho cuando me lo contó— les había salido por once mil dólares. La blusa, el sostén, la falda, las medias pantalón, los cuquitos, mil dólares cada zapato, la pulsera, el reloj, el par de aretes. Debía quedar completamente desnuda. Contó muy bien cada prenda. Me dijo, perdón, me dijo cagada de la risa, que estuvo a punto de ganarse otros mil dólares quitándose la peluca que llevaba esa noche, una divertida peluca color zanahoria con mechones de distintos colores. Y otros mil quitándose el anillo de diamantes. Esa es la foto —concluyó.

¿Supo en casa de quién había sido esa famosa fiesta privada? No estaba muy segura —me dijo— pero podía haber sido en el apartamento del senador Concha. Estaba inaugurando su nueva vivienda y al parecer tiró la casa por la ventana. Érika le dijo que quería invitarla para no llegar sola a la fiesta. "Yo me encontraba en Medellín en la presentación de una colección de ropa interior." La acompañó Angélica McCaussland, de eso se acordaba perfectamente. Ya no la representaba, "usted sabe que a Érika la acababan de fichar en una agencia de Miami, pero se veían a veces". Le pareció extraño que fuera con Angélica, pues se odian cordialmente. Mejor dicho, se odiaban. "No sé, creo que ella ejercía un poder muy especial sobre Érika —dijo Irene—. Yo también la odio aunque debo mostrarme amable cada vez que me la encuentro. La mujer tiene mucho poder en el medio y si se le ocurre hacerte daño, te lo hace" —seguía Irene contando con lucidez esa novela de intrigas que, en cada nuevo episodio, la alejaba más de la posibilidad del sueño.

Estaba despierta, inconcebiblemente despierta a las tres de la mañana. Su vigilia tenía otra explicación que ni mi moral ni mi sentido de la privacidad podían condenar. En dos ocasiones, Irene pidió permiso para ir al baño y en ambas la sentí salir más despierta, haciendo el gesto de limpiar la punta de su nariz, como si temiera haber dejado allí huellas de talco. Allí estaba el origen de vigilia y lucidez.

¿Qué iba a reprocharle? Ahora, cuando ya no era fiscal, podía decir a quien quisiera escucharme que estaba por la despenalización del consumo de drogas. Y esperaba que, un día de estos, la perra de Eparquio Mora me recitara el artículo de la *Constitución Política de Colombia* relativo al libre desarrollo de la personalidad. Creía que en unos años, cuando se hubiera legalizado la producción y el consumo, empezaría a decaer el imperio del crimen.

—Me voy a dormir. Puedes entretenerte viendo el cine porno que empiezan a pasar a estas horas. No creo que te divierta ver las noticias de CNN —dije e Irene comentó que no se había perdido ni una escena de la Guerra del Golfo Pérsico. "El guión tuvo un solo defecto: no murió el malo de la película, solo le bombardearon el vecindario —dije—. Me despierto a las ocho. A las nueve viene el fiscal Clemente Arias. Tal vez quiera hacerte unas preguntas."

15

Clemente llegó puntual a las nueve de la mañana exhibiendo la foto hallada en el apartamento de Irene. ¿Dormía? Sí, dormía. Seguiría durmiendo hasta tarde. Podíamos despertarla en una hora. Se sorprendió y no ocultó un guiño de malicia cuando vio un puesto servido en la mesa: jugo de naranjas, frutas, leche descremada, cereales y azúcar dietética. El guiño se convirtió en risa abierta cuando señaló con la mano el estilizado florero con una rosa solitaria instalado en el centro de la mesa. Era un precioso florero *art déco*.

Me defendí con dificultad. Una mujer joven y bella merecía una rosa al despertar; una modelo acostumbrada a dietas de hambre merecía ser sorprendida con su desayuno de cada mañana. Un hombre solo, que empezaba a acomodarse en la soledad, no podía negarse el placer de hacer más grato el despertar de una mujer joven y bella. Una mujer presa del miedo, que había conciliado el sueño muy tarde en la madrugada, tenía que guardar para siempre el mejor recuerdo sobre su anfitrión. A cada nueva explicación, Clemente respondía con otro guiño malicioso. "Me da risa lo de la rosa —dijo—. Si apareciera Marité, te haría tragar las espinas. A propósito, ¿en qué acabó lo del robo?".

—Voy a necesitar de tu ayuda, mejor dicho, de la ayuda de tus amigos de la alta sociedad de *jaladores* de carros. Voy a necesitar una ayudita fuera de la ley. Todos los caminos conducen al bandido de Gumersindo Bermúdez, a su taller del barrio Restrepo. Se especializa en carros de lujo, como tú sabes. No te pido que te metas personalmente en el asunto, mete a quien sepa hacerlo con métodos convincentes. Ese BMW afecta mi patrimonio familiar y mi amor propio. No se le roba el carro a la esposa de un fiscal, aunque sea un fiscal retirado. Es más, no se le roba el carro a la esposa de un fiscal que estuvo cerca de meter en la cárcel a la cabeza de una organización protegida por suboficiales de la Policía que no fueron destituidos, pese a toda evidencia, sino sacados prudentemente del cuerpo.

Clemente no quiso comprometerse explícitamente en el trabajo que le estaba pidiendo. Se mostró más bien escéptico. Algo podía hacerse. En principio, volver sobre los suboficiales implicados en el asunto. La Procuraduría nos sería útil. Nos ayudaría más la presión que ejerciéramos sobre los agentes con el argumento de vincularlos de nuevo en la investigación. No estaba seguro de conseguir una aproximación a la punta del hilo, pero veía posible tocar el bulto de la madeja. Se mostraba de todas maneras escéptico.

Su escepticismo desapareció cuando le narré los detalles de la puesta en escena que Irene Lecompte me llevó a grabar la madrugada anterior. La sombra, la silueta, la hipótesis probable según la cual el asesino de Érika era una asesina de cabellos largos, acaso con la configuración de un andrógino. Le mostraría el nuevo video. Por ahora no, prefería la versión de Irene sobre los personajes de la foto. El cuerpo desnudo de la modelo asesinada le interesaba menos que los espectadores. El Trío Magnífico: Concha, Bejarano, Angélica McCaussland. Al fondo, casi borroso, creía reconocer al periodista Daniel Uzuriaga, sí, el que estaba de pie con el vaso de whisky en la mano, como si el *show* de Érika lo hubiera petrificado en su postura de asombro.

Uzuriaga daba fiestas, organizaba encuentros de políticos y capos con muchachas de la mejor reputación: bonitas, caras, complacientes. No cobraba por sus servicios —se sabía—, cobraba con otros favores: contratos para sus empresas, buenas relaciones con la alta política. Un alcahuete de altura —decía Clemente. Un sujeto divertido e ingenioso, muy inteligente. El periodismo le había servido de aguja para tejer la malla de sus relaciones. No había ex presidente que no lo quisiera y se mostrara complacido con su ingenio. Le debían favores. Quien más le debía favores era el Presidente, que había corrido desesperado a buscarlo como intermediario entre su campaña y los capos de la droga. Ese era el Uzuriaga que contemplaba en segundo plano el *striptease* de Érika Muñoz en aquella noche memorable de los once mil dólares, mil por cada prenda.

Sin embargo, había que olvidarse de Uzuriaga: estaba en la cárcel, condenado a una pena benévola. Había confesado después de entregarse, se había defendido como se defendían otros, argumentando la prestación de servicios profesionales. Había que borrarlo de la foto. Quedaban Concha, Bejarano y la McCaussland. Y tan enredado tejido de relaciones, en el cual el mundo de la moda entraba a bailar la música de la alta política, probaba que no vivíamos en la era de la política, sino en la fastuosa era de la moda. El mundo que antes abarcáramos con la mirada podía abarcarse ahora con el parpadeo. Un mundo efímero e instantáneo, una vida de vértigo constante. La Historia ya no se escribía por épocas. Bastaba la crónica de un instante para llegar al corazón de una era, cambiante como las líneas de la moda.

Una Irene recién duchada, vestida con una larga camiseta de algodón blanca, descendía las escaleras hacia la sala comedor, descalza, con los cabellos húmedos, excusándose por haber dormido hasta tan tarde. Arias la saludó extendiéndole la mano y ella le respondió preguntándole por su perro. Estaba bien, el apartamento estaba en orden, solo había pasado unos pocos minutos, ni siquiera había recogido los mensajes del contestador. Cuatro, le informó Clemente. Magníficas las fotografías ampliadas de las paredes. Magnífica la idea de reconstruir la escena de la sombra y la silueta. Magnífico también el aspecto que ofrecía esa mañana. ¿Seguía sintiendo miedo? No podía evitarlo, aceptó Irene. Se había despertado y, progresivamente, el miedo había vuelto a apoderarse de ella. La bendita foto. ¿Qué había pasado con el apartamento de Érika? —quería saber. Se iba a hacer un registro esa mañana. Se le había notificado a la madre para que estuviera presente. Ella, Irene, sabía dónde su amiga guardaba sus álbumes de fotos. En un cajón del closet, debajo del cajón de la ropa interior. ¿Podía reclamar protección de la Fiscalía? Tal vez hubiera méritos, pero no se podía decir que pesaran sobre ella amenazas preocupantes. La explicación de Clemente la irritó. ¿Cómo que no? —protestó. Todos sabían que era la mejor amiga de Érika, quizá supiesen también lo de la foto o sospecharan que Érika le había contado intimidades. No se sentía segura si no se le ofrecía protección. Ayer había renunciado a compromisos inmediatos de trabajo y, sin trabajo, su cabeza solo podía seguir pensando en el riesgo que corría.

Iba a ser sincera: conocía a Bejarano, lo había conocido en una fiesta de Aldana, cuando Aldana todavía estaba en la calle y daba fiestas adonde iba todo el mundo. No había tenido nada con Aldana ni con Bejarano, pero sí un corto *affaire* con Ramiro Concha —corrigió su versión anterior llevándose en señal de alarma una mano a la cabeza. Nada importante, una sola noche y todo por los tragos, una locura.

¡Una aventura con un político de casi sesenta años! Para ser más sincera, el senador le había prometido que haría lo posible para conseguir que la contrataran como presentadora de un programa informativo sobre el Congreso. Angélica McCaussland la alentaba, le decía que Concha era un hombre de fiar. El ofrecimiento la había hecho abrirse a las pretensiones del político.

No era un tipo desagradable. Al contrario, era un hombre apuesto, galante, de buen gusto, buen conversador, chistoso, cuidadoso en el vestir, un poco anticuado, aunque llamativo. Cantaba boleros y rancheras, imitaba a Javier Solís, bebía sin emborracharse y seguía soltero después de la separación de su segunda esposa. Le había ofrecido su casa de Cartagena, una vieja casa restaurada en el marco de la plaza de San Diego. Podía pasar allí una temporada, cuando lo quisiera, bastaba decírselo para que él llamara a Nieves, la empleada. Podían coincidir un fin de semana, pasar un día en las Islas del Rosario. Casi nunca iba a esa cabaña de madera con techos de paja enclavada en el centro de un mar de sueño, le había ofrecido Concha antes de ponerse a recitar de memoria poemas de amor de Pablo Neruda y Mario Benedetti, poemas bucólicos de Eduardo Carranza y versos eróticos de Arturo Camacho Ramírez, antes de que le demostrara que poseía una memoria más pulida y puntual que la del senador Gualberto Urrego, y para probarlo repitió, sin saltarse ni una coma, los párrafos iniciales de *Cien años de soledad,* y el párrafo final, cuando Macondo es arrasado por el viento y desterrado de la memoria de los hombres. Ella, Irene, había leído en el colegio la novela de García Márquez. Concha la había seducido con la delicadeza de su vasta memoria —contaba mientras tomaba al azar y de pie trocitos de papaya y mango de la mesa. La memoria de Urrego no le daba en las rodillas a la memoria de Concha, pese a que Urrego, alguna vez precoz candidato a la Presidencia, había dejado pasmado a todo el mundo al recitar de memoria un Canto de *La Divina Comedia.* Irene lo sabía porque Concha se había jactado de tener mejor memoria que Urrego y este, presente en otra fiesta, había aceptado la jactancia del amigo.

Concha era de una galantería antigua —trataba de decirnos—, excesiva, pero galantería en una época en la que los jóvenes ya no usaban la galantería. Una aventura, eso era todo.

¿Creíamos que el senador tuviera algo que ver con el crimen? Se había cometido en su apartamento vacío, pero sabía —se lo había dicho anoche, al término de nuestra puesta en escena— que el senador estaba de viaje en Ceilán cuando Érika fue asesinada. No lo creía capaz de semejante acción. Se podía ser un corrupto sin llegar al extremo del crimen.

Clemente, que la escuchaba perplejo, parecía preguntarse por la energía de esta muchacha que se acababa de despertar y no daba descanso a su cháchara. "¿Conoce al doctor Jekyll y al señor Hyde?" —trató de meterla en aprietos y la muchacha respondió de inmediato que no. No tenía el gusto. "Son dos ingleses salidos de uno: un criminal y un honrado ciudadano. Todos, en algún momento de nuestras vidas, podemos ser Jekyll y Hyde."

¿Por qué no se sentaba y desayunaba tranquila? —le sugerí. Aceptó la sugerencia y tocó con admiración, rozó apenas con la punta de los dedos los pétalos abiertos de la rosa. "Voy a pedir que le ofrezcan protección —dijo Clemente—. Tiene que ser una protección discreta, que no llame la atención. Un agente de civil va a estar a la entrada de su apartamento y la seguirá donde vaya. Haga como que no sabe nada de él" —y se tomó el atrevimiento de tomar un trozo de mango y llevárselo a la boca. "Será por unos pocos días —añadió—. Trate de no salir a lugares públicos y, por favor, grabe todas las llamadas. Yo la acompaño a su casa" —dijo finalmente. "Si quiere quedarse con la foto, se la devuelvo cuando saque una copia."

Arias tenía cita con la madre de Érika. Se dirigiría después al apartamento de la modelo asesinada.

Por doña Dora de Muñoz supo que Érika había tomado un taxi para dirigirse a su cita en las Torres del Parque, que había preferido dejar el carro en el garaje de su edificio. Había hablado con la hija a eso de las cinco y media de la tarde. Le daba pena decirlo. La había llamado para pedirle dinero. Últimamente andaba mal de plata. La *boutique* de ropa interior que la misma Érika le había ayudado a financiar, andaba mal de ventas. Por fortuna, su hija no le mezquinaba nada. Era una muchacha generosa, una hija comprensiva. Cuando empezó a ganarse bien la vida, le ayudó a pagar el pequeño apartamento donde vivía en Chapinero Alto. La invitaba a veces a viajes de vacaciones. La última vez habían estado juntas en isla Margarita. Todo un sueño, de eso hacía ya como tres meses. Le propuso un viaje de vacaciones porque se encontraba excesivamente estresada. La notó entonces más nerviosa que de costumbre, como si algo o alguien la preocupara, pero su hija no entró en intimidades. Ahora que lo recordaba, Érika le pareció en aquellos días distinta. Pese a los seis días de ocio, de mar y playas, cocteles al mediodía y tardes de siesta, supo que su hija apenas dormía. Daba vueltas en la cama, hacía esfuerzos por dormirse y cuando conciliaba el sueño se despertaba sobresaltada. No le preocupó verla así. Su hija tampoco se sintió obligada a hablarle del origen de su inquietud —dijo doña Dora. Prefirió recordar, con ostensible melancolía y discreta satisfacción, que a menudo las tomaban por hermanas. Nadie diría que eran madre e hija, sobre todo aquí donde me ve, con casi cuarenta y cinco años —era parte de lo que la madre de Érika le había dicho por teléfono cuando Clemente la llamó a concertar la cita.

Irene desayunó y subió a cambiarse. Al rato descendió transformada en otra mujer, en la misma que había llegado anoche a mi apartamento. Misteriosa metamorfosis: en unos pocos minutos, la ropa y el maquillaje imponían a la muchacha que habíamos visto picotear frutas y comer cereales con leche otro semblante, un aspecto casi desdeñoso, el de la belleza que se fabrica para ser mirada y mantenida a distancia como algo inalcanzable.

Le recordé a Clemente lo del robo del BMW. Me daría noticias esa tarde. No creía necesaria mi presencia en el "operativo". Si las circunstancias lo exigían, debía ponerme al frente de la gestión. Bermúdez, el cerebro de la organización que retiraba de vías y estacionamientos públicos una cantidad fabulosa de autos último modelo, tal vez tuviera otra actitud si me veía llegar acompañado por agentes de la Fiscalía. "¿Vamos?" —preguntó comedidamente a Irene. "Gracias por todo" —dijo ella y estampó un sincero y húmedo beso en mis labios.

Tomó la rosa del florero, olió su perfume, la acercó a los labios y cerró los ojos. El vestido, el maquillaje, los altos tacones, la máscara, cada uno de estos elementos parecían devolverla al orgullo de sentirse observada y mirada. "Cuénteme lo que averigüe sobre la sombra femenina" —dijo al salir detrás de Arias. "Tal vez sea una mujer de un metro con setenta o un poco más" —añadió.

¿Ofrecía pistas? ¿Me sugería retener en la memoria estos datos?

16

Era un verdadero milagro que la llamada del periodista Eparquio Mora no se hubiera producido a las cuatro o cinco de la madrugada. Era lo que hacía habitualmente cuando regresaba a su apartamento de la Torre B con su pandilla de atorrantes —el galerista Luis Ángel Parra, el tipógrafo Guillermo González, el cineasta Carlos Palau y no encontraba a Constitución en condiciones de escucharlo. Decía que, en esos casos, apenas le ladraba. Jugaba con los invitados y le daba desdeñosamente la espalda. Ni siquiera un nuevo artículo de la Carta Magna conseguía sacarla de su indiferencia o de su nido, un montón de cobijas de lana protegidas por revistas semanales a las cuales la perra daba mordiscos de furia más feroces que los que daba a su hueso de plástico. Mayor era su furia cuando se encontraba con alguna colaboración periodística del amo. Un verdadero milagro que no despertara a los amigos en la madrugada. "Tengo una hipótesis sobre el crimen" —dijo. Suplicó que no le colgara el teléfono, lo que últimamente hacía yo cuando Mora llamaba en la madrugada a despedir su monólogo, ora sobre las tormentas de sus amores, ora sobre los eventos de la semana, casi siempre sobre sus deseos de escribir un libro que llevara a sus lectores a taparse las narices de asco. "Más asqueante que el asco de país donde vivimos, más asqueante que el ron que acaban de venderme" —gritaba entonces. Una crónica pornopolítica cuyo argumento anticipaba en sus momentos de exaltación etílica. Una crónica —su repertorio declinaba— presidida por unas pocas palabras: "chúpame-la-mondá-lámeme-el-culo." Un libro dominado por la más deliberada procacidad. "Si me odian ahora, que me odien para siempre" —esta era la aspiración de su escritura.

Hoy había tenido la prudencia de llamar a las diez de la mañana, la hora en que había regresado a casa y no había encontrado tampoco la posibilidad de hablar con su perra. No me quería molestar, juraba que nunca más me despertaría a las tres de la mañana a repetirme consignas anarquistas, que nunca más, cuando se tropezara conmigo en la calle, volvería a agarrarme las nalgas ni a gritarme maricón, prometía por la memoria de su padre que nada de lo ocurrido antes volvería a ocurrir, pero que escuchara bien: Érika había sido asesinada por un proyecto frustrado de la verdadera Érika, es decir, por una parte de sí misma que no había llegado a las alturas de la otra y mucho menos a su cotización en el mercado, y esa otra parte, inconclusa, demediada, había sido dominada, casi narcotizada. Que me dejara de sospechar de la Atienza pues ella nunca había andado en puterías a cambio de dinero, de joyas o de viajes fastuosos en yate. El alcohol y la cocaína, en sus peores tiempos, no le permitían otra cosa que esa profunda zambullida en su propia destrucción. Quien se dedica a destruirse no tiene ánimo para destruir a otros. Margarita no sabía nada. Si alguien debía saber un poco más era la McCaussland. A propósito, acababa de verla entrar al edificio cargada de maletas, tres maletas Louis Vuitton para un viaje de tres días. Que lo pensara, me pedía, no iba a joderme más con llamadas inoportunas, aunque pensara que estaba loco —lo cual en parte era cierto—, no podía olvidar que la locura era la forma tomada por la lucidez. "Chao, maestro, no lo jodo más. Y no se olvide que el pueblo unido jamás será vencido. Recuerde que nos mata más a menudo el enemigo que nos habita." Clic. Ya le estaba dando vueltas a esa crónica pornopolítica. Una formidable obscenidad. Un escupitajo arrojado a la cara de Dios —decía y aceptaba que la cita era de Henry Miller. Un beso en el coño de Tania, donde caben sapos, sanbernardos, lagartijas —seguía exaltándose. El coño de Tania como metáfora del país donde cabe toda la mierda del mundo. Mondá —exclamó antes de colgar. "¿Sabe una cosa, antes de que termine? Yo soy el asesino." Clic.

El delirio. Un delirio metafórico y cifrado. ¿Qué quería decirme? En unos pocos segundos, después de su perorata, Mora empezaría a dormir la borrachera de dos días. Dejaría de beber dos semanas, bebería galones de agua, haría ejercicios en el gimnasio de las Torres, trotaría con su perra por los altibajos del Parque de la Independencia, se convertiría en el ser más sensato del mundo. Cumplido el ciclo, volvería a consumir todo el alcohol que encontrara, whisky, vodka, ginebra, ron, aguardiente, vino, *grappa*, a consumirlo con una sed casi mitológica. Vivir en el vértigo, vivir en las fronteras de la locura. Vivir en el delirio. Tal vez fuera el mejor método para no llegar a la temible, auténtica locura.

17

MARITÉ ME RECORDÓ HACIA EL MEDIODÍA EL COMPROMISO
de cenar juntos. Lo había olvidado. ¿Por qué no llevarla a un
restaurante? Se lo propuse y aceptó la idea entusiasmada. Nos
iban a ver de nuevo juntos. No lo hacíamos desde la separación.
Siempre en mi casa, nunca en la suya —dijo. Propuso "Salinas".
No debía preocuparme por la cuenta. "Salinas" era caro y bueno. Un poco de roce social nos vendría bien. Le recordé que allá
iba casi todo el mundo y todo el mundo eran los políticos, las
estrellas del periodismo, de la moda, los caballeros de industria.
Nadie me conocía. A ella, tal vez la conocieran clientes de la antigua galería. ¿Me parecía bien a las nueve? Pasaría a recogerme
en un taxi. ¿Sabía algo del BMW? Algo se sabría pronto. Arias
tenía un plan que empezaba en expedientes de la Procuraduría
a funcionarios públicos y conducía, por caminos irregulares, a la
bodega de Bermúdez.

—Eres un caso perdido —dijo—. Sigues teniendo alma de
policía.

—No tengo alma de policía. Tengo sentido de la justicia, que
es distinto. Y un sentido del amor propio que me vuelve policía
con ganas de justicia. Ese carro también es mío.

—Nunca te dije lo contrario.

—Me explico: es mío porque la burla o el robo van contra
mí. En otro sentido, ese carro es solo tuyo —dije y Marité no entendió el galimatías. Habló de las excelencias del restaurante, del
espectáculo de su público, de la vitrina desde donde se exhibían

poderes privados y públicos. Quien no iba a "Salinas" dejaba de existir. Y le alegraba saber que ella y yo volveríamos a existir.

No le dije que acompañaría a Arias a la visita al apartamento de Érika Muñoz ni le dije que, gracias a ella, no iría a la cita que Arias me había puesto en su casa del barrio Santafé. Le dije que me mordía la curiosidad por conocer el nuevo público del restaurante. "No te preocupes —la tranquilicé—. Voy a estrenar el vestido de Hugo Boss, tu regalo en mi último cumpleaños."

18

EL PORTERO DEL EDIFICIO LLAMÓ A DECIRME QUE TENÍA EN mi casillero un sobre entregado por el poeta Antonio Correa. Lo había notado algo preocupado. Le había pedido que me lo hiciera llegar de inmediato. ¿Un sobre del poeta Correa? A duras penas lo veía. La última vez, la noche del crimen, vestía sudadera y se empecinaba en hacer una glosa poética sobre el anillo de diamantes de la difunta. ¿Qué lo llevaba a escribirme?

Bajé a la recepción y recogí el sobre. Tomaría un café en la panadería de la planta baja. Lo haría reprimiendo el asco que me producía saber que en el sótano, al lado de bultos de harina y paquetes de levadura, ratas y cucarachas se movían sin ser molestadas por el panadero.

Se trataba de un sobre abultado. Temí que se tratase de dos o tres poemas inéditos, pero recordé que en las pocas ocasiones en que nos habíamos visto, el poeta se había mostrado siempre discreto. Quizá tuviera que ver con su hipótesis, porque era posible que tuviera hipótesis sobre el crimen. Las tenía Mora, las tenía Arias, las tenían los noticieros de televisión y de radio, ocupados ahora en reseñar la conmoción que había producido la muerte de Érika Muñoz en el medio. Un documental de cincuenta minutos, con grabaciones de desfiles en distintas épocas, fotografías de su *book* y páginas de revistas habían conseguido la noche anterior un *rating* milagroso de sesenta y cinco puntos. Una adolorida voz en *off* narraba la biografía de la modelo y testimonios de otras modelos completaban la narración de "una vida para la belleza".

Érika se había labrado un brillante porvenir. Nadie como ella, en tan poco tiempo, había alcanzado las dimensiones de una diva. A contracorriente de la época, que las prefería más bien exuberantes, ella representaba otro estilo, el de la modelo de líneas perfectas, nada excesivas, más cercana al estilo de una Naomi Campbell que al en cierto sentido vulgar trazado de líneas impuesto por modelos de grandes senos, caderas abundantes y traseros de redondeces obscenas. Todo en ella rezumaba delicadeza y finura —narraba una voz femenina a medida que las imágenes se sucedían en un documental preparado en unas pocas horas. Tal vez sea el final de una época, remataba la narradora. Esa época era la encarnada por Érika.

La carta de Correa era, a diferencia de la llamada de Mora, una sensata y bien organizada secuencia de eventos vividos. Se dirigía a mí, no solo porque me conocía, sino porque, por terceras personas, sabía de mi honradez. Lo hacía también porque si alguien tenía derecho a conocer sus pocas impresiones sobre el crimen de la modelo ese era yo. Me pedía que, una vez leyera la carta, la destruyera. Por los mismos motivos por los que no se decidía a presentarse a la Fiscalía como testigo ("si no he podido preservar mi economía doméstica, trato de preservar la integridad de mi vida"), me pedía borrar toda huella de su intromisión en el caso. Su conciencia no podía, sin embargo, permanecer al margen de los hechos y menos cuando se creía en posesión de información que, en otras circunstancias, hubiera preferido olvidar. Era su deber ponerme al tanto de ciertos detalles. Los primeros, referentes a la identidad de la mujer que había subido con él en el ascensor horas antes del crimen, ya eran conocidos. No había considerado necesario decir aquella noche lo que ahora le quemaba la conciencia. Por ello me elegía: para liberar su conciencia, para ser justo.

Confesaba sinceramente que temía convertirse en testigo directo de la Fiscalía, así que elegía este medio —una carta— para hacerme saber que esa misma noche, cuando salió del ascensor y se dirigió a su apartamento, exactamente a su estudio (omitió las razones que lo llevaron a encerrarse en su estudio, aunque no el asunto que lo ocupaba en esos días: la escritura de un largo poema sobre la armonía alcanzada por los indígenas del Orinoco en sus relaciones con la naturaleza), fue testigo involuntario de hechos que pasaba a referirme.

El primero: que le pareció ver a Érika Muñoz en los pasillos, dos pisos más arriba, lo que podía ser probado si me tomaba la molestia de mirar el ángulo desde donde la había visto: sin duda salía del apartamento de Margarita Atienza, lo que yo ya tal vez supiera; que, aguijoneado por la curiosidad, pero también por el impacto que la modelo le había producido, abandonó el papel y la pluma y corrió hacia el ascensor, buscando otro encuentro casual con la diva. Si ella se dirigía de nuevo al primer piso, conseguiría coincidir con ella en el descenso. Y así había sido. Dios y el azar le habían ofrecido la momentánea felicidad de viajar de nuevo muy cerca de la modelo, de sentir el perfume que exhalaba, de contemplar con disimulo la transparencia de su blusa, de detener un instante la vista en el fulgor del diamante, de imaginar que esa cercanía, por breve que fuera, se quedaría en su memoria y en sus sueños como un mito: la mujer inalcanzable que un poeta encuentra en su camino y que, en adelante, será la metáfora de un sueño irrealizable.

Correa se extendía en consideraciones sobre el alma del poeta. Volvía a la realidad y decía que, calculando que Érika se bajaría en el primer piso, se adelantó a ella en la salida, llevándose la sorpresa, por otra parte decepcionante, de verla desaparecer hacia los sótanos, es decir, hacia los parqueaderos. Nunca se había sentido más idiota. Un raro impulso lo obligó a emprender la carrera por las escaleras. Cosa de locos, escribía. Un poeta a la caza de una modelo del *star system* nacional. Podía imaginarme que cosa de locos era también ir al encuentro de la poesía: la belleza de aquella mujer se estaba convirtiendo en pulsión lírica, en el primer latido de una intuición, la misma que lo había obligado a abandonar irreflexivamente su estudio.

Corrió escaleras abajo. Cuando hubo llegado al último de los sótanos, el que conducía a la salida de los parqueaderos, tuvo la desoladora sensación de haber llegado tarde. Se conformó con ver a Érika de lejos, caminando con paso firme hacia el interior del silencioso e inhóspito extremo del sótano. Pensó en seguirla. No lo hizo por el temor de alertarla y por el miedo de hacer el ridículo. Paralizado detrás de una columna, la vio perderse de su vista. La mujer que en unos pocos instantes se había cruzado con él en el espacio cerrado e íntimo de un ascensor, la mujer buscada y acaso perseguida, porque el azar puede ser también una búsqueda, desaparecía para abandonarlo en la desazón en una noche de revelaciones que a otros podrían parecer insensatas. En resumen: Érika —si ello me servía de algo— había tomado posiblemente el ascensor o las escaleras de la Torre B sin saber que esa era la ruta que la conducía a su asesino. Si esta confidencia servía para reconstruir los pasos seguidos por la víctima, él sentiría un poco de alivio. No lo sentiría en su alma: la muerte de la modelo se estaba convirtiendo en un fantasma inexorcizable. Lo estaba intentando: si salía el poema que el recuerdo de la hermosa mujer le estaba dictando, sería un poema sobre el paso de una figura, a manera de fuego fatuo, por la conciencia de un poeta, el fulgor instantáneo de la luz antes de que se cerniese la oscuridad más absoluta sobre el alma esperanzada del poeta. En pocos minutos había experimentado el revelador paso de la luminosidad a las sombras, esa fracción de segundos que él debía convertir en poema. "Extraño designio el de la poesía —escribía—: buscar la eternidad en el más efímero de los símbolos, la grandeza en el más mundano de los iconos, dejarse llevar por el magnetismo de una mujer perecedera como el instante de su gloria, para buscar en ella la exaltación de la belleza".

Por el momento, su Musa le había dictado el primer verso del poema. "Entrevista/ Eres la belleza que huye y sin embargo nunca me abandona." Esperaba no haberme molestado con la impertinencia de una carta. Podría ser insignificante para mí. Para él, en cambio, era una carta liberadora. ¿Por qué se dirigía a mí? Sabía que era fiscal, sabía que aquella noche, cuando descendió a los parqueaderos para decir que había visto a Érika Muñoz en el ascensor, un injusto remordimiento empezaría a hacer sitio en su conciencia. Remordimiento y frustración por no haberla podido tener cerca de nuevo. Por último, Correa se ofrecía a hablar conmigo cuando lo considerara necesario. Me dejaba su número de teléfono y, a manera de posdata, decía que confiaba en mi caballerosidad: esta carta debía ser destruida.

Y la destruí. No destruí la simpatía que me inspiraba aquel hombre todavía obsesionado por la justicia, un alma tocada por la inútil y arcaica aspiración de escribir un poema. Así concluía yo, sentado en esa silla de plástico, ante una mesa de fórmica, ante una horrible taza de café que se enfriaba sin ser bebida. Olía a panes mal horneados, a tamales rellenos con tocino y arvejas podridas. A mi lado, "el Cabezón" Bonilla leía sus dos periódicos diarios evocando, mientras los leía, sus glorias de antiguo embajador, ahora ocioso y jubilado.

Miré hacia la calle, hacia la acera protegida por un muro bajo, con parterres recién cuidados. El tráfico de la carrera 5ª recobraba su endemoniado ritmo de la tarde. Iba a levantarme para dirigirme a la caja cuando sentí una punzada, esto es, el choque de una mirada detrás del ventanal. Fue por un instante. El hombre que me miraba agachó la vista, me dio la espalda y se distrajo con el tráfico. Me había estado mirando y ahora me daba la espalda. Simulé no haber advertido su presencia y le di también la espalda. Bruscamente, para desconcierto de los clientes de la panadería, pude enfrentar su rostro. ¡Otra vez Alatriste!

Corrí hacia la acera y alcancé a tomarlo por la hombrera del saco. Había hecho el intento de huir. No previó que en dos zancadas me encontraría con las inmundicias de caspa de su espalda, con el ralo pelo engominado y con la expresión de susto con que me enfrentó al sentirse atrapado. Apretó los labios y frunció el ceño. Había enmudecido. Y las únicas palabras que consiguió decir salieron de un gagueo intraducible.

—Me estás siguiendo, tinterillo de mierda —lo sacudí por las solapas—. ¿Quién te paga? —tenía su repugnante cara a pocos centímetros de la mía—. Sabes que ya no soy fiscal, que no tengo autoridad para llevar a nadie ante la justicia. ¿Qué quieres, sapo desgraciado? —seguía apretándole las solapas y lo hubiera seguido estrujando si un golpe contundente en la nuca no me hubiera arrebatado en instantes la conciencia. Alcancé a sentir otro seco golpe en mi espalda. Me obligó a cerrar los ojos y extraviarme —¿por cuánto tiempo?— en la nada de la inconsciencia. En fracciones de segundos sentí que me sumergía en un placentero, desconocido abismo sin imágenes. Cuando desperté estaba atendido en la acera por un corro de curiosos. Al abrir los ojos, alcancé a identificar el rostro de Mora, sus largos cabellos desordenados. Supe luego que el portero de una de las torres lo había llamado para informarle que dos desconocidos me habían atacado a golpes en la acera, frente a la panadería de don Sergio. "Nadie puede ya andar tranquilo por estas torres —dijo, alcanzándome una botella de agua—. Yo me cuido pagándole peaje semanal a los atracadores" —dijo mientras me sostenía de un brazo. Fueron los de Alatriste —dije.

Mora preguntó quién diablos era Alatriste. Un enviado del Señor —bromeé. No podía darle una información más al periodista. Si no sabía quién era Alatriste, si sabía que ese abogaducho era un peón de brega de Aldana, Bejarano y Concha, empezaría a tejer el hilo de su delirante madeja. Trataron de robarme y me resistí —dije. "No se resista tanto, que los fiscales también mueren. ¿Lo llevo a su casa?" —se ofreció. Gracias —dije—. A propósito, la hipótesis que soltaste con tu llamada de esta mañana es demasiado cabalística: el yo inferior, acomplejado y frustrado de Érika Muñoz, mata al yo superior, soberbio y realizado de la modelo de éxito. ¡No me jodas! –y acepté su compañía hasta la recepción del edificio. "Todo es cabalístico: un crimen, su investigación, sus actores —dijo—. En cábalas andamos hace rato" —rió Mora, que había salido de su apartamento sin la perra. "La McCaussland sigue en casa desde esta mañana" —me informó. "Yo también miro desde mi ventana y da la casualidad de que desde mi ventana se ve el dormitorio de ella. Si no la veo, veo su silueta moviéndose detrás de las cortinas —dijo—. Parece que en estas torres todos jugamos a *La ventana indiscreta*."

Llamé a Arias y le conté que, por primera vez en mi vida, había conocido la dulce, adormecedora sensación de un *knock out*. Le dije que Alatriste me rondaba, no andaba solo en su misión de vigilancia. No le dio importancia al incidente porque quería dársela al informe del forense: se habían encontrado en el cuerpo de Érika residuos de cocaína suficientes como para despertar a un caballo y matar a un cardíaco. Residuos de clorhidrato de cocaína y de alcohol. Ninguna huella de agresión física, excepto la agresión de la droga ingerida quizá por voluntad propia.

¿Nos veríamos en el apartamento de la difunta? Había que seguir la pista al carro de la modelo. El formidable campero Burbuja que seguía en el garaje ¿era también un obsequio de su admirador? La tarjeta de propiedad había sido hallada en su bolso, en la maletita metálica que el poeta —¿cómo se llamaba el poeta?—, que el poeta Correa había descrito con tan morbosa precisión. La tarjeta de propiedad tenía fecha: enero de 1995.

Le dije que cumpliría esa cita, pero no la siguiente. No comería en su casa del barrio Santafé porque cenaría con mi esposa. Haría todo lo posible por ir después de la cena, hacia la medianoche. "Necesita compañía —me excusé—. No está acostumbrada a estas presiones: las llamadas, el robo del carro" —dije y Arias rió. ¿Que no estaba acostumbrada? Lo estaba desde los tiempos de la investigación sobre Piccolo. Y las presiones, en ese caso, habían sido más preocupantes. Marité quería, y estaba en todo su derecho, acercarme en medio del peligro. Tal vez yo lo necesitara tanto como ella.

—¿Cuándo ves a la McCaussland? —le pregunté—. Te sugiero no hacerlo en su casa sino en la Fiscalía. ¿Qué pasó con la bolsa que contenía los restos de esponja amarilla encontrados en el lugar del crimen?

—No hay huellas digitales. El trabajo pudo haber sido hecho con guantes —dijo Arias—. Precaución de un profesional o de un asesino cuidadoso que ve telefilmes norteamericanos. Restos de sangre, sí. Nada de huellas. El rastreo al suelo del apartamento vacío dio otro resultado interesante: huellas de un pie que calza 39, sin duda de Érika, de otro que calza un número más y de un tercero que calza 42. Una mujer puede calzar 40, como un hombre. O un hombre tener pies de mujer. Yo, por ejemplo, calzo 39: pies de Cenicienta. Olvidémonos del disparate de Mora: las pisadas del pie número 42 se repiten en sentido inverso y siguen por los pasillos para detenerse en el *shut*. Las del 40 se repiten menos. Así que la acrobacia absurda de pasar el cadáver por el balcón es demasiado peliculera. Érika y sus asesinos entraron por la puerta del inmueble como Pedro por su casa. Mejor dicho, con llaves.

Huellas de pies descalzos, huellas de pies calzados. Muy poca cosa. ¿Nos encontrábamos a las seis y media en el apartamento de la víctima? "No debería darte asco una visita a mi casa —dijo, sinceramente resentido—. Vivo como puedo, pobre y digno, con deudas y con comida en la nevera, trago en el bar y sábanas limpias en la cama."

—No te pongas susceptible —le dije—. Fui tan pobre como tú y volveré a serlo el día en que Marité decida pelear los bienes gananciales y castigarme con la ruina. Me le volaré a Marité después de la cena —dije con cierta ternura—. Yo llevo el whisky. Buscaré uno de malta.

—Te tengo la última: ayer llegó de su viaje Ramiro Concha y ha llamado indignado al fiscal general. Dice que acaba de enterarse de la violación arbitraria de su apartamento. Exige explicaciones y el fiscal general me pide que se las dé mañana mismo —dijo Arias.

No ocultaba su irritación. Mañana en la mañana, "de la manera más comedida", debía acercarse a su oficina del Congreso. Una cosa era la investigación abierta contra Concha por enriquecimiento ilícito y otra muy distinta tratarlo como si fuera cosa juzgada. Concha era amigo del contralor general de la República, presidente de una comisión del Senado y merecía el trato preferencial de un ciudadano todavía limpio —fue lo que sugirió el fiscal general al fiscal delegado Arias. Y este se quedó pensando en el todavía.

19

El apartamento de Érika Muñoz es un dúplex de al menos doscientos metros cuadrados, con vista a la ciudad, recostado hacia los cerros y encerrado en una cuidada vegetación de eucaliptos y altas plantas florecidas sembradas en la terraza. Se entra por un desvío de la Circunvalar, hacia el oriente, como si Bogotá fuera empujada hacia las faldas de los cerros. A medida que se asciende, se siente más cercano el aroma vegetal de un paraíso de residencias protegidas por garitas de vigilancia privada. El edificio, de apenas cuatro plantas —una por apartamento—, fue construido hace tres años y adquirido sobre planos con especificaciones sujetas a cambios, según el gusto o capricho de los usuarios. El *penthouse* o ático adquirido por la modelo fue transformado con la asesoría de un arquitecto, para quedar convertido finalmente en un gigantesco *loft* con paredes de ladrillos desnudos, una amplia cocina a la vista y ventanales con acceso a la terraza. Un dormitorio y un estudio componen la segunda planta. El dormitorio, con un *jacuzzi* en uno de los extremos, está provisto de armarios en fina madera que cubren la extensión de la pared. Una puerta de cristal se abre a una segunda terraza sembrada de geranios. Rosas de pitiminí han empezado a crecer dentro de una matera rectangular en uno de los extremos de la terraza.

En las paredes del salón, al que llega directamente el ascensor, no hay colgadas obras de arte ni decoración distinta a las fotografías ampliadas de la modelo en diferentes épocas y eventos.

Unos cuantos libros de ejercicios aeróbicos y de cocina dietética duermen al lado de una novela de Isabel Allende, un volumen de Chopra y un Horóscopo Chino. Encima de la mesa de centro, varios ejemplares de *Vanity Fair, Playboy* y *Cromos*. Una lujosa edición con fotografías de Marylin Monroe ocupa un ángulo de la mesa.

Se diría que Érika no quiso aceptar intromisiones en la proyección de su propia imagen. Las fotografías son el reflejo de una historia profesional de éxitos escalonados. Casi niña, casi adulta, estos son los paréntesis que encierran esta iconografía del ego femenino. Algunas fotografías son algo más sugestivas. Probablemente no hayan sido tomadas en ningún evento público, sino mandadas a hacer por la modelo para enriquecer su colección de imágenes. Desnuda o apenas cubierta por accesorios —aquí un abrigo arrojado con negligencia sobre los muslos, allá un pañuelo de seda rodeando el cuello y descendiendo hacia los senos, una réplica de la célebre foto de Marylin, no bajo las rejas de la calefacción del metro, sino delante de dos potentes ventiladores—, Érika aparece en la apoteosis de una belleza excepcional para la época: delgada, fina y perfecta silueta de otros tiempos.

Arias renueva su indiferencia casi acomplejada hacia esta clase de belleza. Seguido por Dora de Muñoz, abre armarios y examina el contenido, busca en los cajones de la cómoda, con delicadeza toma la ropa y se la extiende a los brazos abiertos de la madre, quien los coloca ordenadamente en la cama. Hojea álbumes de fotografías, mira rápidamente recortes de periódicos y revistas, se detiene en las portadas consagradas a la modelo, parece ruborizarse cuando sus manos palpan el encaje y la seda de la ropa interior. Recuerda la información de Irene Lecompte e introduce las manos en el fondo de uno de los cajones, como si temiera hacerse daño con algún objeto punzante. De allí sale otro álbum de fotografías. Lo abre, dirige una mirada a doña Dora y evita que ella lo mire. La madre renuncia a su curiosidad. "No va a ser muy agradable —le dice Arias—. Son fotos, digamos que íntimas" —concluye, extendiéndome el álbum, advirtiendo que no debo mirarlo.

Sé que no tengo derecho a conocer pruebas o documentos del caso, que doña Dora tampoco sabe que hace meses dejé de ser fiscal con derecho a inmiscuirme en asuntos de la Fiscalía. Debo mostrarme discreto y cauteloso. Sé que Arias comete un desliz grave al aceptar mi compañía. Tal vez piense en una coartada: en mi calidad de testigo del crimen, podría justificar mi presencia en esta diligencia. El álbum, pues, quema mis manos. Y Arias prosigue con la inspección del apartamento, sugiriéndome con la mirada que me mantenga al margen. Observa debajo del televisor el VHS y ordena la hilera de videos. "Lo siento —se excusa ante la madre—. Necesitamos toda huella que nos conduzca al esclarecimiento del crimen." Ordena que sean guardados en una bolsa. Toma uno de los videos al azar y lee la inscripción del lomo escrita a mano. *Private party* —lee casi en voz alta. Pide que lo dejen aparte. Fiesta privada —musita. Abre el ropero, aparta los vestidos y mira hacia el fondo de la pared. La señora de Muñoz le informa que en el otro closet hay una pequeña caja fuerte. "Detrás de la ropa" —dice. No conoce la clave, ni más faltaba. Nunca se metió en los asuntos de su hija. Joyas, recuerdos, papeles —susurra, adivinando el contenido. "Se llevó la clave a la tumba" —pienso que piensa Arias. No se atreve a preguntar a la madre si conocía al menos algunas intimidades de la hija. Le dice: "Los hijos siempre serán un misterio para los padres." Y Dora de Muñoz trata de detener un sollozo. Gime.

Salgo entonces a la terraza y contemplo la iluminada extensión de la ciudad. Desde aquí arriba, parecería que el mundo de allá abajo, el complejo y perturbador mundo de la urbe, fuera solo un dormido paisaje nocturno. El caos que se vive en sus calles a estas horas de la noche no se presiente en este rincón, se diría que ha sido elegido para separarse de las turbulencias, protegerse de los renovados miedos, aislarse de su endemoniada maldad. Vivir en la ciudad sin vivirla. Abajo, hacia donde se dirija la mirada, el mundo es una empecinada batalla diaria: supervivientes que temen ser heridos o agredidos por otros supervivientes, igualmente temerosos de ser sorprendidos.

Aspiro una bocanada de aire puro e imagino que, al llegar a su refugio, Érika hacía sistemáticamente lo mismo: cambiarse de ropa y aspirar el limpio aire perfumado por los eucaliptos, contemplar la sinuosa luminosidad de Bogotá con la sensación de haber conseguido al fin la protección deseada. Me ha llamado la atención una foto, por el insospechado ambiente que la rodea: con las piernas encogidas, el rostro hundido entre las rodillas, vestida de negro con un largo suéter negro que le cubre la mitad de los muslos, la modelo mira hacia un lugar impreciso, ajena a la cámara. Tristeza, incertidumbre, no sabría decirlo. Los ojos apagados no miran o si miran —pienso— lo hacen hacia un abismo. Mejor, su mirada se extravía en el abismo.

Arias regresa al salón y sale a la terraza.

Dora de Muñoz se ha quedado arriba ordenando los armarios, sollozando quizá al palpar la ropa y objetos personales de su hija. Pensando que dentro de poco esta vivienda será suya, que la vastedad de este apartamento de lujo podrá abrigarla en su soledad. "Lo único valioso es este álbum —dice Arias—. Fotos como las que nos enseñó Irene Lecompte son apenas un abrebocas —dice sin ocultar cierto compasivo malestar—. Érika tenía aficiones íntimas mucho más pecaminosas."

—¿Y ese video? —señalo la caja que Arias sostiene en el sobaco—. "Una fiesta privada" —dice.

Le pregunto por la tarjeta de propiedad del Toyota Burbuja.

—Si un fiscal se acerca a un concesionario de vehículos de lujo y averigua sobre el comprador de un carro de cincuenta o sesenta millones de pesos, tal vez lo enreden en la información.

—Sé lo que estás pensando —digo—. No pueden en cambio enredar a un ciudadano que llega a averiguar sobre el carro que le ofrecen en venta —comprendí la sugerencia de Arias—. Mejor dicho: llego allí, averiguo por el propietario, quiero cerciorarme si ese vehículo no es robado, si los papeles corresponden al propietario y no a otra persona. Da la casualidad, mi querido Clemente, que si el comprador es un cliente del concesionario, es más, si el propietario del concesionario pertenece a la misma red de lavadores de dinero sucio, fiscal y ciudadano desprevenido van a ser igualmente enredados. Así que esa averiguación ha de hacerse por vías legales: fecha de compra, modalidad del pago, nombre de quien giró el cheque o pagó en efectivo. Si existió el cheque, nombre del banco, número y titular de la cuenta, número del cheque. Todos sabemos que el sistema bancario guarda desde hace años información más valiosa que la Fiscalía. ¿Cuánto puede haberle costado ese apartamento? No menos de ciento cincuenta mil dólares al cambio de la época —y Clemente chasquea la lengua en señal de aprobación—. ¿Cuándo podré ver ese álbum? ¿Y ese video?

—Primero tiene que verlo el fiscal general —dijo Arias—. Se muestra un poco complaciente y excesivamente delicado con el honorable Concha, quizá por la estrategia de discreción que se exige en estos casos. Y resulta que Concha es personaje central en algunas de estas fotos. No prueban por el momento nada. Todo el mundo, incluyendo a un senador de la República, es libre de tomarse fotos con una modelo sin importar el carácter de las fotografías, que son un asunto estrictamente privado. Pero si la modelo es una muchacha asesinada, los personajes de la foto tienen que bailar en el rigodón de las investigaciones.

—¿Rigodón?

—Sí, rigodón: una especie de contradanza. Lo que llama la atención a primera vista es que Érika no parece tanto una modelo de pasarela como una conejita de *Playboy*.

—Tenía en todo caso esas aficiones. ¿Voluntarias o pagadas?

—Voluntarias y pagadas. Se tienen tendencias pecaminosas en la intimidad, por puro placer, por narcisismo. Se quiere saber si los espejos mienten. Nada impide que una mujer hermosa se mire desnuda al espejo y se haga fotografías que perpetúen el recuerdo de la juventud cuando esta se haya perdido. Otra cosa es hacérselas desinteresadamente y con testigos. No digo el fotógrafo: una buena cámara montada en un trípode, programada para disparar el *flash* en unos segundos, vuelve inútil al fotógrafo y al incómodo testigo. Resulta que las fotos que pude mirar al vuelo tienen testigos implicados, modelos excepcionales —dijo Arias y calló por unos segundos.

También él contemplaba la ciudad iluminada y gozaba de la calma de la terraza.

¿Cobraba por permitirlo o era obligada en razón de alguna oscura servidumbre con sus amigos?

La señora de Muñoz se acercó a la terraza.

—Tal vez les parezca extraño —dijo en voz baja—. Deseo quedarme esta noche aquí. El contacto directo con las cosas de Érika me ha producido un sentimiento, no sé cómo decirlo, un sentimiento como de culpa. Nunca estuve lo suficientemente cerca de ella como para sentirme su madre, sobre todo desde que empezó a ganarse la vida cuando todavía era casi una niña. Una se gana la libertad y la independencia con el dinero y no quiere que nadie, ni siquiera una madre, se meta demasiado en sus asuntos.

Arias le dijo que la diligencia había terminado. Se llevaría el álbum de fotografías y el video a la Fiscalía. Sería indispensable conocer el contenido de la pequeña caja fuerte oculta detrás de la ropa del armario. ¿Lo había pensado bien? ¿Estaba en condiciones de dormir esa noche en casa de su hija? Dora nos dio a entender que esa experiencia la devolvería a la realidad. No iba a ser fácil: se encontraría a cada instante y en cada rincón de la casa con el recuerdo de Érika, dormiría en su cama, sobre sus sábanas, rodeada de sus fotografías. Tenía que hacerlo. A ratos, había sentido a su hija lejana. Siempre confió en la capacidad que tenía para defenderse sola con la misma fortaleza que le había servido para convertirse en una profesional de éxito. Esta noche deseaba sentirla cerca.

Era muy doloroso pretender esa cercanía: su hija había sido asesinada, solo la podría tener muy cerca en la memoria. No buscaba un consuelo. Buscaba —dijo— algo más profundo y absurdo: sentir que esa niña nunca había dejado de ser su hija. Temía eso sí que las investigaciones creyeran necesaria la exhumación del cadáver. Sería cruel y humillante. "Por el momento, no lo creo necesario" —la tranquilizó Clemente—. "Los informes de balística y del forense son precisos y no abren ninguna duda sobre las circunstancias de su muerte."

Clemente se sintió obligado a pasar un brazo sobre los hombros de Dora. No había podido contener un suspiro y el suspiro se había convertido en un sollozo.

Me retiré de la terraza con numerosas preguntas. Hubiera querido formularlas a la mujer, preguntas sobre su pasado, sobre la condición de la familia, sobre la temprana vocación de Érika, si había sido una vocación y no una elección circunstancial al haberse convertido en modelo. ¿Ella, la madre de una hija única, tuvo recursos para educarla y ofrecerle una carrera? Esa hija de padre tempranamente extraviado de la familia —informaciones que los noticieros de televisión ventilaron después del crimen—, ¿tuvo alternativa distinta a la de convertirse en modelo? ¿Con qué dificultades tropezó en los comienzos de su carrera, cómo hizo para sortear los escollos, a qué recursos acudió para imponerse en el mercado de la belleza y la moda?

Arias me hizo la seña de salir. "Esta mujer quiere quedarse sola."

—Me gustaría hacerle unas preguntas —pedí—. Solo por curiosidad —añadí, pero Clemente me haló del brazo. "Toma el número de su teléfono y se las haces cuando yo no esté presente."

Le pedí que me llevara de nuevo a las Torres del Parque.

En una hora, Marité pasaría a recogerme. Le prometí acercarme por su casa del barrio Santafé. No podía precisar la hora. Le prometí que, a la una o a las dos de la mañana, estaría allí para cumplir nuestra cita. Le reproché la extrema susceptibilidad mostrada cuando quiso darme a entender que me disgustaba visitarlo en su modesta vivienda. Yo no era rico —le recordé—. Había sido pobre como él, un profesional sin nada donde caerse muerto, favorecido por la suerte de haberse casado con una mujer relativamente rica, relativamente bella, relativamente joven. "Olvídalo" —dijo, dándome unas palmaditas en la espalda. "Estas fotos —apretó el álbum bajo su brazo— ofrecen un aspecto desconocido de Érika. Si no estamos ante un caso de refinada prostitución, estamos frente a un caso del más sórdido chantaje."

20

A MEDIDA QUE EL TAXI ME CONDUCÍA HACIA LA CALLE 23 con carrera 27 en el averiado corazón de un barrio que treinta años atrás refugiara a la clase media baja y a unas discretas casas de citas, el recuerdo de mi cena con Marité parecía congelarse en unas pocas conclusiones: me desconcertaba saberla ecuánime, desapasionada y comprensiva como me intrigaba la suavidad de sus modales. Tanta calma parecía a ratos el presagio de una nueva tempestad. "No quiero obligarte a nada —me había dicho en el restaurante—. Pienso que lo que nos suceda será el resultado de un natural y espontáneo impulso: te acercarás a mí porque sabes que te espero; te espero porque en el fondo sé que te acercarás de nuevo a mí".

Había puesto cierta medida ironía en la afirmación. Luego había cambiado de tema y había observado con disimulo a los comensales. Si por una desgraciada circunstancia alguien hubiera decidido poner un explosivo en el local, aquélla habría sido una fatídica noche de luto nacional: tres ministros con sus esposas, cinco estrellas del periodismo de televisión y radio —disfrutaba Marité al señalarlos—, tres o cuatro actrices de éxito, al menos una media docena de industriales, directores generales, propietarios de fincas y reconocidos políticos componían la clientela de esa noche. El contralor general de la República había entrado precedido y seguido por un indiscreto grupo de escoltas. El contralor, repetí a Marité. Vocifera cuando se deslizan sospechas sobre sus fechorías. Escribe indignadas cartas a los periódicos en su anticuada prosa de jurista. Se defiende como Judas y el manto de sospechas lo arropa de nuevo cada mañana. Mira a Jesús y vuelve a preguntarle si es acaso él.

Tal vez los alrededores del restaurante estuvieran atiborrados de agentes de seguridad y escoltas privados. Medio país se armaba para proteger a su elite empresarial y política. ¿Era casual que las armas privadas fueran más numerosas que las públicas?

Después de la cena, dije a Marité que debía verme con Arias. Pese al gesto de enfado, que reprimió de inmediato, pidió que tomáramos algún digestivo. Ordenó *grappa* para dos. Me pidió que la dejara en casa. Llamaríamos un taxi y yo podría seguir a mi cita. En el camino tomó mi mano y recostó su cabeza en mi hombro. Tenía sueño, dijo. Por precaución, pondría el contestador y desconectaría el teléfono del dormitorio. ¿Por qué no pensar en unas vacaciones? Las estaba necesitando, acaso las necesitara yo también. Siempre había querido ir a México. No deseaba comprometerme en una decisión, pero la idea de pasar una semana en México había empezado a rondarle la última semana. Deseaba conocer otra clase de ruinas, no las del ruinoso país donde vivíamos.

¿Hasta dónde pensaba llegar en el asunto de la modelo asesinada? No era un reproche. ¿Por qué no dejar que la justicia lo hiciera? Por reflejo condicionado —bromeé—, por un atávico sentido de la justicia, porque esa muerte me había golpeado en el alma, porque había demasiada basura metida en ese crimen, porque yo también había sido víctima de la basura —le fui diciendo sin alterarme mientras ella presionaba su cabeza en mi hombro y simulaba no dar importancia a mis justificaciones. Porque algún día —le dije por primera vez y era como si por vez primera me lo dijera a mí mismo—, algún día realizaría el sueño de escribir una novela. "¿Escribir una novela?" —rió.

—Una novela y te aseguro que no será sobre nuestras vidas —dije—. Ni sobre nuestro matrimonio, ni sobre la incomprensión mutua. No será sobre la libertad que deseo ni sobre la soledad en la que no puedo acomodarme, ni tampoco sobre una mujer que busca suprimir el pasado porque no fue feliz —dije adoptando un acento entre irónico y autocompasivo, y a Marité, por supuesto, le hizo gracia, tanta que solo decidió salir del taxi estacionado frente a su casa cuando le aseguré que, de escribir una novela, sería lo más parecido a un expediente policíaco. Es la época, es la realidad, es el estilo —añadí y le di un beso en la boca. "Gracias por la cena —ironizó ella—. Esperaba un postre distinto, gelatinoso, ligeramente dulce."

21

EL TAXI DESCENDÍA CON DIFICULTAD LA CALLE 23 HACIA LA
Avenida Caracas. Allí se concentraba, hacia la medianoche, la
sordidez de la miseria y el delito. Vendedores de drogas, prosti-
tutas de lamentable aspecto, travestis, noctámbulos miserables,
vendedores de hamburguesas, perros calientes y frituras, no se
podía saber a ciencia cierta quién delinquía o quién sobrevivía
en la noche. Todo parecía salir de los desechos de la ciudad, de
sus desagües, de las ocultas cañerías de la vida nocturna, día a
día más averiadas y más anchas, boquetes por donde se expul-
sa lo que ya no cabe en el orden ni en la producción. En este
costado, apenas uno más entre otros centenares de costados de
una ciudad de retazos y remiendos —aquí la riqueza, allá la medianía, más allá la opulencia, en los extramuros la miseria más
absoluta—, ha vivido Clemente Arias desde que lo conozco. Ha
visto la degradación del viejo barrio en sus treinta años de vida
en él, desde que terminara la carrera de Derecho y se convirtiera en juez, ahora en fiscal. "No me movería de este lugar, aunque
pudiera" —ha dicho siempre.

Y no se ha movido del apartamento que alquilara hace casi
treinta años, que podría haber sido suyo con un poco de disciplina y no demasiados ahorros, pero Arias no desea hacer esfuerzos para hacerse a una propiedad; prefiere la regularidad del
alquiler y la libertad de largarse, si decide largarse, sin tener que
arrancar raíces del suelo. Tiene otro argumento: no tiene hijos ni
responsabilidades familiares. Un matrimonio fracasado al año

de consumarse es nada, un borroso mojón en su memoria. Vive aquí por una extraña decisión: a medida que el barrio se vuelve asiento y refugio de delincuencia y prostitución, él preserva el espacio de siempre, sale a la calle y constata que una nueva ronda del delito corroe aún más la paz residencial de años atrás. Ha aprendido a vivir en medio de la sordidez y a separarse de ella.

Hay días —refiere— en los que, en las madrugadas, se asoma a la ventana de su dormitorio y presencia la languidez de la noche, el amanecer de esas calles donde poco a poco van desapareciendo los últimos vestigios de vida. Las putas regresan solas a sus cuartos, los niños se acomodan sobre cartones en los portales, encienden un último cigarrillo de basuco o aspiran de la botella de goma pegante y se estiran sobre el pavimento. Algún travesti pelea con otro, algún borracho los insulta al pasar. Un trasnochador desprevenido es atracado en una esquina y corre detrás del atracador. Una patrulla de la policía se detiene frente a un antro. Algunos agentes salen, conversan airadamente con algún delincuente o expendedor de droga y regresan al vehículo con la coima exigida. Pronto será de día.

Para llamar al tercer piso hay que arrojar una piedra a los cristales de las ventanas. El timbre dejó de funcionar hace meses y Arias se asoma y arroja las llaves al visitante, transportadas en un canasto de artesanía. En el muro de la entrada, alguien ha escrito una frase que Clemente no ha querido borrar. AQUÍ VIVE UN SAPO DE LA FISCALÍA. No la ha querido borrar. "¿Para qué si volverán a pintarla? —dice—. La escribió la mujer de un tipo que hice meter preso, una putica que de vez en cuando se acuerda del marido y viene a recordarme que yo soy el culpable de su soledad."

Esta vez he tenido que arrojar una piedra y lanzar varios gritos. Son las dos de la madrugada. Arias debió de haber pensado que ya no vendría a visitarlo. Cuando me abre la puerta del apartamento, repara en mi vestimenta, en esa excesiva elegancia, tan a la moda, tan costosa, un traje negro de fina lana ligera, la camisa azul, la corbata italiana de dibujos estrambóticos, los zapatos lustrados. Me observa y se ríe a carcajadas. Deja de reír cuando le extiendo la botella de whisky que he comprado al regreso en una licorera del centro.

La vivienda es pequeña. Arias se las ingenia con el espacio: la sala sigue teniendo el sofá y el sillón de siempre, la biblioteca de dos paredes, el grabado de Augusto Rendón. La cocina es la misma, pequeña, ordenada y pulcra, y el pasillo que comunica con el dormitorio sigue siendo estrecho, aún más estrecho por la estantería que ha debido añadir para albergar los libros de Derecho, códigos, sobre todo, porque en la sala no hay un solo libro de la profesión, allí ordena novelas, historia, filosofía, poemas, crónicas de viajes y diccionarios enciclopédicos, como si recordara que hubo un tiempo en el que no había abogado que no pretendiera convertirse en escritor. Teníamos entonces una frase casi festiva: donde el Derecho condena, la literatura absuelve.

Va a la cocina y regresa con dos vasos. El malta se toma sin hielo, parece decir al ponerlos en la mesa de centro donde se amontonan papeles, periódicos viejos y nuevos, recortes, revistas de modas, sí, revistas de modas en las que aparece Érika Muñoz.

Una fotografía llama mi atención y Arias no dice nada cuando la tomo y la miro olvidándome del vaso que acaba de servir. "Un verdadero tesoro —me dice—. Antes de añadirla al expediente quisiera quedarme con una copia. Sería más decorativa y menos sórdida que el tema de ese grabado de Rendón."

No es exactamente una fotografía porno. Es cierto que en ella aparece Érika completamente desnuda encima de una amplia mesa de centro, con una pierna en alto y el paisaje de su sexo exhibido con impudicia. Hay algo de artístico y estudiado en la pose, como un movimiento que se detiene y congela por instantes: las manos no cubren los pechos, los acarician con ese simulacro de voluptuosidad que la modelo debió de haber aprendido y repetido en sus clases de expresión corporal y pasarela. Llama la atención —he aquí el elemento nuevo, tal vez desconcertante— el objeto que está sobre la mesa: un falo de gran tamaño, de plástico quizá, un consolador que roza casi uno de sus muslos, el que mantiene extendido y quieto sobre la madera de la mesa.

En primer plano, Bejarano y Concha; detrás de este, recostada a su espalda, la McCaussland; al fondo, el periodista Uzuriaga. Quizá hayan existido más espectadores. El objetivo de la cámara solo quiso perpetuar a estos personajes.

—No es prueba de nada —dice Arias—. Esta foto solo prueba que Érika Muñoz era constante en sus amistades. Prueba otras cosas, pero la moral privada no es asunto nuestro. ¿Conoces el exabrupto hispánico? "Cada cual hace de su capa un sayo y de su culo un candelabro."

—Prueba que el poeta Antonio Correa idealizó a la modelo con solo verla, que si contemplara esta foto no escribiría el poema que pretende escribir idealizando a la belleza —añado y Arias me quita la foto de las manos y la devuelve a la mesa. Le pregunto si hay motivos para interrogar a Alatriste: los matones que me golpearon por la espalda lo hicieron para protegerlo. Arias dice que no se puede probar, Alatriste puede decir que no iban con él, que se trató de una desafortunada coincidencia.

—No va a ser fácil la entrevista con el honorable Concha y menos aún en sus terrenos —dice Arias—. El fiscal quiere que le ofrezca explicaciones en su oficina del Congreso. Y resulta que es él quien tiene que ofrecer explicaciones: el crimen de la modelo se cometió en un apartamento vacío de su propiedad, él figura en fotografías con Érika Muñoz; da la coincidencia de que en las fotografías posan Bejarano y una mujer otoñal dueña de una agencia de modelos, casualmente vecina de apartamento del senador —dice Arias sin ocultar su irritación—. En otra de las fotografías, Érika se abraza a Patricio Aldana en una de sus fiestas. No tiene sin embargo el privilegio de ser la única. Muchas se querían abrazar a Aldana. Ya tiene encima una condena con procesos pendientes. Por el momento le dieron siete años —recordó Arias—. Y esa foto debió de ser el día en que contrajo matrimonio con la ex reina de belleza. De nuevo figuran Concha y Bejarano en el retrato de familia. Retrocedamos: la testigo, Irene Lecompte, la asustadiza Irene, dice haber tenido una aventura con el honorable senador y confiesa que tal vez Bejarano le regalara a Érika el anillo de diamantes que el asesino no quiso llevarse pese a ser una joya fabulosa. Cuando averigüemos quién pagó el carro de lujo de la modelo sabremos más cosas —añade, conteniendo su irritación—. Irene me ha llamado dos veces. Le asignamos protección desde esta mañana, pero no se siente del todo protegida. Lo que sabe más de la cuenta no lo dice. Si se asoman nuevas sospechas, debemos sacar a Irene de circulación, quiero decir, convertirla en testigo excepcional y, por lo mismo, guardarla en algún lugar seguro. ¿Estoy yendo demasiado lejos?

Arias no estaba yendo demasiado lejos. Así estuviera cerca, ni él ni yo podíamos todavía acercarnos al autor del crimen. Hay crímenes que tienen su lógica, otros carecen de ella o la enredan en los caminos escabrosos de las coartadas. No se llega a ellos en línea recta. Si se llega, se llega por las desviaciones y los atajos. No es fácil dar con la prueba reina. La prueba reina que podría haber conducido a la culpabilidad del Presidente —dice Arias con cierta indiferencia— encontró otros culpables, pero el Presidente fue absuelto por sus jueces del Congreso. Untarse o no untarse la mano, ese es el problema. Puedo ser un beneficiado con el delito y salvarme con el argumento de la ignorancia, que en algunos casos excusa y en otros condena. El Presidente probó o probaron sus jueces que el delito había sido de otros, que él había sido ignorante de todo. No se había percatado de que un inmenso animal de piel arrugada había entrado sigilosamente a sus espaldas.

—Trata de salvar a esa muchacha —pedí a Arias—. Quiero decir, a Irene Lecompte. Tiene miedo y si tiene miedo es por algo. Debes conseguir que autoricen la protección.

—Debo conseguir que cuente lo que sabe.

—Puede ser que no sepa más, que tema simplemente por lo que sabe —dije. Arias pensaba lo mismo. Sin embargo, la investigación apenas empezaba y la protección de una testigo podría ser considerada prematura, tan prematura como tardía e imprudente la llamada a esas horas, que Arias contestó con inocultable enfado. Y el enfado dio paso al silencio y este a la repentina congestión del rostro.

—Temo que sea tarde para la protección —se dirigió a mí al colgar—. Se acaba de producir una explosión en el apartamento de Irene Lecompte. Llamó uno de los escoltas. Dios quiera que no sea lo peor —dijo con voz ronca y baja.

22

EL ESCOLTA DIJO QUE HABÍA PERMANECIDO TODA LA NO-
che en el *hall* del edificio; que el portero de turno había estado
casi todo el tiempo a su lado —me diría Arias. Solo una vez se
retiró de la portería para examinar un daño en la iluminación
del pasillo, en el segundo y tercer pisos. Fue un poco antes de las
once y media. Le dio el termo con el café, le dijo que detrás de la
portería había un pocillo limpio y azúcar. Se ausentó unos diez
o quince minutos, calculó el agente asignado. Dijo que las personas que habían entrado eran residentes del edificio. Ningún
extraño, ninguna visita había sido autorizada por los vecinos.
No había entrado tampoco ningún servicio a domicilio, de
restaurantes o droguerías. Dijo que antes de la medianoche había hecho una última llamada a Irene por el citófono y ella lo
había tranquilizado diciéndole que se disponía a dormir. Se había tomado un somnífero suave —le dijo— y creía que así podía
conciliar el sueño. Deseaba dormir. Desconectaría el teléfono,
apagaría el celular. No debía preocuparse, dijo al escolta, se sentía mucho más tranquila. El edificio era apenas de tres pisos, dos
apartamentos en cada uno. Conocía a propietarios e inquilinos.
No era por otra parte un edificio de lujo. Una línea por encima
de un edificio de clase media, bien cuidado, habitado por profesionales jóvenes y parejas sin niños, uno de esos edificios que se
valorizarían por la zona, en la frontera de Chapinero Alto con el
caño que limita con la parte inferior de Los Rosales, en la calle
69 con carrera Y.

Los destrozos no habían afectado a los restantes pisos. Podía pensarse que el artefacto explosivo tenía un reducido radio de acción y que su objetivo no iba más allá de atemorizar a la víctima, pero al entrar al apartamento Arias supo que el efecto de la explosión era mucho más serio: el cuerpo de Irene Lecompte, atendido en los primeros minutos que siguieron a la explosión por el escolta y dos paramédicos llamados por este, parecía haber sido expulsado de la cama hacia el suelo. Los destrozos en el cuarto de baño, anexo al dormitorio, eran mayores.

El escolta dijo que había subido de inmediato al apartamento de la modelo, había violentado la puerta y la había hallado en el piso, ensangrentada, tapándose el rostro con las manos, presa de convulsiones terribles. Fue cuando decidió llamar una ambulancia y dirigirse con la víctima hacia la clínica más cercana. Hizo entonces una llamada a Arias.

Una vez que inspeccionó el apartamento de Irene y ordenó la vigilancia necesaria, Arias pensó que la explosión se había producido en el baño, a unos pocos pasos de la cama de la víctima. No le fue difícil descubrir que el baño tenía una ventana hacia el pasillo del tercer piso y que la ventana permanecía entreabierta, con los cristales destrozados. Memorizó este detalle. Si Irene había dormido con la puerta del dormitorio cerrada, la onda expansiva de la explosión explicaba lo de la puerta prácticamente arrancada de los goznes que la sostenían. Había caído hacia la sala. Conclusiones de primera vista, en principio lógicas. Tan lógico como pensar que, desde el baño hacia el dormitorio, los destrozos se concentraban en un espacio casi matemáticamente calculado. La puerta del cuarto de baño debió de estar abierta en el momento de la explosión. Los destrozos en la sala eran pocos —calculó—. La puerta cerrada del dormitorio había neutralizado en parte los efectos. Arias ordenó recoger y guardar restos del desastre. Le llamó la atención lo que quedaba de un pequeño reloj despertador con marco enchapado en oro. Lo tomó en sus manos y lo acercó a la nariz, hizo un gesto de duda y lo guardó en una bolsa de plástico.

Se desplazó hacia la clínica. Ordenó a los agentes interrogar al portero, Juan Mejía. Debía explicar lo de su ausencia momentánea hacia el segundo y tercer piso. ¿Los vecinos habían reportado daños en la iluminación de los pasillos? A Mejía no solo había que interrogarlo. Era preciso exigirle que estuviera a disposición de la Fiscalía.

La muchacha estaba en cuidados intensivos, dijeron a Arias cuando se acercó a la clínica. No corría peligro de muerte, pero las heridas eran de consideración y requerían un cuidadoso trabajo de cirugía.

Ordenó entonces duplicar la vigilancia. Hasta donde fuera posible, era preciso mantener a distancia a los periodistas. No iba a ser del todo posible. La noticia del atentado sufrido por Irene Lecompte debía de haber llegado ya a los medios o llegaría en las primeras horas de la mañana. La explosión había ocurrido a eso de las dos y cuarenta de la madrugada. No se descartaba la posibilidad de que algún vecino del edificio informara a los periodistas. En cualquier caso, quedaba prohibido tener contacto directo con la víctima cuando esta estuviera en condiciones de responder preguntas.

Cualquier mediocre serie de televisión o película había vuelto lugar común la escena en la cual la víctima que sobrevive a un atentado es seguida hasta la habitación de una clínica y rematada por un criminal disfrazado de médico o enfermera. El lugar común, que es la realidad repetida hasta el punto de volverse insidiosa, exigía sobreproteger a la víctima que sobrevivía al atentado, sobre todo si se trataba del testigo de algún turbio asunto criminal.

Aunque Arias me impidió acompañarlo al apartamento de Irene, llamó minutos más tarde a pedirme que nos viéramos en la clínica. Un profundo malestar, como de culpa, se adivinaba en el tono de su voz. Era una especie de dolorosa melancolía. "Nos vemos en la sala de espera —pidió—. Trata de ser lo más discreto posible."

Arias pensaba que el artefacto explosivo había sido introducido esa noche al apartamento de Irene. En este caso, se trataría de un perfecto mecanismo de relojería programado para activarse horas más tarde. Le intrigaba su propia versión: el explosivo pudo haber sido introducido por la ventana entreabierta del cuarto de baño. No arrojado, sino introducido. La primera inspección ocular del sitio daba por probable esta hipótesis, reforzada por la localización de los destrozos. Los expertos de la Fiscalía tendrían en todo caso la última palabra.

—La pobre perrita salió ilesa —comentó Arias adolorido—. Voy a dejarla por ahora en manos de una pareja de vecinos. Parece que dormía en un rincón de la cocina.

23

Por fortuna, no había llegado aún ningún periodista. Llegarían, alertados por alguien del edificio o por algún informante de la clínica. Para entonces, era poco lo que podrían conseguir: Arias había montado un dispositivo de seguridad a la entrada de la habitación adonde Irene sería trasladada después de las intervenciones quirúrgicas. Uno de los médicos le acababa de informar que además de las quemaduras en el rostro, el cuello y los brazos, la paciente registraba serias lesiones en una de sus piernas, un traumatismo craneal y la pérdida —él creía que superable— del habla. Tal vez se tratara del *shock* nervioso. Toda información —solicitó Arias al cirujano— debía limitarse estrictamente al parte médico, si era solicitado. Lo demás correspondía a la Fiscalía y en lo que le concernía a él, no iba a adelantar ninguna información distinta a la escueta versión de los hechos: la modelo Irene Lecompte había sido víctima de un atentado —diría Arias.

Nada se sabía de los móviles y menos aún de los posibles culpables. Si se trataba de asociar este hecho con el crimen de Érika Muñoz, diría que no encontraba relación entre atentado y crimen. ¿No era acaso amiga íntima de la modelo asesinada? La Fiscalía no lo sabía, diría. ¿No se daba la reveladora coincidencia de que Irene venía siendo interrogada precisamente por el fiscal que investiga el crimen? No, Irene Lecompte no era interrogada por la Fiscalía, en ningún momento había sido citada por el organismo, sostendría. Por ser una de las amigas íntimas de Érika, se le habían hecho preguntas de rutina. ¿No acababa de declarar el portero del edificio que usted, el fiscal encargado de la investigación del crimen, visitó hace dos noches el apartamento de Irene con un permiso escrito por ella misma? El portero podía haberse ido de la lengua y la pregunta salir de la imprudente tontería de creerse testigo con derecho de opinión.

Sí, en efecto, había hecho una corta visita al apartamento porque ese mismo día, es decir, esa misma noche, la modelo había pedido protección de la Fiscalía por motivos distintos a los que podrían vincularla con el crimen de su amiga. No sería una respuesta convincente, pensaba Arias. Tarde o temprano habría que aceptar que atentado y crimen se amarraban a un mismo hilo, que el hilo tendido por los culpables tenía en uno de sus extremos la evidencia de un homicidio y en la otra, si el hilo no se extendía, la evidencia de un atentado criminal contra una joven modelo de 23 años. ¿Pretendían acabar con la vida de otra estrella del medio? ¿Se trataba de un homicidio frustrado? La pregunta que le harían se la estaba también formulando Arias. Ya era un crimen, un espantoso crimen, atentar contra la integridad física de una muchacha que se ganaba la vida y el prestigio con sus cualidades físicas. ¿Podrían los cirujanos restablecerle la belleza perdida? Háganle la pregunta a los cirujanos —diría. No deseo nada distinto a ver salir a esa muchacha del quirófano con su belleza de antes. ¿Es cierto que en la Fiscalía obran pruebas que comprometen en el crimen a conocidos personajes de la vida pública? En absoluto, la Fiscalía no ha pasado de las diligencias preliminares. ¿Qué puede decir la Fiscalía para tranquilizar al mundo del modelaje, alarmado por crimen y atentado? No puede decir nada. No se trata de hechos que vinculen a un colectivo como objetivo de acciones terroristas, sino a dos personas que por distintos motivos han sido víctimas de acciones criminales.

Clemente Arias temía que empezaran a filtrarse informaciones desde el interior de su Unidad. Lo sospechaba él, lo sospechaba yo, quizá lo sospechase todo el mundo. En su caso, Arias empezaba a sospechar de todo aquel que lo rodeara en sus gestiones de fiscal. Encontraba más razonable la prevención del zorro que la distracción del incauto. Venía de la Unidad de Fiscales de la Procuraduría, conocía la madeja de la justicia, sabía que en ella se enredaban hilos extraños, que políticos corruptos y narcotraficantes mantenían en nómina a funcionarios del Estado encargados de extraviar expedientes, de pasar información oportuna, de inventar coartadas, de aliviar penas, de sobornar a jueces, de sobornarlos o intimidarlos, de revocar condenas, en fin, de penetrar el cuerpo de la justicia con la daga del miedo o con la mano generosa de las recompensas.

Irene Lecompte se salvaría, dijo al fin Arias. En adelante, tenía que ser protegida como debió haber sido protegida desde el principio. Irene sabía mucho más de lo que había confesado. "Tengo cita a las diez de la mañana con el senador" —dijo. En la tarde, interrogaría a Armando Bejarano en su oficina del Trade Center. No había argumento ni excusa distintos a los de saber que había sido amigo de Érika. Nada diría de las fotografías.

Agentes de la Policía y de la Fiscalía montarían guardia en la clínica. Arias dispuso vigilancia a la salida del quirófano, en el *hall* y a la entrada de la habitación que se le asignaría a la muchacha. Uno de los médicos dijo que la intervención quirúrgica, en su primera fase, tardaría al menos dos o tres horas más. Ese sería apenas el comienzo de una serie de intervenciones a las que debería someterse la paciente si se quería salvar en casi toda su hermosura. La cirugía hacía milagros y los hacía si se tenía el dinero suficiente para pagarlos. La lesión de la pierna no era lo que parecía en principio. Mucho más serias eran las quemaduras y heridas del rostro y el cuello. Los cristales de la ventana se habían incrustado en la piel y se debía proceder a extraer las esquirlas. El habla, ¿recuperaría el habla? Creía que sí. La paciente estaba todavía bajo los efectos del impacto psicológico y, en estos casos, el enmudecimiento se revela como un mecanismo defensivo. No se habían detectado lesiones cerebrales y era posible que no existieran. ¿Se sabía de familiares de la víctima? Al parecer —dijo Arias al médico—, no tenía familiares en Bogotá. Amigos cercanos, tal vez, pero era difícil que se hubieran enterado tan pronto del atentado.

Aunque parezca extraño —especuló Arias—, empezaba a creer que estas muchachas vivían en una soledad casi absoluta. Lo que se manifestaba como algo de dominio público, contenía ciertas dosis de patetismo privado. Parecían conocer a todo el mundo y, en realidad, ni siquiera tenían tiempo de conocerse a sí mismas. Sus dramas, sus malquerencias, sus tribulaciones personales eran una reserva inaccesible. Tenía la impresión —dijo al médico que nos invitaba a un café— de que por nada del mundo se permitían la libertad de parecer frágiles e inseguras. Habían sido modeladas para el artificio y de artificios era la materia de sus conductas públicas. No exhibían el alma, exhibían el cuerpo. Diosas pasajeras, quizá contuvieran el dolor como se contiene, en lo más profundo del ser, aquello que, revelado, puede convertirse en enemigo. Arias dijo: en factor enemigo.

—Me voy a descansar —dijo Arias tomándome del brazo—. Tendré que hacer demasiados esfuerzos para no sentirme culpable. Debimos ofrecerle protección desde la noche en que supimos que corría peligro. No cualquier protección. La protección que se da a una testigo que corre el mismo peligro de la víctima.

24

A MEDIDA QUE ARIAS ATRAVESABA LA PLAZA DE BOLÍVAR, el inmenso rectángulo adoquinado repleto de ociosos y palomas, presidido por la estatua del Libertador, pensó —me diría después— que se dirigía a una diligencia inútil. Recordaba la plaza de otros tiempos, de sus días de estudiante, la sensación de admiración ilimitada que le producía la visión del Capitolio Nacional, sede del Poder Legislativo, y el ahora casi reconstruido Palacio de Justicia, emplazado al frente. Todo, entonces, le parecía de una majestad extraordinaria. La vieja catedral, en uno de los costados, enfrentada al Palacio de Liévano, sede de la Alcaldía, parecían reminiscencias de una época colonial que más allá de la carrera 7ª, hacia el barrio de La Candelaria, tenía su expresión en una arquitectura mucho menos aparatosa, antiguas residencias de notables que hacia la tercera década del siglo habían empezado a abandonar sus moradas para iniciar la construcción de la ciudad moderna, muy pronto añadida a la arcádica y provinciana ciudad que abandonaban.

La ciudad republicana que se añadía a la ciudad colonial constituía en realidad el centro de la capital que un día de abril de 1948 sería destruido por los incendios de la revuelta popular, reacción irracional y vengativa de la turba que protestaba por el asesinato del caudillo Jorge Eliécer Gaitán.

En estos espacios —entre la ciudad colonial y la ciudad republicana— había transcurrido la vida del estudiante Clemente Arias. En pensiones azarosas y en cafés también desaparecidos, remplazados pronto por almacenes, restaurantes de comida rápida, oficinas de abogados y tiendas de discos. Varias manzanas eran hoy ocupadas por vendedores y compradores de esmeraldas.

Bogotá era entonces una ciudad amable, provinciana y cortesanamente culta. La década de los sesenta empezaba, sin embargo, a registrar un vertiginoso crecimiento urbano, y la ciudad empezaría a extenderse como un monstruoso lagarto hacia sur y norte, hacia la sabana, hacia la falda de los cerros, prefigurando la no menos monstruosa ciudad de hoy. Parecía no caber ya en sus propias costuras. Su mapa ya no podía ser abarcado por la mirada ni su crecimiento controlado por poder alguno. Crecía como un cuerpo maltrecho, multiplicando sus enfermedades, añadiendo retazos cada día más desgarrados a los retazos ayer dignos, sobreponiendo barrios —cuya nomenclatura ya nadie podía memorizar— a los ya existentes, construyendo barriadas de la nada con el desesperado impulso de la necesidad.

La devoción juvenil que sintiera por este espacio —me diría en su reseña— se había convertido con el tiempo en indiferencia y en ocasiones en asco. Esos poderes públicos habían perdido su grandeza. Se habían convertido en poderes de una vulgaridad burocrática parecida a la vulgaridad de la democracia a la que servían.

Arias dijo que, a medida que ingresaba al Capitolio, crecía su malestar. La diligencia que se iba a cumplir, la visita que debía hacer a Concha en su oficina de senador de la República, le exigía algo así como una cortesía simulada, extraña a su temperamento. Por esto, cuando estuvo en la puerta del despacho donde hacían antesala hombres y mujeres que rendían culto al político, culto o el respeto circunstancial que se debe a quien puede salvar un segundo de tu vida, sintió el deseo de devolverse, de suspender la diligencia de rutina que lo llevaba allí. Volvió a tener el mismo deseo cuando fue anunciado por la secretaria y debió esperar media hora antes de encontrarse en el umbral de la puerta, ante un Ramiro Concha que no levantaba la vista de los papeles que leía, hojeaba y firmaba distraído. Debió reprimir su malestar al sentir que el hombre que tenía al frente ignoraba su presencia. Quizá lo haga expresamente, para humillarme —dijo Arias que se había dicho—, para hacerme sentir la majestad de su cargo. Quizá le pidiese que fuera al grano, tengo apenas unos pocos minutos para atenderlo, que lo que él deseaba escuchar eran explicaciones de la Fiscalía y no preguntas necias de esta y menos de boca de un pobre diablo investido con un cargo de mala muerte. Hay decenas, centenares de fiscales, senadores de la República muy pocos —decía la voz interior de un Arias indignado. Temía que no tuviera la delicadeza de invitarlo a sentarse, pero cuando el senador levantó la vista de los papeles, Arias despejó toda duda: encontró a un hombre cortés y receptivo.

Arias me dijo que le había dicho al senador que su visita —no su diligencia— tenía por objeto aclarar algunas pequeñas cosas; que, de entrada, le presentaba sus disculpas por importunarlo. Los desgraciados acontecimientos de los últimos días lo obligaban a él y al organismo de investigación que representaba, a formular esas preguntas. Simple rutina, le dijo. A lo que el honorable senador respondió con un gesto de aceptación comedido, ni más faltaba, cumpla con su deber. ¿Le provoca un tinto? —le preguntó y al instante entró la secretaria con una bandeja y dos tazas de café. Ha sido una penosa circunstancia el haberme enterado de que el crimen de la modelo Érika Guzmán se cometió en un inmueble de mi propiedad —me dijo que le había dicho Concha. Y más penoso el haber tenido que enterarse cuando se encontraba en el exterior respondiendo a una gentil invitación del parlamento de Ceilán. ¿Existía sistema parlamentario en Ceilán? —dijo Arias que se había preguntado, pero en realidad dijo que sí, una penosa circunstancia —repitió el honorable senador de la República que, para aliviar la tensión, había hecho un comentario galante sobre la modelo asesinada. Tengo entendido que la conocía —se atrevió entonces a preguntar Arias y la respuesta del senador vino acompañada por un gesto que el fiscal entendió como el gesto casi desdeñoso de quien no quiere darle demasiada importancia a un episodio que no la tuvo: un chasquido de la lengua, algún instantáneo encogimiento de hombros.

Concha se mostró comprensivo al aceptar las medidas tomadas por la Fiscalía —entrada forzada de sus agentes al inmueble vacío de su propiedad—, pero un asomo de indignación, que trató de dominar, le hizo decir que encontraba deleznables las sugerencias malintencionadas que se estaban dando en la publicidad del caso. Mi nombre ha salido a diario en esos informes sensacionalistas —dijo. Y aunque solo se hablaba del caso del 909 de la Torre B, cualquier murmuración lesionaba su honra. La tormenta pasaría, es cierto, pero las hojas podridas levantadas del fango periodístico salpicarían su nombre injustamente —decía en su mejor estilo.

Arias lo escuchaba. Unas pocas veces había visto a la modelo y otras pocas a su antigua vecina, la señorita McCaussland —dijo a requerimiento del fiscal. Había tenido el privilegio de asistir a algunas recepciones dadas por ella —decía el senador. Arias comprendió que se adelantaba a las preguntas que pensaba formularle. Una mujer espléndida, la mejor anfitriona del mundo. Era comprensible que por tratarse de personajes públicos de esferas distintas, de la política y del espectáculo, coincidieran en eventos sociales —explicaba con una sonrisa. Y a medida que Arias lo escuchaba, trataba de desterrar del pensamiento la imagen de la fotografía hallada entre la ropa interior de Érika. Temía que Concha adivinara sus pensamientos. Sucedía a veces: una extraña comunicación entre las personas —sobre todo entre interlocutores que recelan uno del otro— establecía esa línea entre la adivinación y el pensamiento. Era una de sus cartas marcadas —se decía Arias, como la información que acumulaba para llegar desde hacía meses a las raíces de una fortuna inexplicable, a la madeja compacta de hilos que se enredaban sin dejar ver el comienzo y el final de sus puntas.

Que el crimen se hubiera cometido en un inmueble de su propiedad —argumentaba el senador— probaba la hipótesis que él ya daba como cierta: habían querido hacerle daño. La política no era por desgracia el arte de sumar amistades, sino de incrementar en número a los enemigos —decía Concha. No hubiera resultado difícil entrar al apartamento. Los métodos delincuenciales eran muchos y no era necesario entrar a balazos por la puerta —dijo mirando a Arias—, bastaba la mano de un buen profesional. En todo caso, el acceso a cualquier vivienda de las Torres era fácil e incontrolable, como el acceso a un apartamento desocupado —decía. Entraron a consumar el crimen con una llave maestra. ¿O acaso había dado él llaves duplicadas a alguien? Solamente a la inmobiliaria. Había tenido empleada cuando habitaba en las Torres. Al desocupar la vivienda cambió las guardas, por precaución. Nunca se sabe. Y, por supuesto, todo acaba sabiéndose —pensó Arias. Por ejemplo, que alguien hubiera podido tener duplicados de las llaves.

Una remota pista: cuando tuvo su aventura con Irene Lecompte, fugaz, según ella, posiblemente repetida —según sospecha de Arias—, ¿pudo ella hacerse a llaves del apartamento? El senador borraba esta hipótesis: había cambiado las guardas de la cerradura cuando se mudó de vivienda. Él mismo pensó en esa eventualidad cuando fue informado sobre el crimen.

Arias dijo que Concha empezó a mirar su reloj, dándole a entender que la diligencia de rutina ya estaba cumplida. Disculpe la molestia causada, dijo al senador. Y disculpe también cualquier pregunta que debamos hacerle en el futuro —le dijo al despedirse. Y al salir, Arias se quedó con la impresión de haber hecho el más absurdo interrogatorio de su vida. ¿Sabía el honorable senador que Irene había sido víctima de un atentado? No mencionó el hecho, pese a haber aparecido en las noticias de la mañana.

Al salir de la oficina y encaminarse hacia los pasillos, Arias miró hacia atrás y creyó identificar al abogado Aristides Alatriste. Entraba al despacho del senador. Sabía que el tipo era una especie de lugarteniente de segunda en las campañas políticas de Concha, un hombre-para-todo, correveidile en la sede que el candidato habilitaba en épocas electorales. Cuatro años atrás lo había incluido en la nómina de sus asistentes —sabía Arias desde que decidiera poner el ojo en la vida del senador—, aunque en la actual legislatura Alatriste hubiera quedado reducido a la aparente función de mensajero. Se habían hecho denuncias relacionadas con la posible utilización de un gran número de cédulas falsas, pertenecientes a ciudadanos fallecidos, cédulas que incrementarían el caudal electoral de Concha en municipios vecinos. Y se señalaba a Alatriste como el administrador de ese capital político. Pero nada se había podido probar, aunque la sospecha siguiera recayendo sobre el mensajero de segunda fila. Su oficina, situada en el vetusto edificio republicano de la carrera Y con calle 17, no permitía suponer que sus beneficios económicos fueran considerables. Atendía a clientes menores, funcionarios o empleados destituidos, pequeñas demandas contra el Estado, asuntos de jubilación por cuantías menores. Así y todo, seguía siendo ficha del senador.

No obstante, Arias se preguntaba por el pequeño misterio de su vida, por la pobreza o medianía de esa vida. Con los trabajos que venía haciendo y los amos a quienes servía, podía haberse hecho a una situación más decorosa, vivienda propia, un auto, trajes menos lamentables que los que vestía. Allí residía parte del misterio de Alatriste. Quizá alguna clase de servidumbre lo mantuviera atado a sus amos o condenado a la pobreza de un apartamentito que ni el más modesto empleado de oficina aceptaría como domicilio.

Tal vez lo hubiera visto salir de su despacho, tal vez hubiera sabido que el fiscal Clemente Arias visitaría a su jefe esa mañana —concluyó mi amigo.

25

Irene Lecompte se recuperaría. El parte médico era optimista. En el curso de una semana, las intervenciones quirúrgicas habrían sido realizadas sin riesgo. No quedarían huellas visibles del accidente. Las cicatrices podían ser borradas con tratamientos de rayos láser. Por otra parte, había empezado a recuperar el habla. Aunque había sufrido pesadillas que la despertaban alarmada y obligaban a los médicos a suministrarle fuertes sedantes, la respuesta de la paciente era positiva. Todavía con el rostro vendado, aceptaba de buen grado las versiones de los cirujanos. No debe preocuparse —la tranquilizaban—, estamos haciendo lo mejor que podemos para que no queden huellas del accidente.

Arias había asignado dos agentes en la recepción de la clínica y otros dos a la entrada de la habitación. Pero Irene no estaba todavía en condiciones de responder preguntas y menos aún en estado de sufrir el acoso de los periodistas. Él mismo se había limitado a entrar a la habitación, acercarse a su cama y salir a los pocos segundos. Y esta tarde, cuando volvió a visitarla, pensó insistentemente en Concha. No era rabia ni rencor. Pensó en el admirable cinismo, en la pasmosa frialdad del senador, en las buenas maneras con que lo había atendido. Cuando se cruzó por su memoria el recuerdo de Alatriste, tuvo que contener —esta vez sí— un ataque de rabia.

—Estamos haciendo lo que está a nuestro alcance —dijo uno de los cirujanos— y lo que permite la solvencia de la paciente.

Por fortuna, tiene un buen seguro médico y recursos personales para cubrir las intervenciones estéticas que el seguro no asume. Nos intriga no saber nada de sus familiares —dijo el médico—. Extraño, porque la noticia del atentado ha sido publicada en todos los informativos de televisión y radio.

Arias pudo saber que Irene no tenía familiares en Bogotá. Que sus padres y hermanos vivían en Barranquilla. Algunos amigos y amigas se habían interesado por la paciente, ya por medio de llamadas o por visitas que hicieron a la clínica. "Hoy vino a preguntar por ella una dama de apellido... " —vaciló el médico. ¿McCaussland? —preguntó Arias. Y el médico dijo que sí: Angélica McCaussland. Se interesó por el estado de la paciente y dejó un precioso arreglo de flores. Una dama muy atractiva —añadió el médico. Dio a entender que en caso de que la muchacha no pudiera correr con todos los gastos de las operaciones, ella con gusto ayudaría. "Solidaridad gremial" —dijo Arias que había pensado con esta enternecedora muestra de generosidad.

26

En la calle 100 entre carreras 8ᴬ y 9ᴬ se levanta un moderno y alto edificio de construcción reciente. Poco le falta para ser un edificio inteligente, pero la inteligencia de industriales, gerentes de empresas y representantes de firmas multinacionales ha sido probada con la elección de este edificio como sede de sus oficinas, donde abogados y consejeros de otras tantas empresas nacionales e internacionales tienen sus despachos. Los sistemas de seguridad y vigilancia son estrictos y más rigurosos si los visitantes se dirigen al prestigioso restaurante de una de las terrazas, una estructura circular giratoria desde donde la ciudad, sobre todo el norte y los cerros, se divisa en su cambiante fisonomía. Lo frecuentan celebridades de la política, los negocios y el espectáculo. Su servicio es inmejorable y ni más faltaba que no lo fuera en razón de los precios y la carta.

En este edificio tiene su oficina el economista Armando Bejarano. No se trata de una simple oficina, sino de un complejo espacio con sala de recepción, cocina, sala de juntas y despacho propiamente dicho. A la entrada, dos vigilantes privados siguen al visitante hacia la recepción, previa requisa. En la sala de espera, cómodos, costosos sillones de cuero de diseño italiano, obras de artistas famosos y un precioso tapiz de vivos colores, muestran al visitante el grado de riqueza del despacho.

Al anunciar al fiscal Clemente Arias, la recepcionista mira su agenda en el computador y le pide que por favor espere unos minutos. El doctor tiene una visita —le informa y le ofrece algo de beber. Un tinto —acepta Arias. ¿Con azúcar o sin azúcar? Sin azúcar. En una de las paredes, enmarcados con sobriedad, se muestran dos diplomas de Bejarano. Uno de Harvard y otro de Columbia. Doctorado en Economía, Máster en Negocios Internacionales. Al lado, en un menos visible espacio de la pared, Bejarano posa al lado de dos ex presidentes de la República. En otra fotografía, presumiblemente en el Congreso de la República, recibe una distinción concedida por la Cámara Baja. Son las cartas de presentación que muestra a sus visitantes —añadió Arias.

Cuando se abre la puerta del despacho del economista, Arias añade a esas cartas de presentación —títulos universitarios e iconografía de los poderes públicos— un nuevo elemento: Bejarano en persona despide en la puerta, en fluido inglés, a su visita. Sin reparar en las personas que esperan en la recepción, lo conduce hasta la puerta de salida. "Siachoque, acompañe a míster Gordon hasta el parqueadero" —y el vigilante uniformado recibe la orden, mira alrededor y cede el paso al visitante. Bejarano cierra la puerta y hace una seña a la recepcionista. "Doctor Arias —dice—. Puede pasar."

A menudo —me diría Arias— olvido que soy doctor en Derecho y Ciencias Políticas. A menudo, cuando se hace las veces de policía judicial, olvidamos haber pasado cinco años en la Universidad. Olvidamos casi todo, menos los Códigos de Procedimiento Penal y las clases de Criminología. Una buena enseñanza en balística es superior a un tratado de Filosofía. Los informes del médico forense son más útiles, puesto que los frecuentamos a diario, que los informes que dan cuenta de la evolución del hombre en cada época de la humanidad. Olvidamos porque ya estos conocimientos no sirven para nada, como no sea para las conversaciones con amigos o para la vanidad de la memoria; olvidamos todo vestigio de saber humanístico para instalar en este sitio nuestra malicia indígena, reflejos defensivos y esa intuición que nos vuelve adivinos de la naturaleza humana. La Filosofía del Derecho es una antigualla, la Economía Política, un lujo inútil. Solo recordamos que somos policías y como policías nos tratan, como empezó a tratarme el economista Bejarano cuando me invitó a sentar en el sofá de cuero marrón instalado frente a su escritorio de sólida madera y formas indudablemente artísticas. Otro objeto de diseño para su escenografía —comentó después Arias.

¿Cuál era el motivo de la visita? —empezó Bejarano. Parecía sentirse orgulloso de su despacho. A primera vista, Arias identificó obras de arte, óleos de gran tamaño, de pintores colombianos de alta cotización en el mercado. Un san Esteban figurativo de David Manzur, una barracuda de Alejandro Obregón (¿no sería este el cuadro adquirido en la subasta de Christie's?), un abstracto de limpieza impecable firmado por Manuel Hernández. Y otro tapiz de Olga de Amaral. Sobre la mesa de centro, una pequeña escultura de Édgar Negret, formas geométricas casi aladas en colores azul, negro y amarillo.

En primer lugar —le dijo Arias— no se trata de una indagatoria, sino de una diligencia de rutina vinculada al crimen de la modelo Érika Muñoz. ¿La conocía? En otras palabras: ¿la había conocido en vida?

Bejarano sonrió, entrelazó los dedos de las dos manos y emitió un suspiro que Arias entendió como un reconocimiento de lo que el fiscal ya sabía. Claro que la había conocido, claro que esperaba que de un momento a otro la Fiscalía viniera a su oficina a averiguar por sus relaciones con la víctima. La conocía desde hacía dos años, quizá menos, dieciocho meses para ser exacto. Una linda, espectacular muchacha. ¿Había mantenido otra clase de relación con la difunta? —preguntó Arias, avergonzado por haber usado el término difunta. Si insinuaba que él pudo haber tenido relaciones íntimas o amorosas con la difunta —repitió la palabra para recuperar la sonrisa de antes—, quería ser claro, sincero y conciso: sí. Una relación digamos que superficial, una superficialidad que había durado cuatro meses y medio. No se arrepentía de ello. Tantos pretendientes, tantos hombres ricos a la caza de una mujer joven, famosa y bella como Érika, constituía un desafío para todo hombre que deseara tener algo con ella. Y él había aceptado el desafío, venciendo sobre celebridades, actores de no menor celebridad, periodistas adinerados y algún gigoló que pretendía hacer de las suyas con Érika. Cuatro meses y medio —dijo.

Se habían conocido en el aeropuerto de Miami, donde ella acababa de participar en un desfile. Pidió en el mostrador de la aerolínea que hicieran coincidir el número de su reserva con el del asiento reservado a la modelo, que —como él— también viajaba en primera clase.

Inusualmente, Bejarano fanfarroneó al comentar a Arias las circunstancias de aquel viaje: ella se había dormido a los pocos minutos; involuntariamente había recostado la cabeza en el hombro del vecino y él había sentido el placer de ese calor durante una hora, deseando que la modelo no despertara, que el aroma de cabellos y piel, tan cercanos, perfumaran el liviano tejido de su camisa, que esa cercanía tan, tan íntima, fuera mucho más allá del vuelo emprendido. No obstante, Érika despertó al rato y se excusó por haber puesto la carga de la cabeza en el hombro del vecino. Duerma así hasta el Juicio Final—dijo Bejarano que le había dicho, invitándola a despertarse del todo con una copa de *champagne. ¿Champagne?* —lo interrogó ella. Primero un café —dijo él que ella le había dicho—. Después veremos lo de la champaña.

Asuntos de negocios, consultorías externas, lo habían llevado a hacer ese viaje. Nueva York, Miami, Bogotá. ¿En qué fechas? —quiso saber Arias. Creo que fue en septiembre u octubre del 94 —dijo él. ¿Había estado en Nueva York? —le preguntó a la modelo. No, todavía no. Había estado en Londres, en Madrid y en París, aún no tenía el placer de haber estado en Nueva York. Vas a visitar Nueva York —le dijo él—. Espero que sea pronto.

La paciencia de Arias fue infinita. Bejarano se extendía y detenía en los detalles de esa aventura. Amoríos —los llamó después. Amoríos que al tercer día de la llegada a Bogotá se iniciaron con una invitación a cenar que le hizo a Érika, abrumándola o sorprendiéndola con un ramo de orquídeas enviado a su domicilio. ¿Qué mujer, dígame, se resiste ante un ramo de orquídeas, las mejores del mundo? Y Érika no se resistió, aceptó la invitación a cenar haciéndole una llamada de inmediato. Acepto para pagarte el favor de haberme servido de almohada —le dijo. Arias quería abreviar la reseña de Bejarano. Casi lo cortó al preguntarle si se había cumplido su deseo de hacerla conocer Nueva York. A las dos semanas —dijo orgullosamente. Y el fiscal grabó un cálculo: noviembre o diciembre de 1994. Al instante recordó la fecha consignada en la tarjeta de propiedad de la Toyota Burbuja: enero de 1995.

No quería saber intimidades del viaje, sino confirmar que Érika Muñoz y el economista habían estado juntos en la capital del mundo, saber si de esa fecha databa la compra del anillo de diamantes que, presumiblemente, había regalado a la modelo. No habló del anillo, pero el anillo —conjeturaba Arias— debía de estar como una brillante presencia en la memoria defensiva de Bejarano.

Arias, que no se sentía obligado a fingir tanta cortesía, como lo había hecho con el senador Concha, lo felicitó por el privilegio de esa relación y deploró la muerte de Érika. Así se haya tratado de relaciones superficiales o de amoríos, la muerte o el asesinato de un ser que hemos tenido cerca empaña el débil y quebradizo cristal de nuestra memoria afectiva. ¿Le hizo algún regalo, digamos, de gran valor? —y Bejarano quedó mudo por instantes que a Arias le parecieron reveladores. ¿Qué quiere significar con regalos de gran valor? —se defendió el interrogado. No sabría decirle —dijo Arias. Una mujer como Érika, que ganaba millones por su trabajo, que se daba la gran vida, merecía ser obsequiada con algo más que detalles, ¿no cree usted?

—Sí —aceptó—. La invité a Nueva York, en tres ocasiones a Miami y la última vez a Europa. Recuerdo que esta última vez obedeció al interés especial que ella tenía por estar presente en el lanzamiento de la colección primavera/verano del diseñador Gianni Versace. Estuvimos en Milán. Soñaba con poder modelar un día ropas de modistos mundialmente famosos. Versace o Armani, esas eran sus obsesiones. Sí, en aquella ocasión le obsequié un vestido diseñado por Versace, un atrevido vestido de prolongado escote en la espalda y formas que ceñían las caderas y el busto. Una preciosidad. Celebramos esa noche en un modesto y prestigioso restaurante de la ciudad, el Baguta, conocido por conceder cada año un premio literario a los escritores italianos. Mire —dijo y levantó de su escritorio un cenicero de porcelana blanca. Era un recuerdo de Baguta—. ¿Se refería usted a esa clase de regalos? En ocasiones, caprichos: perfumes, zapatos, accesorios, muchas invitaciones a restaurantes y fiestas de amigos. Traté de influir en la decisión de una programadora para que la eligieran como personaje en una telenovela, aunque no pude satisfacer ese capricho. Mis influencias no iban tan lejos. Le hicieron el *casting* y le ofrecieron un papel que ella no quiso aceptar, pese a tratarse de una serie sobre el mundo de las modelos y la publicidad.

¿Habían estado juntos en fiestas con el honorable senador Concha?

Por supuesto. El senador era su amigo y, en aquella época, cuando salió con Érika Muñoz, la invitó a dos o tres fiestas donde también asistía el senador.

¿Era una imprudencia preguntarle por el anillo de diamantes? —se preguntó Arias y quiso jugar esa carta, la de la imprudencia que podía alertar a Bejarano. Le informó que el día del crimen, en las circunstancias que quizá ya él conocía, la modelo Érika Muñoz llevaba un anillo de diamantes; que ese anillo no despertó la curiosidad ni la codicia de los asesinos porque con el anillo fue encontrado su cuerpo envuelto entre las porquerías de un recipiente de basuras.

En este punto —referiría Arias—, Bejarano se llevó las manos a la frente, cerrando los ojos, en lo que el fiscal entendió como un gesto de lástima.

¿Le había obsequiado ese anillo?

—No sé el valor que pueda tener el anillo del que usted me habla —contó Arias que le había respondido el economista—. Le aseguro que regalar un anillo de diamantes que no sea falso, es decir, un auténtico anillo de diamantes, está fuera de mis cálculos y de mi galantería.

No, no le había regalado el anillo de diamantes ni nada que no tuviera más que un valor simbólico. Un espléndido ramo de orquídeas o rosas cada semana —dijo—. Érika había sido una buena amante —debía confesarlo—, una mujer que hubiera merecido una relación más duradera. Cuando se regala un anillo de diamantes, quien lo regala busca lo que yo ya no buscaba: mantener una relación más duradera con ella. Algún día encontraría a la mujer que mereciera tal regalo. ¿Cuánto podía valer? ¿Cien mil, doscientos mil dólares? Si esa mujer apareciera en su vida y en su chequera un saldo superior a un millón de dólares, que solo le caerían juntos con un impensable golpe de la fortuna —dijo— tal vez no vacilaría un segundo en la compra de un regalo así.

Una última carta, lanzada con intención más que temeraria, fue la pregunta que Arias formuló a Bejarano antes de salir.

Por esas fechas, por las fechas en que mantuvo relaciones con Érika, ¿no tenía como competidor, es decir, como rival a Patricio Aldana?

Una última carta —me diría después Arias porque tampoco yo estaba enterado de la interferencia de Aldana en las relaciones de la modelo y el economista. Una última carta a la que Bejarano respondió con una carcajada. "¿De cuál Aldana me habla?" —preguntó irritado. Del mismo, doctor Bejarano. Aldana confesó en la indagatoria que le hizo la Fiscalía, que había tenido relaciones íntimas con Érika Muñoz y la fecha que nos ofreció coincide con la fecha aproximada de su relación con la modelo, a finales de 1995 y principios del 96. "A Aldana lo conocía todo el mundo", aceptó.

¿De dónde sacaba Arias esta información? Yo había estado en las indagatorias hechas a Aldana, semanas antes de mi salida de la Fiscalía. Y nunca se había hablado de su relación con la modelo. Se habló de una de sus mujeres —la reina de belleza—, de las personas del mundo del espectáculo que frecuentaron sus fiestas e incluso de los artistas que ofrecieron servicios profesionales al capo, nunca de Érika. ¿Ya había visto el video hallado en casa de la víctima? ¿Revelaba la grabación lo que yo aún no sabía?

Arias rió y dijo que esa era apenas una cáscara de banano maduro puesta bajo los pies del economista. Se le había ocurrido en el último instante de la entrevista. Buscaba distraer a Bejarano haciéndole pensar que la Fiscalía, en el caso del anillo de diamantes, podía sospechar de Aldana. Me inclino —dijo para reforzar el riesgo de la cáscara de banano— por la hipótesis última: quizá fuera un regalo de Aldana, si este había tenido en realidad una aventura con la modelo. No había visto aún el video encontrado en casa de Érika, la grabación que ella marcara con las palabras *Private Party*.

¿Cómo definiría el carácter de Érika? —se encontró preguntando a Bejarano, quizá para introducir un elemento humano en la charla. "Una muchacha ambiciosa, segura de que su belleza era la llave que le abriría todas las puertas" —dijo. Y se extendió en apreciaciones sobre el carácter de una modelo que venida desde la modesta condición de una niña de clase media, toma conciencia del éxito. Y el éxito es —me dijo Arias que especulaba Bejarano— todo lo excepcional, el dinero, el lujo, las buenas relaciones sociales, el alto mundo. Estas niñas aprenden rápido y rápidamente —decía el doctor de Harvard— borran todo vestigio de su pasado, ocultan lo que deben ocultar, por vergonzoso, pues encuentran vergonzosa hasta a la misma familia. Emergen a la superficie como si ya hubieran realizado en parte el sueño de toda una vida, la fama, el dinero que nunca esperaron, la facilidad para ganarlo, los halagos del público. Érika vivía desvelada con la idea de conocer gente importante, políticos, industriales, periodistas. Este desvelo fue en parte satisfecho en sus relaciones con él. No podía concebir la idea del anonimato. Los restaurantes tenían que ser lugares de gente conocida y, claro está, frecuentados por gentes que la conocieran. A veces la reprendía porque ella se distraía mirando hacia las mesas vecinas, como si deshojara la margarita de Me reconocen, No me reconocen. En fin, el éxtasis de la fama —decía Bejarano. Alguna vez cayó en el ridículo de dirigirse al *disc-jockey* de una discoteca y pedirle que le enviara un saludo por los micrófonos y de paso la complaciera con una balada de Laura Pausini. Cayó en un inconsolable estado de tristeza cuando no recibió los aplausos que esperaba.

Arias aceptó que la inteligencia de Bejarano no era una inteligencia corriente.

En verdad, era un hombre de mundo y gustos exquisitos. El dinero no le servía para imponerse con los símbolos externos y en cierta manera exhibicionistas de quienes habían hecho en poco tiempo una fortuna. Elegante, mesuradamente elegante, esa era la imagen que proyectaba. A espaldas de su gran escritorio, había una biblioteca protegida por cristales. La curiosidad fugaz de Arias le permitió descubrir obras de grandes escritores del siglo, pensadores que tal vez hubiera leído en sus clases en Columbia o Harvard: aquí, un Isaiah Berlin, allá un Galbraith, alineadas en tomos empastados las novelas de Gore Vidal sobre la Independencia de los Estados Unidos, un tomo con las poesías completas de Walt Whitman, encima del escritorio, dos volúmenes de *El Padrino,* de Mario Puzzo. Las autobiografías de Henry Kissinger y Richard Nixon, también encima del escritorio, se exhibían sostenidas por dos pequeñas esculturas en bronce, sendos desnudos que parecían volver más pesada y sólida la memoria de un secretario de Estado y un presidente de los Estados Unidos de América. En las rápidas miradas que Arias dirigía hacia la biblioteca, el economista parecía agradecer la curiosidad del hombre que lo interrogaba.

Bejarano hablaba pausadamente, con ademanes medidos. Jugaba con una estilográfica Mont Blanc y miraba a los ojos del interlocutor como si esperase ser interrumpido y él dispuesto a cederle la palabra.

Sí, era esa la percepción que tenía de Érika Muñoz. No deseaba entrar en intimidades, pero creía que la modelo, además de ser una mujer caprichosa acostumbrada a ver satisfechos sus berrinches, era una mujer fría, todo lo contrario de lo que podían suponer sus admiradores. Fría en —vaciló—, en la intimidad, quiero decir. Se protegía demasiado y él había tenido la impresión de estar, durante el tiempo que duró la aventura, ante una mujer que se protegía de todo sentimentalismo. Una mujer en cierto sentido frígida. Era explicable que así fuera: los sentimientos son un talón de Aquiles, un flanco descubierto por donde se puede vulnerar una personalidad. Y la frigidez, ¡ah, la frigidez!, esa costumbre de las mujeres con fama —se jactó el alumno de Harvard. ¿Cuántos años tenía? ¿Treinta y siete?

Cuando Arias salió de la entrevista admitió —me diría— que había estado ante un hombre cauteloso, más comedido y naturalmente de mayor mundo que Concha. No se pasan en vano tantos años en universidades de elite. El gran mundo es un libro abierto y de él se aprenden maneras, estilos de vida, fingimientos, ademanes. Y todo esto era lo aprendido por Bejarano en el libro abierto del gran mundo. Un joven de burguesía venida a menos se abre paso en la vida. Ha aprendido de niño, aprende de adulto.

Fue despedido en la puerta del despacho. A diferencia de lo hecho con míster Gordon, no pidió al vigilante que acompañara la visita hasta los parqueaderos. Le dio la mano amigablemente y se ofreció a responder cualquier pregunta de la Fiscalía. La muerte de Érika —aceptó—le había removido algún sentimiento oculto, el recuerdo de una relación grata, la piedad, quizá. Colaboraría en la medida de sus posibilidades, de esto podía estar seguro.

Arias salió del edificio a las cinco de la tarde para enfrentarse al endemoniado tráfico de la calle 100.

Era un gratificante atardecer soleado.

Al salir, sintió por vez primera ocultas presencias a su espalda. Giró la cabeza sin esfuerzo y siguió adelante. Una camioneta de vidrios oscuros, estacionada en la acera, lo obligó a desviar los pasos en sentido contrario. Se sorprendió atemorizado, perseguido por fantasmas —me diría Arias riéndose, sintiéndose seguramente ridículo al decirlo. Evitó los espacios abiertos y amplios y dio vueltas, como si se protegiera, hasta alcanzar la esquina y, de manera instintiva, buscar el auto estacionado a pocos metros. Sintió un gran alivio. Sin embargo, miró por el retrovisor y no vio nada amenazante, a menos que su temeraria forma de conducir fuera una amenaza.

Bejarano no mentía. Ocultaba algo y lo que ocultaba entraba ya a formar parte del beneficio de la duda. Mentía por omisión

—se dijo y me dijo Arias. Una nueva generación, menos vulgar, se abre camino en el mundo —reflexionaba. Inteligentes, capacitados, cultos, competitivos. Una gran sabiduría para los negocios y un casi negligente barniz de cultura. Informaciones rápidas y una buena memoria para conservarlas. ¿Vio la retrospectiva de David Hockney en el MAM? ¿Leyó ese decepcionante libro de Milan Kundera? ¿Acabará por imponerse el estilo de Frank Lloyd Wright a la locura de Gaudí? ¿Entrará un día en los museos el diseño de zapatos de Pierre Cardin? ¿Es el *rock* la música clásica de la segunda mitad del siglo? ¿Es la ciencia la auténtica filosofía después de la muerte de la filosofía? Los Ángeles o París, ese es el dilema. Londres o San Francisco —jugaba Arias.

Cierta laxitud en los asuntos de la vida privada y un gran tino en la construcción de la imagen que ofrecen al público. Arias leía ahora menos que en sus años de estudiante, pero, de casualidad, había caído en sus manos la traducción española de un escritor llamado Easton Ellis: un ejecutivo, psicópata neoyorquino, degüella, pasa por la máquina aserradora a sus víctimas. Viste a la última moda, consume compulsivamente y compulsivamente selecciona a sus víctimas. Todo en él es vértigo y en su vida acumula a los miserables a quienes asesina. Mira la hora en un Cartier, huele a Cartier su bronceada piel neoyorquina. Elige a sus víctimas, las seduce, las lleva a su apartamento de indescriptible lujo. El psicópata americano es un ejemplar modelo de la producción y del consumo —insistiría Arias al describirme, mucho tiempo después, la novela que lo había asqueado y confundido.

27

Un agente del Cuerpo Técnico de Investigaciones y dos uniformados de la policía condujeron al portero Juan Mejía al interrogatorio que tendría lugar en dependencias de la Fiscalía. La administración del edificio donde vivía Irene Lecompte aceptó que Mejía había sido empleado hacía tres semanas, aún estaba en período de prueba y ningún vecino había reportado daños en la iluminación del segundo y tercer pisos, argumento que el portero dio para justificar su ausencia de quince minutos la madrugada del atentado. "Al escolta de Irene le dijo que había subido a poner unos bombillos fundidos —dijo Arias—, pero cuando lo interrogué esta noche, a eso de las siete, me dijo que se había ausentado de la portería para examinar un escape de agua de los pasillos del tercer piso."

—¿Crees que pudo haber introducido el artefacto explosivo? —le pregunté a Arias y este dijo que sí, lo creía posible. Además, había caído inocentemente en una contradicción. El pobre tipo —casi analfabeto, asustado, despedido de tres últimos trabajos ocasionales— lloró al ser introducido en el vehículo. Arias había tomado la precaución de no detenerlo en público y por ello había pedido a los agentes que entraran el vehículo oficial en los estacionamientos del edificio, de donde saldrían como cualquier vecino. Mejía estaba desconcertado y muerto del susto. Se le querían hacer unas preguntas —le dijo el agente del CTI y lo más conveniente para él era que dijera la verdad. ¿A hacer qué había subido al tercer piso del edificio la noche de la explosión?

Si tenía una respuesta satisfactoria, podía sentirse libre en unas pocas horas, recuperar su puesto de portero y vivir tranquilo. ¿Le había informado a alguien que una noche antes del atentado el fiscal Clemente Arias había subido unos momentos al apartamento de Irene a hacer una rápida diligencia autorizada por la propietaria del inmueble? No, señor, nada había dicho porque nadie le había hecho esa pregunta.

Arias renovó su inquietud: alguien, desde el interior de su Unidad, filtraba informaciones a periodistas e interesados en el caso de Érika Muñoz e Irene Lecompte. Mejía, pese al nerviosismo, había dado una respuesta firme.

El nerviosismo del portero se convirtió en pánico desde el instante en que fue reclamado por la Fiscalía. Arias no quería estar en el primer interrogatorio. Lo dejaba en manos de tres agentes de confianza. El interrogatorio parecía fácil y más fácil conseguir que Mejía aceptara haber sido pagado por introducir un regalo por la ventana del cuarto de baño de Irene Lecompte. Eran favores que se pedían a menudo a los porteros, desprevenidos, casi inocentes, ignorantes de la responsabilidad que asumían al aceptar un empleo de esta clase. Ofrecer información confidencial sobre los residentes, servir de mensajeros, en fin, aceptar una propina por abandonar el puesto de vigilancia y subir un ramo de flores a un apartamento, sacar a pasear el perro de la simpática señora del segundo, distraerse en algún programa de televisión o en la transmisión de un partido de fútbol, dejar pasar sistemáticamente una visita autorizada una vez como si la visita ya fuera de la familia, en fin, podía pensarse, en el caso de Mejía, en otro ejemplo de negligencia, pero el tipo no sabía de responsabilidades y la negligencia parecía formar parte de su oficio.

Su aspecto de campesino llegado a disgusto a la ciudad se convertía en argumento a favor de Mejía. Con alguna excusa y una recompensa escandalosa pudo haber aceptado el cumplimiento del encargo. "Apriétenle las clavijas con cuidado —recomendó Arias—. Tiene miedo. Y si dice la verdad, hay que aceptar que la dice. Parece un hombre sin maldad ni malicia."

Sin maldad ni malicia. Arias estaba en lo cierto. Esa misma noche, Mejía aceptó que le habían pagado cincuenta mil pesos por introducir dentro de la ventana de ese baño un paquetito, una sorpresa para la señorita, que esperaban darle una sorpresa, que esa misma mañana, antes de que la señorita llegara al edificio donde no había dormido, un tipo muy decente le había pedido el favor de subirle el regalito cuando llegara, que lo hiciera por la noche con el mayor cuidado para que el regalito fuera una verdadera sorpresa.

¿Cómo era el tipo? Mejía describió a un hombre, pero la descripción no aclaraba nada. Hombres de saco y corbata, de bigote, de unos cuarenta y pico de años, llenaban la ciudad. ¿Qué otras señas particulares? "Ah, sí —recordó—. Un poco tartamudo. No tanto, solo un poco. Y una nariz ganchuda, como de pájaro."

En esta parte del interrogatorio llegó Arias. "Un poco tartamudo, no mucho." Un hombre de cuarenta y pico de años con nariz de pajarraco. Debía medir por ahí como un metro con sesenta. Mejor dicho, bajito. Algo era algo. El paquete venía envuelto en papel regalo con un lacito azul en forma de cruz. Él, Juan Mejía, no notó nada raro ni pensó en nada malo. Un regalo, una sorpresa para una muchacha tan linda. Casi cada día, desde que trabajaba allí, le mandaban flores, le traían regalos, venían a buscarla, la filmaban en la televisión. Desde que él trabajaba allí, siempre había algún regalo para la señorita Irene. Por eso él pensó que se trataba de otro regalo, de una sorpresa, pues la señorita no había dormido la noche anterior en la casa.

Un poco tartamudo, con nariz de pajarraco —se repitió Arias. "No lo suelten todavía —ordenó a los agentes—. Si es lo que sospecho, vamos a tener otro muerto en la lista. Y yo no quiero más muertos por cuenta de Érika Guzmán."

—¿Otro muerto? —quise saber. Arias repitió: otro muerto. "A un pobre diablo como este lo sacan del camino si sospechan que se convertirá en testigo. Es posible que el mandado haya sido hecho por otro que ha sido mandado por un mandamás que se pierde en los eslabones de la cadena —dijo—. Es la línea preferida del sicariato. En un punto del hilo, se pierden las pistas. Los sicarios saben quién los contrata, pero no saben quién contrata a quien les paga. La orden de matar a alguien sigue su curso de arriba hacia abajo y sin dejar pistas" —dijo Arias antes de exigirme que, sin posibilidad de excusa, lo recibiera esa noche en mi casa.

¿Cómo se encontraba Marité? Debía de estar feliz con el hallazgo del BMW. "Vente a cenar algo —acepté—, pero traes el vino. Tengo quesos y embutidos y otra buena noticia: el poeta Antonio Correa sabe algo interesante sobre la McCaussland. Lo invité a cenar".

El hallazgo del BMW era otro asunto, pero un asunto resuelto de manera casi expeditiva. No fueron necesarios operativos. Una simple llamada del "intermediario" —el coronel de la policía encartado aún en un proceso de la Procuraduría—, la promesa de dejar su mediación en el plano de una ayuda confidencial, esos pocos pasos condujeron al hallazgo del auto sin que el coronel se comprometiera a dar nombres ni pistas. ¿No era esta una prueba de que, en efecto, antes que colaborar con los delincuentes, él mismo había estado detrás de ellos en pesquisas anteriores, interrumpidas cuando de manera injusta fue llamado a rendir cuentas a la Procuraduría? Se había valido —dijo— de informantes del bajo mundo. Probaría su inocencia. Y si salía libre de esas absurdas acusaciones, daría en el clavo y asestaría el golpe definitivo a una organización que empezaba a conocer en sus conexiones más complejas. Todo esto dijo el coronel a Arias y este lo tranquilizó diciéndole que precisamente por lo confidencial su ayuda sería tenida en cuenta en el futuro curso del proceso que lo comprometía.

Arias aceptó la disparatada propuesta de cenar con el poeta. La consideraba una diversión. Cuando terminara el interrogatorio con Mejía, pasaría por las Torres del Parque. ¿Podía, antes de que llegaran mis visitas, hacer una inspección ocular al apartamento de Angélica McCaussland? "No lo hagas con los binóculos —sugirió—, hazlo con la cámara de video. El objetivo es casi el mismo de tu memorable grabación del crimen."

28

Un fiscal en ejercicio, un poeta sin trabajo y un fiscal honoris causa dan para una buena tertulia. Si a la tertulia se le suma un periodista con las características de Mora, quien había estado divirtiéndose en la tarde con el poeta, la tertulia se puede volver un verdadero lío. La variedad de quesos —manchegos, bries, azules, camemberts, gruyeres— se vuelve insuficiente, como el vino previsto. Lo curioso o la curiosa coincidencia era que Mora y Correa querían hablar de lo mismo.

Pensé en la lucidez de la locura. No pensaba en lo mismo Marité al hacerme su llamada a las siete y media de la noche.

—Mañana es sábado —dijo—. Te invito a almorzar fuera de Bogotá. Quiero celebrar la recuperación de nuestro carro —subrayó el título de propiedad conyugal— y pienso que lo mejor sería salir del infierno capitalino. Algún lugar de la sabana, no sé, tú decides.

Acepté de buen grado. Los dos últimos encuentros, el giro apacible de su conducta o el aura de apacibilidad que despedía en los últimos días, me afirmaban en la certeza de que mi esposa empezaba a dar por seguro el futuro de una amistad sin sobresaltos. Saldríamos de Bogotá a las diez de la mañana —propuso—, podíamos decidirlo en el camino, aunque ella apostaba por una salida hacia el Norte, algún pueblo de Cundinamarca, algo distinto a la habitual comida en restaurantes de la ciudad. ¿Pensaba en un desvío del camino, en la excitante aventura de una pareja que se desvía a retozar bajo la sombra de un sauce, a la orilla de una quebrada de aguas frías, bajo el imprevisible sol de la sabana? "Quiero comer carne, mucha carne asada, todo el colesterol del mundo, chicharrones, morcillas, papas criollas, costillas —enumeró con gracioso acento de gula—. Quiero beber cerveza a pico de botella, untarme los dedos de grasa, volver a la elemental vulgaridad de comer todo lo que el médico me prohíbe" —decía exaltada mientras yo imaginaba la naturaleza muerta de aquel cuadro de costumbres.

Preparé la bandeja con quesos y embutidos, la puse sobre la mesa y sobre esta dispuse cuatro copas y dos botellas de vino tinto, abiertas para que se oxigenaran. Mis primeros invitados llegarían a las ocho y media. Tenía tiempo de seguir la sugerencia de Arias, así que desenfundé la cámara, le introduje un casete, apagué las luces de la sala y empecé a buscar movimientos de vida en el apartamento de Angélica McCaussland. Tenía luces encendidas, pero los paneos verticales y horizontales, de la primera a la segunda planta, de la sala al estudio y de esta al dormitorio, no registraban señales de vida. Quizá estuviese en un ángulo inabarcable por mi cámara. Había puesto música de Pink Floyd, *Dark Side of the Moon*, y los acordes clásicos de la banda me devolvieron a la fecha en que conociera a María Teresa, entonces una mujer de treinta y dos años convencida de que la música contemporánea empezaba con los Rolling Stones y terminaba con la grandeza sinfónica de Pink Floyd.

29

Nada se veía en el horizonte del apartamento de la McCaussland.

Durante treinta minutos todo era de una quietud exasperante.

De repente se dibujó una silueta en el dormitorio. El *zoom* reveló que se trataba de una mujer con una toalla envuelta en la cabeza. Deduje que la silueta de mujer salía del baño. Otra silueta, también femenina, se acercaba a la anterior. Las dos siluetas se enlazaban en un abrazo, una de espaldas, la otra recibiendo por detrás los brazos que la estrechaban.

El velo de la cortina no dejaba ver más que siluetas, pero una aproximación de imagen me condujo a la certidumbre de que la McCaussland era abrazada por otra mujer que le quitaba la toalla de la cabeza, la arrojaba al piso y, ambas, desnudas, al quedar cara a cara, se acariciaban, yo diría que con impaciencia. Unos pocos segundos después se besaban.

Di un rápido desplazamiento de cámara hacia la cama y encontré un vasto, alto territorio con baldaquino. Hacia allá, empujada por su pareja, se dirigía la mujer que podría ser Angélica McCaussland. Porque era ella. La foto enseñada por Arias correspondía, pese a la transparencia impuesta por la toma, al rostro que había podido captar en primer plano.

Lo que sucedió después fue registrado por mi cámara, pero en una transparencia detrás de la cual se agitaban dos cuerpos: una cabeza sumergida en el vértice de dos piernas abiertas, dos manos tomando con fuerza los cabellos que se desparraman en una cintura. Describirlo equivale a penetrar en el expediente de mi memoria erótica, pues, en adelante, mi pulso se volvió tembloroso, los ojos se inundaron de una acuosidad extraña, tanto que debí apartar por instantes la vista de la lente para volver a constatar que la pareja hacía lo que hace toda pareja, acaso con mayor o menor imaginación, no importa, cuando se funde desnuda en la mullida superficie de una alta cama con baldaquino.

Lo que siguió está registrado en la cinta. De nada servirá para el expediente sobre el homicidio de la modelo Érika Muñoz. Servirá tal vez para probar que la naturaleza humana y la naturaleza de la sexualidad —masculina o femenina— es cambiante e imprevisible. Una atractiva mujer otoñal hace el amor con una —imaginé— mujer mucho más joven que ella, una cámara lo registra, el camarógrafo se excita y desiste. Todo empezará a caber en el oculto, inconfesable expediente de su vida privada. Sin embargo, la curiosidad es grande: ¿quién es la mujer que hace el amor con Angélica McCaussland? ¿Quiso hacerlo alguna vez con su pupila, la joven modelo Érika Muñoz? ¿Lo intentó? ¿Se valió de su poder para llevarla a la misma, alta cama con baldaquino? ¿Alimentó —si se sintió rechazada— el veneno del rencor hacia la joven, bellísima joven que la despreciaba?

Los melodramas de la vida siguen siendo melodramas y solo dependen del estilo con que se narren. El melodrama que mi imaginación elaboraba, con la letra de estas imágenes, no pasaría del folletín contenido en toda vida privada. Ana Karenina o Emma Bovary son letra de folletines eternizados por la proeza del estilo, se dijo el aprendiz de novelista. Julien Sorel es un hermoso farsante a la caza de la gloria por los tortuosos caminos del amor fingido. Daisy Miller, una provinciana fascinada por el fasto de una riqueza que no es suya. Siempre el folletín. La pobrecita Érika Muñoz entregada a una aventura con el inflexible economista de Harvard. Podría haberme imaginado mucho más del teatro del mundo si la llegada del poeta y el periodista no me hubiera sacado de mis pedanterías, por otra parte explicables:

desde hacía un mes reposaban en mi mesita de noche las novelas de Tolstoi, Flaubert, Stendhal y Henry James.

Podía satisfacer mi curiosidad y lo hice llamando a la Torre B, con puente establecido desde la portería de mi torre. ¿Sabía Cantor quién había subido al apartamento de la señorita Mc-Caussland?

—Una señorita llamada Verónica Murgas —dijo el portero—. Trabaja en una telenovela que veo cuando no tengo turno de noche —añadió—. Subieron juntas, no se preocupe. La señorita siempre sube sola con amigas —informó maliciosamente el portero.

Menos mal que la mesa estaba ya servida, la cámara en su funda y el placer de los anteriores minutos en el desván donde guardaba mis aficiones ocultas. Una sola pregunta me inquietaba: ¿eran igual de excitantes para las mujeres las escenas interpretadas por una pareja de hombres que se ayuntaba?

30

—¡Llegó la chusma! —gritó Eparquio Mora al entrar—. Me invitó el poeta Correa, que no es chusma, sino un tipo sensible, profundamente sensible al despreciable crimen cometido contra una modelo de la cual sigue enamorado. *Un coup de foudre!* —gritó de nuevo Mora—. Un auténtico flechazo en el corazón del poeta derrotado —peroró tomando la botella de vino, mirando la etiqueta y haciendo un gesto de disgusto. No era su marca preferida —dijo. Si los fiscales entendieran de vinos, conocerían un día a los dioses embotellados en un Mouton-Rothschild. Y el poeta Correa, que no quería saber nada de vinos, extrajo del bolsillo del saco la botella de aguardiente que lo acompañaba en el ocio de las tardes. "Salud —dijo—. Un buen borracho tiene un agudo sentido de la realidad y las proporciones —se excusó—. Bebe lo que le manda su bolsillo. Un poeta solo es infinitamente rico por los temas que elige, que no tienen precio en el mercado. Por ejemplo —quiso decir—, una caneca de aguardiente me hace sentir rico, pero me sentiría enormemente pobre si bebiera whisky. ¿Cómo es, Mora, el verso ese de Jacques Brel?" —preguntó. "*On peut pas jouer aux riches quand on a pas un sous*" —cantó el periodista. Y tradujo: no se chicanea de rico cuando se está en la puta calle.

La visita de Correa y Mora —mis vecinos— podía desembocar en un lamentable disparate. Habían pasado la tarde juntos en el apartamento del periodista, adonde Correa había sido invitado para escuchar el último artículo del amigo antes de que lo enviara a su revista. Era un artículo cabalístico sobre el crimen de la modelo, "crimen que ha conmovido al mundo de la alta costura tanto como ha conmovido al de la alta política" —decía el artículo que Mora empezaba a leer de pie, con un vaso de vino tinto a su alcance. "La próxima vez, que me brinden un Mouton-Rothschild" —advertía.

Correa escuchaba sentado en una silla del comedor, pues del comedor no habíamos pasado. "Una pobre —es un decir, porque era una mujer casi rica, efímeramente rica—, una pobre muchacha de veintipocos años ha sido asesinada en circunstancias misteriosas en una vivienda vacía que pertenece a un honorable senador de la República, cuyo nombre omitimos por razones lógicas, razones de fiscalía y no razones de periodista."

Nada novedoso había en el artículo de Mora. Y se lo dije. Fue cuando se saltó algunos párrafos descriptivos y llegó al meollo del escrito. Pese al hermetismo de la Fiscalía, el columnista se atreve a formular algunas preguntas. Primera: ¿a quién beneficiaba la muerte de Érika Muñoz? ¿A quién beneficiaba, en la medida en que alguien se beneficia al sacar de su camino a una testigo que sabe cosas comprometedoras de personajes públicos? ¿Quién disparó sobre la modelo, segando una vida de éxitos deslumbrantes? ¿Por qué intrincados caminos se llega del mundo de la belleza al mundo de la alta política, con estaciones intermedias en el narcotráfico? "Ha trascendido que no había otro motivo distinto al de la eliminación de la señorita Muñoz. Prueba de ello es que un valiosísimo anillo de diamantes fue encontrado en los dedos para siempre fríos e inertes de la víctima."

Mora descansó para beber una nueva copa de Undurraga. No había en su escrito nada comprometedor. Las preguntas que se hacía se las estaba haciendo la Fiscalía, se las hacía Arias, me las hacía yo. Si el periodista las hacía públicas —se defendió Mora— era para introducir a los lectores en el argumento de una novela de intriga, lo que por razones obvias no podía hacer la Fiscalía. "El periodismo —dijo— es una Fiscalía sin funcionarios públicos" —y continuó con su escrito. Ha trascendido lo que antes era apenas objeto de murmuraciones y chismes: que la modelo asesinada mantuvo relaciones, probablemente íntimas, con un individuo cuyo nombre omitimos en razón de la reserva sumarial, sospechoso de lavado de activos —me miró e hizo silencio.

—¿De dónde sacas esta última versión? —le pregunté. "De mis fuentes de la Fiscalía, que no son ni tú ni Arias" —se defendió.

El artículo de Mora cumplía el objetivo de una denuncia expuesta en clave, pero el objetivo de su visita no era el de ponerme al tanto del escrito que saldría publicado el próximo lunes, sino uno más prosaico: cuando bebía, cuando empezaba a beber, cuando se encendía el motor de sus delirios etílicos, no podía estar solo, reclamaba compañía, una audiencia atenta a sus delirios, a sus disparates e incluso a las manifestaciones de afecto con que abrumaba a sus amigos. Por esto se había hecho acompañar de Correa, por esto buscaba ahora mi compañía. En estas circunstancias, manifestaba algo parecido a la soledad y desprotección de un niño. Estar solo equivalía a apagarle la luz, a dejarlo en la intimidante oscuridad de un cuarto expuesto a los fantasmas más terribles.

—Yo no tengo otra versión distinta a la de Mora —dijo Correa, que veía reducir el contenido de su botella de aguardiente—. Mis motivos son otros: no puedo deshacerme de la imagen de esa chica, no puedo convertirla en una mujer muerta —dijo— porque la tengo viva y debo mantenerla viva para alcanzar la vida del poema —añadió con melancolía. "Poeta necrofílico" —le gritó Mora. "No —se defendió Correa—. Poeta en busca del sublime instante de la belleza, que es el instante de la muerte en la poesía —parecía disgustado—. Eso no lo comprende la ramplonería del periodismo: trabaja para el día siguiente y si la realidad no le da noticias, agoniza. Érika Muñoz podía haberse llamado Luz Marina Uribe, pero siempre será para el poeta la bella mujer deseada por unos instantes y en camino de volverse mito" —añadió indignado antes de preguntar si queríamos escuchar el segundo verso de su poema. "El instante de la visión, esa eternidad/sueño imposible."

La discusión entre Mora y Correa era cosa de borrachos, pero tenía la intensidad pasional de quienes se consumen en las palabras antes de ceder la razón al enemigo. Los escuchaba y en cierta forma me divertían, aunque por momentos deseaba volver a mi cámara, seguir el desenlace del acoplamiento que tenía lugar en el 910 de la torre vecina. Si el espectáculo había terminado ya, me consolaría con la visión del casete, el único método para repetir la conducta de la vida. Aquí estaba la fascinación de la tecnología: real o simulada, la vida se repetía en una cinta.

La diatriba entre la poesía y el periodismo —entre hoy y la eternidad— se vio interrumpida por la llegada de Clemente Arias, anunciado desde la portería. Arias no abriría la boca ante un par de locos. No haría caso a sus versiones, se mostraría desdeñoso o distante ante la querella que enfrentaba a poeta y periodista. "La poesía —estaba gritando Mora— es una niña de seis años que contempla una alineada serie de ataúdes; en uno está su padre; en otro un amigo acribillado por la guerrilla o por los paramilitares —e hizo el gesto drástico de no ser interrumpido—. Es una poesía terrible: el instante del horror que lleva a la eternidad de los remordimientos colectivos. Todos somos culpables" —volvió a gritar y tomó la botella de vino para servirse un último trago. "La joven belleza asesinada es otra forma de eternidad —se defendió Correa—. La juventud que no puede arrogarse el derecho a la vejez, la más deslumbrante belleza ensuciada por el crimen" —dijo Correa y revivió la imagen del cuerpo de la modelo envuelto en porquerías, desnudo, impregnado de asquerosos desechos de basura alimenticia.

De no ser por la casi apática expresión de Arias al entrar, la querella hubiera empezado a girar en círculos viciosos y argumentos repetitivos. Saludó a Mora, saludó a Correa, picoteó un poco de queso y jamón serrano, tomó una salchicha de ternera hervida en vino y curry, bebió una copa de Undurraga y dijo que, pese la hora —casi la medianoche— se sentía despierto y vivo.

—La chusma se va —dijo orgullosamente Mora tomando del brazo al poeta Correa—. Sigamos la discusión en "La Teja Corrida". Mirna Bravo es más comprensiva que todos los fiscales juntos. La poesía y el periodismo son incompatibles con la Fiscalía —y lanzó al aire las cuartillas de su artículo para que Arias las tomara al vuelo. "Ustedes trabajan en secreto, nosotros en público" —dijo. Miró con asco la bandeja de quesos y embutidos. "Borracho que se respete no come, bebe como si fuera comida."

Aparté al poeta Correa y le pregunté por el secreto prometido. ¿No me había dicho que sabía algo de la McCaussland? "Sí —dijo—. Es lesbiana".

Le di un suave golpe de puño en el pecho y lo entregué a manos de Mora. " Ya lo sabía" —le dije. Y Mora, que sabía el secreto de Correa, hizo un corte de manga, nos miró de frente, se bajó los pantalones hasta las rodillas y nos dio la espalda. "Una lesbiana más, otra menos, *mon cul!*".

31

En un instante, el fiscal delegado Clemente Arias tomó la determinación de cambiar a Irene de clínica. Consiguió la autorización para hacerlo dentro de la más absoluta discreción. No quería correr otro riesgo. Los médicos cirujanos serían los mismos en la siguiente clínica. Se trataba de profesionales adscritos a empresas de salud privadas y podían continuar con sus intervenciones en otra clínica. El traslado no afectaría a la paciente.

Hacia las tres de la madrugada, Irene sería sacada de su habitación, llevada a los sótanos del edificio y allí introducida en un vehículo particular de cristales polarizados. Nada de esto constaría en el registro. Tampoco figuraría su nombre en la lista de pacientes ingresados en la clínica elegida. Así —pensaba Arias— se le ofrecía mayor protección a la muchacha ante la eventualidad de un nuevo atentado. Ella lo temía. La Fiscalía tampoco lo descartaba.

Juan Mejía, el portero del edificio, había ofrecido información más precisa sobre la identidad del hombre de cuarenta y tantos años que le había pagado una propina por introducir el "regalo" en la ventana del baño de la víctima. Estaba preso del miedo. Bastaron algunos argumentos para ablandarle la memoria y el más convincente entre todos se refería a la acusación de complicidad en un acto criminal. Había sido una torpeza de su parte aceptar el encargo, pero debía saber que se exponía a una severa acusación y, posiblemente, a una condena que lo conduciría de patas a la cárcel.

Arias tuvo otra revelación: el hombre que le había pedido el favor a Mejía podía ser el abogado Alatriste. ¿No era conocido y, además, objeto de burlas por su irremediable tartamudeo? Mostró fotos de Alatriste a Mejía y este, lloroso, dijo que ese era el hombre que le había pedido el favor de llevar el regalo a la señorita. ¿Estaba seguro? ¿Qué otra señal particular reconocía en el sospechoso? Mejía hizo memoria y dijo que el doctor llevaba un botoncito, como una insignia, en la solapa del saco. ¿Qué clase de botoncito? ¿Uno que lo identificaba como representante a la Cámara? Eso, sí. Aunque apenas sabía leer y escribir, era algo así. ¿Un botoncito como este? —preguntó Arias, sacando de su escritorio la honrosa identificación. Se entrega a los amigos de los congresistas, como se les entregaban documentos para adherir a los parabrisas de los vehículos, identificaciones que sirven en principio para producir respeto o conseguir una relativa e inmediata inmunidad en ciertos casos, estacionamiento en lugares prohibidos, acceso a dependencias públicas. O para fanfarronear con los amigos.

Le enseñó nuevas fotografías de Alatriste y Mejía tuvo la misma respuesta. ¿Qué iba a hacer ahora? —se preguntaba el pobre diablo. Arias le prometió protección de la Policía Judicial, mejor dicho, de la Fiscalía. Permanecería unos días en un lugar especial destinado a testigos. Ni su identidad ni su paradero serían revelados. ¿Identificaba a Alatriste por desesperación? No, estaba seguro. Un hombre sin malicia ni dobleces era el hombre que tenía frente a sí, asustado, blando, temeroso del peso de la autoridad. Ese es el tipo, estoy seguro —repitió al repasar de nuevo las fotografías.

Arias ordenó la búsqueda y captura de Alatriste. Era el primer sospechoso señalado. No debía realizarse esa noche. Le daría un poco de tiempo, uno o dos días, el fin de semana. Lo haría seguir a ver si se conocían al fin las costumbres del tipo. Un día en la vida de Aristides Alatriste. Ordenó seguirlo desde muy temprano, adonde fuera. La Fiscalía tenía la dirección de su domicilio, un pequeño y desangelado apartamento del centro de la ciudad, en la calle 23 entre carreras 7ª y 5ª.

¿Por qué describía como pequeña y desangelada la vivienda del abogado? Porque en una diligencia anterior, cuando se produjo la información de un anónimo que denunciaba al abogado por posesión de cédulas falsas destinadas a un supuesto fraude electoral en las elecciones de 1994, esa había sido la impresión ofrecida por el espacio de cincuenta metros cuadrados donde Alatriste vivía en medio de muebles baratos, un televisor y estanterías donde se acomodaban libros de Derecho y carpetas en medio de la suciedad del piso y las paredes, un apartamento sin ventanas en el interior de un edificio que pronto sería demolido. No se le pudo probar entonces nada, así se supiera que Alatriste hacía esta clase de mandados al senador Concha.

¿Había sido, como otros tantos servidores de políticos, el intermediario en la recepción de dineros provenientes del narcotráfico, destinados a pagar votos de emergencia? No se sabía y probablemente se supiese con el tiempo que la elección de Concha al Senado de la República había sido también el fruto de esa ayuda. El senador no era propiamente rico. Mejor dicho, no era escandalosamente rico. Su riqueza era el manejo del poder y el poder que cedía a sus amigos. Un buen apartamento en Santa Bárbara, una casita en Cartagena de Indias, una cabaña en Islas del Rosario, todo esto, sumado, podía haber sido adquirido con sus sueldos en diez años de ejercicio. Si se sumaban los costos de sus campañas —calculaba Arias—, estas propiedades no llegaban al valor de los gastos asumidos. La aritmética de la política —decía el fiscal delegado— tiene bienes intangibles. Si se suma despacio, Concha ha pagado por sus campañas muchísimo más de lo ganado por su sueldo de senador de la República. Los bienes habidos son bienes malhabidos, conjeturaba. Enriquecimiento ilícito, pero el ilícito se escondía en las coartadas que el Senador y muchos de sus pares ofrecían.

—Llegamos a la punta de un hilo, pero hay demasiados hilos en la madeja. La captura de Alatriste debe mantenerse en secreto. Hasta donde se pueda. El movimiento de un peón cambia los movimientos de otras fichas —intromisión que Arias aceptó repitiéndome que no era fiscal en ejercicio. Seguía intrigándolo el misterio de Alatriste, la servidumbre de un tipo que no ha tenido la astucia de volverse rico con sus amos.

Tenía hambre. Y se lanzó sobre la bandeja de quesos, prefiriendo los fuertes, el camembert y el azul. ¿No tenía whisky? El vino lo adormilaba. Le gustaban en cambio el chorizo picante, el jamón serrano de Pasto y el prosciutto. Y se daba su festín mientras trataba de describirme la personalidad de Juan Mejía. Un incauto y nadie mejor que un incauto para servir al crimen. Un desesperado más en la interminable fila de los desesperados. Un alma inocente y quizá buena, de estas almas se vale el delito. Pierden la bondad cuando son introducidos en el crimen. Entonces les salen callos en el alma y, en adelante, nada queda de la antigua bondad. "Bueno ese jamón de Pasto —celebró—. Estamos a punto de conseguir un buen Jabugo" —exageró para celebrar las excelencias de ese jamón nacional, bien curado, quizá demasiado salado, de envidiable consistencia carnal. Que lo perdonara, él prefería el whisky al vino, no se había educado para seguir reglas gastronómicas. ¿Qué querían Mora y Correa? Continuar la borrachera —le dije. ¿Valía la pena el artículo? Valía la pena en la medida en que hacía públicas sospechas que también eran nuestras. Tiraba la piedra y escondía la mano, es decir, no hacía acusaciones directas. Dejaba el veneno de la sospecha. Me había dicho que escribía sus informes con el Código de Procedimiento Penal aliado. Ello no había impedido que un general de la República lo llevara a los tribunales con la acusación de injuria y calumnia a las Fuerzas Armadas. La demanda había prosperado hasta cierto punto, pero el fiscal Arizmendi había desestimado los argumentos del demandante: la opinión no configuraba delito y Mora había opinado que en las Fuerzas Armadas no se manifestaba voluntad de paz alguna, que, en raras aunque conocidas circunstancias, los efectivos del Ejército convivían con la guerrilla. Y unos y otros con el narcotráfico. "Vivimos la paradoja de ser jueces y, al mismo tiempo, piezas procesales" —repetía Mora.

—Quiero estar presente en la captura de Alatriste —dijo Arias.

—Te tengo una nueva cinta —dije—. De porno duro. ¿A que no lo adivinas? —y Arias se encogió de hombros—. El idilio de la McCaussland con una conocida actriz de telenovelas, Verónica Murgas. Lamentaría mucho tener que abandonar este apartamento. De vez en cuando me ofrece impagables placeres en vivo. Un día el *striptease* de una modelo que es asesinada, días después una representante de modelos que hace el amor con su amiga —dije. Arias solo pudo preguntar si se trataba de la McCaussland. La misma que calza y tira —reí.

Por supuesto que no me importaba su vida. Me importaba, por un irresistible sentido del placer, conocer de qué manera hacían el amor dos mujeres en una alta cama con baldaquino. A mi modo de ver, lo hacían con mayor imaginación que muchos hombres. El encuentro de la pasión y la ternura, de la epidermis y las profundidades. Los hombres —especulé antes de que Arias dijera que no tenía tiempo para escuchar relatos de Lesbos a esas horas de la madrugada—, los hombres fracasamos donde las mujeres triunfan: en la paciencia y en las caricias. Una mujer como la Murgas —como se sabe— es uno de los fetiches femeninos del país. Muchos la adoran y desean. Es la amante del alma masculina que cada noche se instala frente al televisor. ¿Saben sus adoradores que duerme al lado del cuerpo otoñal de la McCaussland? Las ramas de sus antiguos amores —hombres siempre— se han quebrado. Y la Murgas va al abrazo seguro de una fémina que la ama sin servidumbres con la sabiduría de los años y la destreza de la pasión.

Eran las dos de la mañana. Arias tenía que pasar por su apartamento y yo dormir un poco antes de mi cita campestre con María Teresa. "Si tu grabación no sirve de prueba, archívamela para otro día."

Sonó el teléfono. Debía de ser Mora, ahora en la plenitud de su delirio.

Decidí no contestar.

32

Alatriste sale hacia las diez y media de la mañana del sábado de su domicilio de la calle 23 entre carreras 7ª y 5ª. No viste el acostumbrado traje gris oscuro ni su convencional corbata a rayas rojas y azules. Viste un ajado pantalón de pana marrón y un amplio suéter de lana con rombos rojos y azules. En una cafetería de la 7ª con 22 toma un café con leche y dos almojábanas. Al pagar, mira su billetera, como si contara los pesos que le quedan. Camina unos pocos pasos hacia el sur, por la acera izquierda. Se asoma a la puerta del casino Caribe y, al encontrarla cerrada, regresa a la cafetería, donde pide un tinto doble.

Un vendedor de loterías se le acerca a la mesa y le ofrece el sorteo del día. Elige un billete y es convencido por el vendedor de que compre también el número que le muestra. Extrae de la billetera algunas fracciones de lotería, examina la lista de premios y, con gesto de mal humor, arroja a la papelera las fracciones ya inservibles.

En el informe del agente que ha seguido a Alatriste se dice que hizo un nuevo paseo de pocos metros hacia el sur de la carrera 7ª, pero encontró las puertas del casino todavía cerradas. Un vigilante lo saludó con la misma familiaridad con que lo había saludado el vendedor de loterías. "Se veía impaciente, tres veces fue hasta la puerta del casino hasta que la encontró abierta" —escribió el agente en su informe.

Se detuvo ante un expendio de loterías en la acera derecha de la 22 con 7ª, sacó de la billetera cupones de "chance" y confrontó los números. Arrojó a la papelera, con evidente malestar, la bola de papel inservible. "Esperé unos minutos antes de entrar yo también, como un jugador más" —añadió.

Alatriste cambió treinta mil pesos y se dirigió a las máquinas tragamonedas. Probó suerte en una y otra. Decidió quedarse finalmente en una sola. Unos pocos premios de menor cuantía. Cuando perdió lo que le quedaba en la coca y en el crédito de la máquina, se dirigió a la caja. Cambió veinte mil pesos más. Jugaba en su máquina y en la máquina de la izquierda. Al rato, empezó a hacerlo simultáneamente en las de izquierda y derecha. Jugaba en tres máquinas y su ansiedad crecía. El agente jugaba a pocos metros de Alatriste y tuvo la suerte de sacar un premio de treinta mil pesos. Trescientas monedas en el 777.

Alatriste abandonó las máquinas por unos instantes y se acercó a averiguar por la cuantía de mi premio —consignó en su informe el agente. Perdió las últimas monedas y volvió a cambiar una cantidad mayor, esta vez haciendo uso de su tarjeta de crédito Visa. El agente lo supo porque fue detrás de él hasta la caja para cambiar diez mil pesos.

Se dirigió entonces hacia el hipódromo mecánico o mesa de apuestas de caballos. Podía verlo desde la máquina tragamonedas donde el agente seguía jugando. Solo tres jugadores apostaban en el Derby electrónico. Alatriste alentaba con gritos a sus caballos, mejor dicho, a los números de sus caballos favoritos.

—¡Uno, uno, hijueputa, dale duro a ese cinco malparido!

—¡Seis uno seis uno no joda, uno, uno, uno! Robo, robo —exclamaba antes de ceder a la melancolía.

Había jugado diez puntos a los números de su combinación favorita.

Se mostró sonriente cuando en una de las apuestas acertó con un premio de treinta y seis mil pesos. Se lamentó de no haber apostado más a la combinación ganadora. Ahora sí viene el palo —escuchaba el agente que se decía en cada nueva ronda de carreras. Había cambiado cien mil pesos por efectivo y le quedaban los últimos veinte mil cuando el agente se acercó a jugar a los caballos. "Me preguntó cómo me había ido con las maquinitas. Regular, le dije. Y a usted, ¿cómo le va con los caballos?". "Mal. Ya me tumbaron cien mil." "Juega a menudo?", le preguntó el agente y Alatriste dijo que no mucho, que, bueno, que venía a diario, a veces ganaba, a veces perdía. Un vicio, aceptó con humildad, es un vicio. "La semana pasada gané un millón en el black jack, pero lo perdí en los caballos."

Dos nuevos jugadores se sentaron en las sillas del Derby y saludaron a Alatriste como si fueran amigos. El abogado volvió a la caja y trajo el recibo de la suma pedida: cien mil pesos que se le abonaron en el contador electrónico que le correspondía. Doscientos puntos.

El agente se retiró a jugar de nuevo a las máquinas tragamonedas, no lejos de las apuestas de caballos. Los gritos de Alatriste, alentando a los caballos, pasaron a ser insultos. No eran piezas de un mecanismo electrónico; los caballos se convertían en animales vivos. Una exclamación de júbilo se apoderó del abogado cuando acertó en la siguiente carrera. El palo esperado: ochocientos puntos, cuatrocientos mil pesos efectivos. Había apostado cuatro puntos a la fórmula ganadora. Se sobajeó las manos. Fue felicitado por los amigos. "Hoy es mi día", les decía. Siguió jugando, haciendo apuestas fuertes a la fórmula elegida.

Una hora más tarde ya no quedaban puntos en el contador electrónico de Alatriste. Hacia la una de la tarde regresó a las máquinas de monedas después de sacar una pequeña suma en el cajero. Media hora después volvió de nuevo a retirar y el saldo le informó que no había suficiente para la suma pedida. Retiró diez mil pesos, que jugó hasta la última moneda. "¿Viene a menudo?" —informó el agente que le preguntó a la muchacha de los tintos, señalando a Alatriste. "Casi todos los días", le dijo ella. ¿Ganaba o perdía? "Todos ganan, todos pierden", dijo ella. "Al final, pierden más de lo que ganan. Pierden mucho", dijo retirándose molesta por tantas preguntas.

Alatriste regresó a su apartamento de la 23 y el agente lo esperó en una droguería de la esquina. Lo vio pasar, dirigirse hacia el casino. Eran las dos y cuarenta y cinco de la tarde.

El agente informó que se identificó en la gerencia del casino y preguntó por el cliente Aristides Alatriste. Jugaba casi todos los días —le dijeron—, jugaba fuertes sumas y cuando no tenía dinero para jugar a la ruleta o al black jack, jugaba a las maquinitas lo que tenía. Lo venía haciendo desde hacía como tres años. Era un cliente asiduo. Discreto, más bien huraño, un solitario que jugaba a veces hasta la hora del cierre, las cinco de la mañana. Se sabía que no tenía dinero con qué jugar cuando se paseaba por la sala y miraba a los jugadores, dándoles consejos sobre las apuestas que debían hacer, los caballos que saldrían, los números que acertarían en la ruleta, siguiendo la guía que, según cálculos matemáticos, inducía a ganar en la siguiente partida. Uno o dos días sin venir y, de nuevo, aparecía. Vaciaba el cupo de su tarjeta de crédito, el cupo de su cuenta corriente. Ganaba a veces; casi siempre perdía.

El agente sugería en su informe que se investigaran los saldos de las cuentas de Alatriste, los saldos de su tarjeta de crédito; que se pidieran los movimientos de sus cuentas en los últimos tres años. Le había pedido al gerente del casino la más absoluta discreción. Era un informe confidencial pedido por la Fiscalía. Y el gerente no tuvo inconveniente en informar que le daba pena ver a estos pobres hombres en la ruina, condenados al vicio. Comerciantes, empleados, gente de toda condición. Venían a suplicarle un crédito con cheques posfechados, la permuta de un local, de un carro, de un apartamento. Lo hacían con escritura en mano. En verdad, él vivía de esto, pero le dolía en el alma ver a tantos desgraciados aplastados por la rueda de la fortuna.

¿Qué hacía el sujeto sobre quien pedía información? Abogado. "No tenemos investigaciones en curso, pero los vigilamos a pedido de sus familiares", dijo el agente al gerente del casino para no ponerlo nervioso. Los familiares, exclamó el tipo. "Los familiares vienen a veces a pedirnos que no dejemos entrar a Fulano y a Zutano, que está llevando a la ruina a toda la familia. Los jugadores vuelven, un día con el rostro de la tragedia, a veces con el aliento de la esperanza. Que yo sepa —dijo el empleado—, tres se han suicidado en los últimos dos años. En este casino" —dijo.

Alatriste regresó a su domicilio hacia las cinco de la tarde. No salió hasta las siete y media de la noche. Se dirigió a una sala de juegos de la calle 24 con carrera 8ª, una pequeña sala de aspecto más bien sórdido. Jugó hasta la medianoche en tragamonedas de cincuenta pesos. Era saludado por empleados y habituales del lugar. Poco a poco, conjeturó el agente, el desespero y la desazón se apoderaron de su rostro. El hombre que vio salir a las doce y cuarto de la noche era un hombre cansado. Apabullado por la mala suerte, dijo.

Nada sucedió el domingo. Alatriste salió de su apartamento a las doce y cuarenta de la tarde. Caminó por la carrera 7ª hacia la Avenida Jiménez, se detuvo en puestos callejeros de libros viejos y artesanías, regresó por la acera opuesta y se detuvo ante la puerta cerrada del casino Caribe. Comió en un restaurante de comidas rápidas, siguió caminando hacia el norte y se sentó un rato en los muros del Museo Nacional, a la altura de la calle 28 con carrera 7ª. Solo y pensativo. De regreso hacia el centro hizo una llamada desde un teléfono público del Centro Internacional. Se le notaba suplicante, dijo el agente que lo había seguido el domingo, uno distinto al agente asignado el sábado. Desde la cabina opuesta escuchó la súplica de Alatriste, que reproducía en su informe textualmente. "Tranquilo, hombre, que la próxima semana me cae un buen billete —dijo Alatriste—. El lunes me hace canje el cheque que consigné ayer. Te pago con los intereses convenidos."

Uno y otro agente dedujeron que el abogado pedía dinero prestado a intereses de usura. "Medio millón —pidió a su interlocutor—. Solo por una semana. Al diez por ciento por unos pocos días."

Caminó hacia el centro, entró al Mercado de las Pulgas. A las cinco y media de la tarde ingresó al edificio donde vivía. No volvió a salir.

¿Había que seguirlo en los días siguientes, el lunes y el martes? No era necesario —concluyó Arias. Cuando llegaran los movimientos de sus cuentas y de su tarjeta de crédito se sabría en qué gastaba Alatriste la plata que ganaba. Se conocería la ubicación de los cajeros y el lugar y empresa donde hacía operaciones con su Visa. La captura debía hacerse el martes a las siete de la mañana.

Juan Mejía insistía en que el tipo que le había entregado el regalo para la señorita Irene Lecompte era el mismo tipo que —una y otra vez— había reconocido en las fotografías. Le preocupaba su suerte. Decía que se arrepentía de haber venido a la capital en busca de trabajo. No debió haber salido nunca de Lenguazaque, su pueblo, pero allá no había nada que hacer.

—Estamos ante un ludópata —dijo Arias.

La enfermedad ya ha sido descrita por médicos y psicólogos, pero bastaría volver a Dostoievsky para recordar que el enfermo es capaz de cualquier cosa para seguir en su batalla perdida con el azar —dijo—. Alatriste no es el abogado mal pagado que imaginábamos. Quizá le paguen por debajo de los servicios que presta, pero para pagar la adicción al juego se necesita mucho dinero.

Se extendió en lo que para él era la psicología del jugador. En sus relaciones con el azar, el jugador gana y desea seguir ganando; pierde y busca recuperar lo perdido. Cuando gana, abre la esperanza del favorecido por la suerte; cuando pierde, espera que la rueda de la fortuna vuelva a estar de su lado Es entonces introducido en el centro de un círculo vicioso. Se sabe que la psique del jugador funciona hasta en los sueños: gana sin cesar, pierde en medio de la desesperación. Y reproduce la realidad en sus sueños, una oscilación entre la derrota y el triunfo. Así, cíclicamente. Se siente enfermo. Toma la determinación de cortar el mal de raíz, pero la tentación es incontrolable. Se ha quebrado su voluntad. Se sabe miserable y comparte con otros miserables su suerte. A los demás les miente: cuando ha perdido, dice haber ganado; cuando ha ganado, dice haber ganado más. Le quedan restos de una dignidad ilusoria y no desea verse al lado de otros miserables como él. La suerte que no tiene es la suerte que imagina. Fanfarronea y lo sabe vagamente antes de caer en la desazón de saberse perdedor.

—Un hombre así —dije a Clemente— no resiste un interrogatorio. Vive en la prisión del juego, ha pensado alguna vez en el suicidio y es probable que la cárcel sea para él el remedio definitivo a su mal. Se me ocurre pensar que hizo directamente el mandado —el atentado contra Irene Lecompte— porque se lo ordenaron. Para sus jefes también es un pobre diablo.

33

Irene Lecompte se recuperaba lentamente. Había ingresado a la clínica bajo un nombre falso y los médicos creían que estaba en condiciones de responder a los interrogatorios. Seguía con el rostro vendado. La dirección del hospital, por orden de la Fiscalía, prohibió toda visita. Al perderse el rastro de la paciente en el libro de inscripciones, quien estuviera interesado en visitarla debía acudir por fuerza a la Fiscalía, que se convertía de esta manera en filtro de familiares y amigos.

Irene empezó a referir que el día del atentado había en efecto desconectado el teléfono a las doce de la noche, después de informar al escolta su decisión de dormir. Se había tomado una pastilla de Valium 5. Fue al cuarto de baño, se quitó el maquillaje de la cara, tomó una ducha y vio que la pequeña ventana que daba al pasillo seguía como siempre entreabierta. Nunca la cerraba. Era una salida al vapor producido por el agua caliente. Impedía que el espejo se empañara. No notó nada raro. Se dispuso a dormir. Y dormía cuando sintió la explosión. Nada más: el ruido instantáneo y la sensación de haber sido sacudida y levantada de la cama como un liviano bulto que iría a dar contra una de las paredes del dormitorio.

No recordaba nada más.

Recordaba, eso sí, que era introducida en una ambulancia, que alguien le hablaba desde muy lejos, que una sirena penetraba el estado de inconsciencia que seguramente vivía. Recordaba o creía recordar el instantáneo movimiento defensivo de llevarse las manos a la cara. Nada más.

No, nadie la había visitado ese día, salvo el agente que vino a hacer su turno desde la mañana. Tampoco había recibido llamada alguna. En verdad, solo había recibido una llamada de Angélica McCaussland, en la tarde, a eso de las cuatro o cinco. Le preguntaba si estaba libre para un desfile que se realizaría dentro de tres semanas, si quería modelar para una diseñadora venezolana que iba a introducir su línea de ropa casual en el mercado colombiano. Le informó que acababa de llegar de Panamá y que allá se abrían buenas perspectivas a las modelos colombianas. Le sorprendió la llamada porque últimamente no tenían muy buenas relaciones. Le dijo que lo pensaría, que seguía afectada por el asesinato de Érika, que la crisis nerviosa le impedía comprometerse por ahora en más trabajos que los aceptados en su contrato. Lo pensaría —le repitió. Deberías salir —le sugirió la McCaussland—, no encerrarte en tu casa. ¿Saldría esta noche? No, le respondió Irene. No pensaba salir. Descansaría. Ni siquiera había tenido el valor de ir al entierro de su amiga.

Angélica le renovó la propuesta de trabajar para el desfile. Tienes el tipo exacto que necesitan para el lanzamiento de esa preciosa colección de verano. Pagan además muy bien. Pero Irene le repitió que lo pensaría cuando, en realidad —dijo a Clemente Arias—, había decidido que no trabajaría nunca más con Angélica McCaussland. Una hora después volvió a llamarla. Una llamada muy extraña —dijo Irene. ¿Dónde había cenado la noche del crimen? —le preguntó Angélica. Le dije que en "Luciano" y ella me respondió que le parecía muy raro, ella había cenado en un restaurantito del frente, en "Urbano", en una mesa que permitía ver a los clientes del "Luciano". Había llegado a las ocho de la noche y no había salido del restaurante hasta las doce y cuarto —le dijo Angélica.

A Irene le resultaba extraño no haberla visto porque ella, antes de las ocho, llegó a cenar sola, pidió un plato ligero y no salió de allí hasta las diez y media. Muy extraño —repitió Irene. ¿Por qué cenaba sola? Porque era lo que más deseaba aquella noche. Cenó y se fue a su casa. Supo del asesinato de su amiga por noticias de la radio. Antes de dormir, mantenía encendido el receptor. Lo apagaba cuando se sentía abrumada por el sueño. Cada mañana, a las seis, sonaba el despertador y la radio emitía los primeros informativos del día. No le interesaban, es cierto, las noticias, pero la costumbre de despertarse con la radio encendida le daba, cómo decirlo, la sensación de estar acompañada.

—¿Ninguna otra llamada ese día? —preguntó Arias, grabando en su memoria la información ofrecida por Irene.

—Ninguna.

Escuchó música, puso un poco de orden en el apartamento, seleccionó la ropa sucia que sería enviada a la lavandería, comió un sándwich de queso y verduras, vio televisión casi toda la tarde. Hacia las cinco, se dedicó a su acostumbrada sesión de pesas. Llamó a su masajista, pero no estaba disponible. Hizo una lista de los artículos de belleza que debía comprar, la crema antiarrugas se estaba agotando, le quedaba muy poco tinte para el cabello, del esmalte para uñas morado —uno de sus preferidos— apenas quedaba un poco; la crema desmaquilladora que venía usando era un desastre, le agrietaba la piel. Todo esto —recordó Irene — fue anotado en una libreta que mantenía colgada en la cocina.

En dos ocasiones, el agente de la Fiscalía la llamó por el citófono para preguntarle si se le ofrecía algo.

Se tomó un whisky con abundante hielo y agua. Una pizca de whisky. Era su costumbre a esas horas de la tarde. Consultó por teléfono los saldos de su cuenta corriente y de sus dos tarjetas de crédito. Examinó otros papeles, entre otros los del crédito solicitado para comprar el apartamento donde vivía y decidió que amortizaría la deuda pagando cuotas extraordinarias. En menos de un año, el apartamento sería enteramente suyo. La última cuota del carro la había pagado dos meses atrás.

—¿Sabe algo de sus familiares? —le preguntó Arias.

—No quiero saber nada de ellos —dijo sin rencor—. A ellos debe sucederles lo mismo. Desde que aparecí desnuda en la portada de una revista se olvidaron de mí. No era un desnudo escandaloso, pero a mi familia le pareció el colmo de la desvergüenza venderme de esa forma. Lo chistoso es que, cuando les he girado plata, no devuelven el giro. ¡Reciben gustosos la ayuda!

Arias no quería forzarla en esas circunstancias. Si ella lo quería, si creía que no era una intromisión en su vida privada, podía hablarle sinceramente de sus relaciones con el senador Concha.

—Lo que le dije —respondió—. Una aventura de dos noches —corrigió ella, ampliando su versión a un día más, lo que permitió a Arias sospechar que podían haber sido tres o cinco o diez encuentros.

—Dos o tres, digamos —bromeó Arias.

—Cinco o seis —dijo ella—. Y eso en nada cambiaría la opinión que tengo de esa aventura. Concha me abrumaba con invitaciones, me llenaba de flores, enviaba cajas de chocolatinas, dejaba mensajes amorosos en el contestador, me recitaba poemas y me mandaba cajas de trufas. Empezó a aburrirme su estilo.

—¿Sabes que te llamas Margarita María Ruiz? Así estás inscrita en esta clínica.

—Sinceramente, ¿qué dicen los médicos? ¿Me quedarán cicatrices?

—Dicen que quedará tan perfecta como antes —la consoló Arias—. Dentro de diez días podrá salir de la clínica. Lo que siga será una simple rutina, dicen. El comportamiento de su piel es envidiable.

Arias me dijo que había encontrado a una Irene más relajada, segura de la protección que le ofrecían. ¿Podría volver a su apartamento? No era recomendable, le adelantó Arias. Tal vez fuera recomendable un viaje al exterior por unas semanas, un mes quizá. ¿Podía ella pagárselo? Sí —dijo—, podía pagarse un receso de dos o tres meses, pero después necesitaría trabajar. Podía pensar en Miami. Un canal latino de televisión le había hecho una oferta para presentar un magazín, ojalá no fuera tarde. "Se lo pregunto porque, según el curso de mi investigación, sería mejor andarse con cautela."

—Usted debe saber algo del medio en el que me muevo —dijo ella—. Si uno se retira por un tiempo, muere. Siempre pensé que mi vida en esta profesión se acabaría a los treinta años y no a los veintitrés que tengo ahora.

—Descanse, Irene —le dijo Arias tomándole una mano—. No tema, la vigilancia es estricta.

—Gracias —dijo con voz débil la modelo y apretó la mano de Arias.

—Tiene que ser sincera, Irene —dijo Arias sin soltarle la mano.

34

UNA CARTA RESUME EL DÍA CAMPESTRE QUE A SUGERENCIA de María Teresa tuvo como escenario la laguna de Guatavita. "Ese sábado de gloria —escribió en la nota dejada en mi casillero el domingo— prueba que toda aprensión es inútil como el empecinamiento de creer que no hay segunda oportunidad para el amor que vivimos. Nunca te sentí tan cerca, nunca un desvío del camino fue mejor lecho para esa pasión que tratas de sepultar. Lo que de Guatavita viví, lo que vivimos, se añade al inventario de lo que podrá ser vivido en el futuro" —escribió Marité esa misma noche. Se extendía en la descripción de la laguna, en la agreste vegetación desde donde la mirábamos. Se extendió en la calma que respiramos antes "de que el huracán del deseo nos arrojara a un lecho de hierbas humedecidas por la lluvia". Recordaba el almuerzo en el nuevo pueblo, un artificio de cabañas invernales que recordaban vagamente a construcciones alpinas. Recordaba el regreso, al anochecer, y la decisión de salirnos de la estrecha carretera para hacer el amor sobre hierbas aún más húmedas: dos cuerpos semidesnudos, sublimemente ridículos, sobre el tibio lodo, dos gritos extraviados "en la impenetrable noche" —escribió.

La carta de Marité llegó en la mañana del domingo acompañada por un majestuoso ramo de rosas rojas. En la posdata decía que llevaría el BMW a un taller, para limpiarlo del "polvo enamorado" del día anterior. Estaría en casa todo el día. Todavía le quedaba en el paladar el denso gusto de la gastronomía popular, de la carne asada y las morcillas, de las papas criollas y la cerveza bebida a pico de botella, pero —sobre todo— también el excitante picor de la hierba húmeda en pantorrillas y nalgas. El carro merecía una cuidadosa limpieza.

35

Llevó a lavar el carro a una estación de la calle 127 con Avenida 19. Decidió que almorzaría algo en un restaurante de la 114, un puesto de comidas rápidas. Leería los periódicos del día y, hacia las cuatro de la tarde, pasaría a recoger el vehículo. Hizo una llamada a mi celular y dijo que me estaba perdiendo la carne mejor asada del mundo. ¿No me provocaba acompañarla? Me excusé diciéndole que tenía cita con Clemente Arias. Le prometí pasar en la noche por su casa.

Sin alarma, más bien con tono resignado, me dijo que tenía la impresión de ser seguida. "Tal vez nadie me esté siguiendo —dijo riéndose—. Tal vez lleve al perseguidor dentro de mí."

—¿Volvieron a dejarte mensajes en el contestador?

—No, ni tampoco amenazas directas. Anoche, cuando llegué a casa, encontré dos llamadas en la máquina, pero no dejaron mensaje. Colgaron.

Antes de colgar, me habló de la voracidad de su apetito.

A las cuatro y cinco minutos de la tarde de aquel domingo, mientras me entretenía viendo por tercera vez la grabación del crimen, la puesta en escena de Irene y el acto de amor lésbico de la McCaussland, recibí la segunda llamada de Marité. Apenas acertaba a hablar. Cuando lo hizo, sentí la nueva explosión de ira, producida esta vez por algo que ni ella ni yo habíamos previsto.

En la estación de lavado habían acabado el trabajo hacia las tres y cuarto de la tarde. Eso le informó el empleado. El bmw fue sacado de la zona de lavado y estacionado a unos treinta metros, al pie de un muro, relativamente lejos de los demás coches. Los empleados se dedicaron a sus labores. Era un lugar seguro. Y estaban tan convencidos de ello que no vieron lo sucedido entre esa hora y las tres y cincuenta minutos de la tarde. Solo la explosión les hizo recordar que, contra el muro esperaba un carro, limpio, polichado cuidadosamente. Vieron cómo el auto se sacudía de abajo hacia arriba y las puertas y el capó volaban y se estrellaban en un radio de acción más bien reducido.

Cuando llegué a la estación de lavado, Marité estaba sentada al lado de los escombros humeantes del BMW, sobre un muro de ladrillo. No lloraba. La rabia —si era rabia— había derivado hacia el silencio de la resignación. Movía la cabeza como si lo absurdo de la situación no produjera más que desconcierto. Tardó minutos en pronunciar palabra. Finalmente dijo:

—La mano de tus amigos. Tal vez piensen que duele más atentar contra mi propiedad que atentar contra mi vida.

Cuando llegó la policía e interrogó a los empleados de la estación, Marité les dijo que lo único que podía decir era que ese carro era suyo. Les enseñó la tarjeta de propiedad, les dio su número de teléfono, respondió a unas pocas preguntas y les dijo que estaba demasiado cansada.

Subió a mi viejo Renault 12 y pidió que nos detuviéramos a tomar un cappuccino en el Oma de la carrera 15 con calle 83. A unos pocos pasos de allí habíamos tenido nuestro primer encuentro íntimo: una cena, cuatro años y seis meses atrás, en un restaurante mejicano.

—No me atrevo a decir con seguridad quién pudo haber sido —dije—. ¿Bermúdez, el bandido reducidor de carros? ¿O un aviso de los amigos de Érika Muñoz? No sabría decirlo.

—El daño ya está hecho —aceptó Marité—. Y pueda que no sea, sino el primer aviso. Antes tenía miedo, ahora empiezo a sentir pánico.

—¿Sigue tu hermana viviendo en Caracas?

—Estaba precisamente pensando en Katya —dijo—. ¿Vendrías conmigo?

Le tomé la mano, la miré a los ojos y ella entendió mi negativa.

—Es un asunto de orgullo y, si quieres, una especie de nostalgia de lo que fui durante muchos años: abogado, juez, procurador y fiscal delegado.

—Lo que ya no eres —dijo subiendo la voz—. ¿No puedes pensar en ti mismo?

—Pienso en mí mismo —dije—. Por eso no les dejo el terreno libre. Orgullo, no sé, quizá el convencimiento de que estamos en las pesquisas correctas y a punto de dar en el clavo.

—¿Estamos?

—Sabes que Arias no ha dejado de contar conmigo. Marité calló. Removió la espuma del cappuccino con la vista fija en la taza.

—¿Qué pasará entre tú y yo cuando tu caso termine, si termina?

—Demasiado pronto para decírtelo —dije. Sabía que ella recordaba el día de ayer, que sabía que yo también recordaba exactamente los episodios del día de ayer. Guatavita, la laguna apacible, casi eterna, la vegetación agreste que la enmarcaba, ella y yo, tomados de la mano, ascendiendo hacia los peñascos desde donde la visión de la laguna era la visión de un misterio sepultado bajo aquellas aguas azuladas donde hace quinientos y más años se sepultaban las ofrendas a los dioses.

—Esta noche llamo a mi hermana —dijo al abandonar la cucharita sobre el plato y sorber restos de espuma—. Una o dos semanas, no más —dijo—. No me iré tranquila. —Por mí no debes preocuparte —dije. Reprimí el impulso de besarla. Apreté su mano y ella acercó su boca a mi mejilla. "Dos semanas —dijo—. Ni un día más." —Duerme en las Torres —le pedí—. Mi cita con Arias es a las siete. Puedes llegar a eso de las nueve.

—Si no vendo el Fernando Botero —bromeó—, tendrás que prestarme el Renault 12.

—¿Encontraste la cola del cheque con que Bejarano pagó el Obregón de Christie's?

—Pagó en dólares y en efectivo.

No dije a Marité que, al dejarla en su casa, pedí a Arias que me hiciera el favor de destinar un agente en su residencia. Pro-

metió hacerlo de inmediato. Enviaría a dos hombres. "Traba-
jarán en la caja de teléfonos, al lado de la garita de vigilancia."
"Solo por esta noche y mañana —le dije—. Mañana en la tarde
viaja a Caracas."

No le dije que una siniestra idea, nacida de la cólera, donde
se cocina a menudo el sentimiento de venganza, había empezado a rondarme al dejar la casa de mi esposa. Pensaba, como él,
que la voladura del carro era obra de Bermúdez. Podía conocer
fácilmente uno de los depósitos de vehículos robados del tipo.
Bastaban unas pocas pesquisas, retomar el hilo seguido por sus
secuaces, hamponcitos que trabajaban bajo sus órdenes. Bastaba volver a los antros que Arias conocía mejor que yo, pero que
yo conocía por haber sido llevado por él en las noches que elegía
el bajo mundo como receta para el insomnio. Bastaba apretarle
las tuercas al coronel de la policía investigado. Un incomprensible sentimiento de venganza me aguijoneó durante un rato, el
tiempo suficiente para que se convirtiera en el propósito de un
obstinado.

36

En las declaraciones de Juan Mejía no había contradicciones. Se trata del mismo hombre que le entregó el regalo para Irene, que le pidió introducirlo por la ventana del cuarto de baño, entreabierta. Un objeto más bien pequeño envuelto en papel regalo.

Surgió sin embargo una pregunta y Arias se la formuló a Mejía.

—Si la ventana del baño al pasillo estaba cerrada, ¿qué haría con el regalo?

—El tipo ese me pidió que timbrara y se lo entregara personalmente a la señorita.

Entre los objetos destrozados encontrados en todos los rincones del dormitorio de Irene figuraban los restos de un mecanismo de relojería que Arias envió a los expertos en explosivos. En caso de que Irene hubiera recibido el regalo personalmente, la explosión se hubiera producido a la hora programada. Pero alguien debía saber de la existencia de la ventana del cuarto de baño y que esta daba a los pasillos del tercer piso, a pocos metros del ascensor. Alguien de confianza que hubiera estado en ese apartamento, de tanta confianza que hubiera hecho uso del baño y descubierto la ventana de ventilación.

La inquietud de Arias, en este sentido, conducía a Angélica McCaussland. ¿Había estado esta en la vivienda de Irene?

Una llamada a la clínica respondió a la pregunta de Arias. Sí, la McCaussland la visitaba a menudo en una época, cuando

Irene trabajaba para su agencia. En dos o tres ocasiones se había quedado a dormir allí. Y aunque Arias no quería ir más allá de esta precisión, Irene le dijo que, en un principio, Angélica se portaba de manera muy rara con ella, hasta que descubrió que su jefa era lesbiana. No había duda en las pretensiones cada vez más directas de ella. De nada valieron los rechazos, directos e indirectos. Por algún tiempo, Angélica no perdió la esperanza de seducir a la joven y exuberante modelo de su agencia. Nunca lo consiguió. En esas dos o tres ocasiones en que se quedó a dormir en su apartamento —explicó Irene— lo hizo en el sofácama de la sala, siempre con el pretexto de no correr riesgos en la madrugada si conducía su carro de regreso a casa.

Esta nueva circunstancia añadía líneas a la página inédita sobre Angélica McCaussland.

Arias había aplazado el interrogatorio a la McCaussland, pero la mantenía vigilada. Por ningún motivo se le permitiría salir de la ciudad o del país. Y no le ocurrió mejor método que destinar a una agente joven, de aspecto *punk*; que iba y venía por los alrededores de las Torres, confundida entre otros tantos jóvenes que fumaban abiertamente marihuana. Quería que sus sospechas tuvieran más consistencia, que las preguntas fueran igualmente comprometedoras. Sabía que un día después del crimen ella había viajado a Panamá, donde permaneció dos días. Además de agente de modelos, la mujer empezaba a representar a diseñadores de moda que pretendían abrir mercado en ese país.

¿No se podía en principio pensar que, dentro del tejido de relaciones que la vinculaba con Aldana y Bejarano, la McCaussland cumpliera otro tipo de funciones?

Amiga de Concha, amiga de Bejarano, amiga de Aldana, amiga de Érika Muñoz, amiga de Irene Lecompte. Un círculo bastante reducido de amistades, pensaba Arias. Lo que pensaba más allá de estas asociaciones lo callaba, como se calla la información de un relato que solo servirá al lector si la información sirve a manera de fuetazo en la trama. Tuve que descifrar ese silencio:

—¿Mensajera? ¿Testaferro? ¿Piensas en eso?

—Tendría su lógica. Desde Panamá resulta más fácil introducir a Colombia una maleta cargada de dólares. Desde Panamá operan importantes agencias del sistema bancario internacional, Panamá, Islas Caimán, la inefable Suiza, Luxemburgo, Mónaco. Nunca el mapa bancario había sido más extendidamente sucio.

—De eso somos sospechosos la mitad de los colombianos que viajamos al exterior.

—Pero la mitad de los colombianos que viajan al exterior no pertenecen al círculo de amistades de la McCaussland.

La idea que se me vino de repente no podía ser escuchada por Arias. Sus escrúpulos en este sentido eran grandes, como la corrección que imprimía a sus investigaciones. La idea me había estado visitando esporádicamente y se estaba convirtiendo en asignatura aplazada.

Arias había decidido que después de la captura de Alatriste, prevista para el martes, llamaría a declarar a Angélica McCaussland. Para empezar, por dos motivos: el crimen de Érika se había cometido en un apartamento vecino al de ella y ella era amiga de la víctima. Por último obraban en poder de la Fiscalía fotografías comprometedoras halladas en la residencia de Érika. Si Alatriste hablaba, lo que era probable en un hombre desesperado y enfermo, hablaría del estrecho círculo de amigos. Si no hablaba de la McCaussland, porque no la conocía, hablaría de Concha y Bejarano, que sí la conocían, de Aldana, que los conocía a todos y cerraba el círculo.

—¿Cuántos procesos tiene pendientes Aldana?

—De importancia, uno —dijo Arias—. Lavado de activos por la bonita suma de dos mil quinientos millones de dólares, según informes de la DEA. Aproximadamente. Los gringos hablan de dos mil. Pero no estamos en las mejores relaciones con los gringos. Nuestro Presidente es antiimperialista desde que le retiraron la visa de entrada a los Estados Unidos.

—Si no recuerdo mal, es muy poco lo que cantó —recordé a Arias—. Una obertura sin comprometer a peces gordos. Si se le prueba este delito, ¿cuántos años se suman a su condena?

—Al menos diez. ¿Por qué? —sonrió Arias.

—Sabes lo que pienso —dije—. A una persona condenada dejan de importarle sus aliados libres, a menos que estos sigan con sus negocios.

—El fiscal general piensa lo mismo. Aldana no ha cantado todo lo que debería haber cantado. Le gustan los corridos mejicanos, que son largos y cuentan una historia completa, pero no ha cantado todavía "Rosita Alvírez". Se le podría abrir otro proceso, pero resulta que no disponemos de pruebas suficientes para llamarlo a indagatoria en lo relacionado con el crimen del juez Palomino, ¿recuerdas? El tal Jesús Vélez, alias Trapoloco, asumió la autoría material e intelectual del crimen. Palomino había condenado a su hermano a pena de veinte años por homicidio en primer grado. Dijo que era una venganza y punto.

—... y puntos suspensivos —dije—. Es increíble la perspectiva de futuro que alimenta un joven sicario. Hace las cuentas de su pena y tiene aliento para calcular que una vez cumplida la condena saldrá con un seguro de vida inmejorable. En sus cálculos siempre hay algo más: si no asume la culpabilidad intelectual y sale libre o apenas con una breve condena, sabe que será hombre muerto. Son de una lealtad admirable con los pactos que sellan. Pese a la lealtad, a veces los eliminan. En la prisión es fácil y barato.

—En resumen —dijo Arias—, siempre queda la baza de Aldana y a Aldana lo quieren los gringos, mucho más que nosotros. Si el Congreso aprueba la reforma constitucional que suprime la prohibición de extraditar colombianos o de extraditarlos solamente si se prueba que han cometido delitos en fechas posteriores a la reforma, que al parecer no será con retroactividad, Aldana seguirá entre nosotros. Y con nosotros tendrá que negociar la reducción de la pena. O la suma de dos condenas si prospera la investigación sobre lavado de activos.

—En resumen de los resúmenes, Marité viene a pasar la noche aquí. Ha aceptado pasar unas semanas con su hermana.

—No veo a nuestros amigos en la explosión del BMW —repitió Arias—. Veo la mano de Bermúdez, pero es una mano enguantada, sin huellas, mejor dicho, la mano de un tipo a quien le quitamos un negocio de cuarenta o cincuenta millones de pesos de sus propias narices.

—Es sorprendente —dije—. A Marité parece no haberle afectado la pérdida del carro. La afecta más tener que irse a Caracas. Averíguame la dirección de uno de los depósitos de Bermúdez —pedí con severidad a mi amigo. Guardó silencio, me miró a los ojos y movió la cabeza horizontalmente. "Entiendo tus sentimientos, pero no quiero verte metido en más líos" —dijo. Lo pensaría. Y si podía ofrecerme una de esas direcciones, tendría que prometerle que no metería personalmente la mano en el asunto.

—Mañana te digo algo sobre la captura de Alatriste —dijo—. Tal vez te diga algo sobre Gumersindo Bermúdez. Yo también acaricio la idea de ver un depósito de vehículos robados ardiendo en llamas. ¿Cuánto vale un trabajito de estos en el mercado? Lo imagino, pero no lo apruebo.

El teléfono timbró en el momento en que Arias se disponía a salir. Esperó unos segundos a que contestara, le hice señas de que podía cerrar la puerta. Pensé que una llamada de Mora a las siete y quince de la noche no le interesaba. En otras palabras: no le interesaba Mora, no le interesaban sus investigaciones paralelas.

Si hubiera esperado unos segundos en mi apartamento, Arias se hubiera podido enterar de que Mora llamaba, no por un disparate, sino con una preciosa información: se había tropezado en la recepción de su edificio con Armando Bejarano. Y Bejarano había pedido ser anunciado en el apartamento 910, es decir, en el apartamento de Angélica McCaussland. ¿Me interesaba el dato? No había indicios de fiesta —añadió Mora.

¿Ya se había interrogado a la McCaussland? Le dije que no lo sabía y soltó una carcajada. ¿Quería que le pidiera al portero mantenerlo informado sobre la duración de la visita? No hacía falta —le dije. ¿Qué sabía él de Bejarano? Sabía más de lo que yo suponía. Podía empezar a suponer que, por ejemplo, Bejarano encarnaba un nuevo estilo de hacer negocios. ¿Qué clase de negocios?

Mora colgó al empezar su segunda carcajada.

37

La visita es en la sala que, desde la segunda planta de mi apartamento, hacia la izquierda, permite un ángulo de visión casi panorámico. Angélica está sentada en un sofá, Bejarano en un sillón orejero blanco. Ella sirve café de una cafetera al parecer de plata, en pequeños pocillos decorados. Es una escena de cine mudo sin los movimientos del cine mudo. Es una aburrida escena de cine que podría tener sonido si se hubiera instalado un micrófono inalámbrico debajo de la mesa de centro. Solo se registran los movimientos de las bocas, los gestos en principio suaves, diría que educados, de los interlocutores. En principio, porque en unos pocos segundos Bejarano se levanta del sillón y gesticula. Ella le hace una señal de calma y él vuelve a sentarse. Por los movimientos de la boca y la expresión del rostro, se deduce que el hombre se ha calmado, pero vuelve a levantarse y manotea mientras ella sigue sentada, de piernas cruzadas, repitiendo el ademán que invita a la calma. Bejarano está decidido a no sentarse. Angélica, a seguir escuchándolo. El hombre saca del bolsillo interior del saco una libreta negra, que resulta ser una calculadora o agenda electrónica y calla mientras digita en el pequeño aparato. Alza la vista hacia ella y dice algo. Tal vez hable de cifras. Ella trata de no perder la calma. No puede perderla. Pienso que él le hace reproches y que estos se hacen ahora con números, cifras que a la distancia no dicen nada. Le ofrece otro café, con la cafetera en la mano, inclinada hacia el pocillo, pero él la rechaza. Se sirve un poco más para ella cuando el tipo guarda la agenda o calculadora digital y vuelve a sentarse. Le ha pedido algo —deduzco— porque ella se levanta del sofá y sale de cámara. Bejarano queda sentado, en silencio y pensativo. Ha cruzado también las piernas, ha puesto orden en el nudo de su corbata. Mira alrededor, como si reconociera el espacio de aquel salón de decoración recargada, canapés, sillones de formas clásicas, terciopelo morado, pienso, faldillas con crespones en los grandes sofás de la sala. Consulta la hora.

Angélica vuelve a entrar en escena. Trae un paquete, algo envuelto en una bolsa, y se lo extiende a Bejarano. No lo abre. Parece, por un instante, medir el peso del envoltorio. Y en mis fantasías, es la 9 milímetros del crimen, primero, y después solo un grueso paquete con dinero, dólares americanos, tal vez. El hombre vuelve a consultar la hora y se levanta en actitud de despedida nada amable. Debe de mantener la irritación de hace unos momentos. Ella se le acerca, va a darle un beso en la mejilla y él la rechaza. Los labios de ella rozan sin embargo un poco la mejilla, él da la espalda a la cámara y es acompañado por ella, presumiblemente a la puerta de salida. Nada que no sean los pesados muebles, la decoración de las paredes, queda en el objetivo de la cámara. Unos segundos después, regresa Angélica al centro de la sala, recoge la bandeja con la cafetera y los pocillos y desaparece de nuevo. Hacia la cocina —me digo tontamente.

Apago la cámara. Espero la llamada de Mora, pero la llamada de Mora tarda en llegar. "El portero dice que la visita a la señorita Angélica no duró más de diez minutos" —informa Mora. ¿Me sirve el dato? Me tiene otro: el día en que la señorita McCaussland salió de viaje, el portero la ayudó con las maletas. ¿Adivinaba quién la esperaba afuera en un carro? Bejarano. "Los porteros pueden ser chismosos, pero no mienten, Raúl" —dijo Mora. ¿En qué anda la Fiscalía? —pregunta, y en vista de mi reacción, mejor dicho, en vista de la respuesta evasiva, Mora ríe de nuevo, como hace un rato. Dice que, para él, Eparquio Mora, no hay reserva de sumario. ¿No me das las gracias? Gracias —le digo. Quizá, al colgar, recite a su perra un nuevo artículo de la

Carta. "Todas las personas tienen derecho a acceder a los documentos públicos salvo los casos que establezca la ley."

Y es entonces, al oír la cita de la *Constitución Política de Colombia* y la afirmación de que para él, periodista de prensa y televisión, no hay reserva de sumario, cuando pienso que tal vez sirva tender una trampa y hacerlo a manera de filtración. Que el asesino y sus cómplices bajen la guardia, que supongan que la investigación ha tomado el camino errado. ¿Aceptará Arias el juego? ¿Lo aceptará el fiscal general? —me pregunto y tramo, acaso como un juego, el argumento de la trampa. Escucho el sonido y discurrir de las palabras, los ritmos de las frases, la credibilidad del argumento. Arias dirá, pienso, que es un disparate, pero lo pensará y acabará por aceptar que la reserva sumarial, filtrada por desconocidos del organismo de investigación, antes que entorpecer sirve a la investigación. La Fiscalía ha empezado a dar con los autores materiales del asesinato de la modelo Érika Muñoz, me oigo, me leo. En una rápida investigación del caso, los fiscales encargados han encontrado las primeras pistas que conducen al asesino y, probablemente, a los autores intelectuales del crimen de la famosa modelo, me oigo decir. No, quizá Arias no acepte el juego. Informaciones filtradas desde la Fiscalía dan cuenta. No. Las investigaciones preliminares sobre el crimen de la célebre modelo Érika Muñoz apuntan al autor material del ilícito, según se ha sabido de fuentes confiables de la Fiscalía. Ha trascendido que dos sospechosos han sido detenidos y desde hace dos días se trata de encontrar a los autores intelectuales del crimen. La modelo habría sido invitada al Conjunto Residencial Torres del Parque con el engañoso pretexto de celebrar un contrato de trabajo para una firma internacional y conducida a la fuerza al lugar del crimen. Como se sabe, los criminales ejecutaron su despreciable propósito en un inmueble desocupado de las conocidas torres, de propiedad del senador Ramiro Concha, ausente del país por esos días. ¿Aceptaría Arias el juego? Se sospecha que los asesinos fueron pagados por un sujeto con quien la modelo habría mantenido en otras épocas relaciones sentimentales, un individuo cuya identidad no ha sido revelada por la

Fiscalía, aunque se supone que sea alguien ajeno a los conocidos personajes que de manera irresponsable han aparecido en las versiones de prensa. Lo que sí se ha sabido es que el supuesto autor intelectual del ilícito es un perturbado mental, según se ha deducido por los frecuentes asedios que venía haciendo a la modelo en el último año. Sigue siendo, sin embargo, un misterio la elección del apartamento, propiedad del senador Concha, para la comisión del crimen.

No era una idea descabellada. Lo sería si me dejaba arrastrar por las fantasías y añadía al juego nuevos elementos. La información que se ofrecería confidencialmente a los medios debía tener un tono mesurado y convincente.

Volví a mi estudio y repetí la proyección del video.

38

M**ARITÉ SE QUEDA DORMIDA FRENTE AL TELEVISOR.** H**A**
estado parpadeando pesadamente y la conversación se ha ido
diluyendo en monosílabos. Abrazada a mí, con la cabeza recostada en mi pecho, ha dicho que le hace ilusión visitar a su hermana. Teme dejarme, así sea por unos pocos días. No cambiará
las cosas —le digo. En voz muy baja dice que ha tenido la sensación de que en algo están cambiando las cosas. Le respondo
que es pronto para tomar decisiones. ¿Y si viviéramos en casas
separadas, sin presiones, dejándonos llevar por el ritmo de las
apetencias, vernos cuando lo deseemos, alejarnos cuando la distancia se haga necesaria? Ya no estoy enferma —me repite. Me
han arrancado las tripas, regularon el funcionamiento de mis
hormonas, el mal ya no existe. ¿Y las otras enfermedades —los
celos, la manera de asediar su propiedad y defenderla irracional-
mente— se han curado definitivamente?

Es entonces cuando siento que ha empezado a dormir, que
la respiración se hace más profunda, que poco a poco se hunde
en el sueño.

Apago el televisor, salgo de la cama, la arropo con un edre-
dón de plumas y desciendo a la primera planta. De pie ante el
amplio ventanal, se me ocurre imaginar la ciudad en un sueño
pacífico y sosegado. Desearía borrar la imagen de esos seres en-
trometidos en mi vida en los últimos días, el horror de un crimen, las circunstancias siguientes, abandonarme a la placidez de
una vida sin sobresaltos, incluso a una vida sin juicios morales

sobre el mundo y los seres que lo habitan, desprenderme de esas adherencias en muchos sentidos malignas, de Concha, de Aldana, de Bejarano, del recuerdo de Érika e Irene, de la enigmática McCaussland, del miserable Alatriste. Pero parecería que ya la vida no se puede vivir sin esas presencias porque la conciencia es una herida abierta y por ella penetran quienes incidentalmente atraviesan nuestra vida.

Quizá haya permanecido media hora en silencio ante el ventanal, restituyendo con el deseo un orden perdido en la ciudad, acaso un orden que ya no será posible recuperar en las urbes del mundo, heridas de muerte y, sin embargo, vivas porque el caos es el nuevo rostro del futuro. Aprender a moverse en una topografía que ya no podremos memorizar, me dije.

Sin advertirlo, Marité está a mis espaldas. ¿Cuánto tiempo lleva detrás de mí, a distancia, inadvertida?

—No deberíamos hacernos ilusiones —le digo sin volverme, lanzándole simplemente una ligera mirada—. Sobre la ciudad, digo. O sobre las ciudades. Nacimos aquí y la hemos visto crecer. De año en año, no ha sido mejor, ha ido empeorando y haciéndose cada vez más invivible. También nosotros hemos empeorado. La ciudad nos cambia a medida que ella cambia. Se envilece y nos envilecemos con ella, crece monstruosamente Y nuestros instintos también se vuelven monstruosos.

Marité conocía de antes el origen de estas reflexiones, sabía que alguna oscura conclusión me llevaba a pensar de esta manera.

Ya no nos miramos amicalmente; recelamos unos de otros. No confiamos, sospechamos: no preguntamos, respondemos airadamente.

—Ven a la cama —dijo, acercando su aliento a mi cuello.

—¿Recuerdas esos tontos versos de Paul Geraldy que te repetí el día que nos conocimos? Te quejaste de mi agresividad, de la manera desafiante como te miré el día que nos conocimos, antes de que aceptaras ir a ese decoroso restaurante mejicano. "¿Me amarías igualmente si yo fuera distinto?", te pregunté. Mora me habría reprochado tan mala traducción. Fiel al francés de sus exabruptos, habría repetido con precisión: *M'aimerais tu aussi bien si j'aurai été un autre?*

Un lejano ruido de disparos, tres secos disparos de pistola, nos hicieron callar un largo rato.

Le pedí que se acostara. Yo no tenía sueño. Leería, escucharía un poco de música en la sala. Debía dormir. Me pidió que le hiciera compañía, hasta que la sintiera irse. Dijo irse, no dormir. Recordé que la transición de la vigilia al sueño profundo era en ella abrupta, cosa de segundos. Un delicado ronquido anunciaba su caída en las profundidades, su ida de este mundo.

Permanecí vestido a su lado, encima de la cama. ¿De dónde venían los disparos?

Me estremecí. Imaginé a una patrulla de policía a la caza de un grupo de indigentes refugiados bajo los puentes de la calle 26. Arrumados, protegiéndose del frío, consolándose tal vez con basuco o goma pegante aspirada con fruición, eran sorprendidos por la jauría armada. Huían. Los que podían huir huían. Otros suplicaban. Venían los disparos y la estampida de los sobrevivientes. Recordé al niño indigente que había visto meses atrás a la entrada del edificio, con raspaduras en el rostro, cojeando. "Los tombos me llevaron por allá a la Circunvalar y casi me matan." Lo había dicho como si fuese lo más natural del mundo. "Nos declararon la guerra —dijo—, pero gracias a mi Dios estoy vivo."

Al día siguiente, dos o tres niños sin identidad serían recogidos debajo de las sucias mantas y jirones de ropas donde dormían. Dos menores de edad NN a la morgue.

Marité empezó a roncar suavemente. Se había ido.

Bajé a la sala, me serví un whisky, elegí la Obertura de *Las ruinas de Atenas*, de Beethoven, me balanceé en la mecedora con los ojos abiertos, clavados en un cielo oscuro, tachonado por unas pocas estrellas. Así fuera por unos instantes, la sensación de regocijo venía a mí después de haber sentido la presencia de un sordo impulso vengativo.

No recordaba, al despertar, en qué momento había sido vencido por el sueño.

39

—Un disparate —dijo Arias.

—¿Por qué? —dije al defender mi juego—. Es una técnica. ¿No lo es? Una técnica de investigación como otra, solo que en este caso es pública —dije.

Arias parecía dudar. Debí decirle que el periodismo se había convertido en una técnica de fiscalización y que las filtraciones eran una variante de esa técnica. ¿Por qué no ofrecer pistas falsas? No lo comprometerían. Siempre tendría el recurso de negar las versiones ofrecidas por los periodistas.

—Redáctame los términos exactos de la versión y encárgate, si quieres que acepte el juego, de hacerlas llegar a oídos de tus amigos. ¿Piensas en Mora?

—Pienso en Mora —dije—. Dirige un informativo de televisión de gran audiencia, escribe en una revista y sabe que sigo teniendo fuentes dentro de la Fiscalía. —¿Cuándo viaja María Teresa?

—Mañana en la noche.

Seguí ocultándole la siniestra idea de emprenderlas contra Bermúdez.

—Estoy casi seguro de que fue Bermúdez el que mandó volar el carro de tu esposa —dijo Arias, acercándose a mis pensamientos— ¿Dónde está ella?

—Haciendo las maletas. ¿Hay respuesta de Interpol?

—Se cursó la solicitud —informó Arias—. Adjuntamos el anillo.

—¿Qué pasa con el concesionario donde se compró la Burbuja de Érika Muñoz?

—La pagó con cheque personal fechado el 12 de enero de 1995.

—¿Qué pasa con Alatriste?

—Se expidió orden de aseguramiento —dijo Arias haciendo un gesto que entendí como el gesto de quien se apiada de un miserable—. Solicitamos los extractos y movimientos de sus cuentas y tarjetas de crédito.

—¿Sabías que Gumersindo Bermúdez estuvo enredado en la venta de carros a sicarios del Cartel de Medellín?

Arias lo sabía y sabía que Bermúdez tuvo entonces sus coartadas: los carros robados y después vendidos para cometer indiscriminados actos de terrorismo o atentados selectivos a personalidades públicas, se los habían robado precisamente a él. Lo pudo demostrar con tarjetas de propiedad, seguramente habidas de manera fraudulenta. Su negocio de compra-venta de vehículos empezaba a ser gigantesco. Entre 1990 y 1992, se convirtió en una cadena de cinco agencias distribuidas en distintos barrios de la ciudad. Nunca pasamos más allá de las sospechas, pero teníamos la certidumbre de que Bermúdez hacía su negocio con una bien pagada y mejor asesorada cantidad de cómplices e intermediarios en organismos oficiales.

Por unos segundos, imaginé una fantástica explosión en uno de sus talleres, en realidad depósitos de vehículos robados. Sentí una especie de placer extrañamente morboso.

—¿Justificaban los ingresos de Érika la adquisición de un carro de ese precio?

—Ese no es el problema —dijo Arias—. A Érika ya no se la puede acusar de nada. Si cometió delito de enriquecimiento ilícito, ahora se trata de saber quién la enriqueció y cuál era el origen de la plata.

La explosión del taller o depósito duró unos segundos en mi imaginación antes de que el fuego saliera por las ventanas del edificio. Creí ver salir a un Gumersindo Bermúdez aterrorizado. Trataba de huir de la siguiente explosión y se detenía en la acera con las manos en el rostro. Se sentaba y lloraba amargamente antes de que las cenizas y la chatarra tapizaran el enorme suelo chamuscado del depósito.

—¿En qué piensas?

—No, en nada —dije.

—No lo hagas —aconsejó—. Creo saber lo que piensas y te comprendo. Pero, por principio, no estoy de acuerdo en combatir el delito con el delito.

Callé. Clemente sonrió, seguro de que había debilitado mi pretensión de hacer volar uno de los talleres de Bermúdez. No hubiera sido difícil. El mercado del bajo mundo ofrecía toda clase de servicios y el encargo de hacer volar en pedazos un taller de mecánica solo exigía dar con el bandido adecuado. No era difícil conseguir esta clase de servicios. La industria del crimen ofrecía incluso precios de ganga. Medio millón por matar a un cualquiera. Uno por un muerto de mayor jerarquía. Y así sucesivamente.

¿Cuánto valdría introducir una bomba en una bodega o depósito de vehículos robados?

—Tarde o temprano, Bermúdez va a caer con su negocio de chatarra de lujo —dijo Clemente en tono casi confidencial—. Si metes la mano en el asunto, prenderás una guerra en la que el tipo lleva las de ganar. Antes de que se haga justicia, cuando se hace, los criminales dejan un reguero de víctimas.

Me hablaba indirectamente, como si penetrara en mis pensamientos e intenciones. ¿Por qué mejor no íbamos al grano en lo de la filtración de pistas falsas? Sería cosa mía. Él se lavaría las manos. Cosa mía buscar a los periodistas sedientos de noticias, capaces de escribir una página basada en simples rumores, fuentes dignas de fiar, etcétera, testigos encubiertos por la reserva de la fuente. En este caso, bastaba contar muy bien el cuento y la noticia ya estaría hecha, en pocas horas publicada.

Recordé una vieja película de Antonioni vista en mis años de estudiante, años de cine vanguardista y cineclubes universitarios. *Zabriskie Point*. Al final de la película, una mansión emplazada en las alturas de un desierto rocoso arde en llamas, en sucesivas explosiones. La visión de aquel espectáculo seguía siendo memorable. Ahora la asociaba con una explosión imaginaria menos hermosa, más vulgar, seguramente vulgar por tratarse de un sueño de venganza.

40

Angélica McCaussland llegó puntualmente a la Fiscalía y fue recibida en la oficina de Arias. Vestía lo mejor de su ropero, lo mejor de su sonrisa y lo mejor del atractivo que le quedaba a una mujer de cuarenta y ocho o más años. Alta, ciertamente hermosa, se había vestido como si la esperara una nube de reporteros, colores elegidos con tino para la ocasión. No había querido sentarse y tenía razón al no hacerlo en un espacio desastroso, de aspecto lamentable, oficinas que parecían más bien la antesala de una prisión que la sede de la justicia a la que muchos imaginaban pulcra y en cierto sentido amable con los inocentes.

Esperó de pie. Encendió un cigarrillo. Lo apagó cuando un funcionario le mostró con el índice la prohibición de fumar pegada en la pared, un burdo círculo rojo atravesado por una diagonal, el dibujo precario de un cigarrillo encendido. Miró con desdén al funcionario.

Le informaron que en un momento la atendería el fiscal Clemente Arias. Imagino que hizo lo que todos hacían en aquellas pequeñas salas, atestadas de gente, pero —sobre todo—lo que hacían quienes se sentían injustamente llamados y afrentados por aquellos pasillos de penitenciaría, lo que hacían, además, quienes creían que el rango social no se correspondía con la humillante espera a las afueras de un cubículo.

Una secretaria la llamó por su nombre, le pidió el papel de la citación y le dijo que entrara a la oficina. Debió de haberla mirado admirada por el atuendo que llevaba, admirada o humillada por el lujo que despedía la mujer de mirada altiva.

Arias me diría que, al verla entrar, se sintió invadido por el aura de la moda, mucho más que por el perfume de la mujer que invitaba a sentarse en la rústica silla de plástico. Era bella, imponente —dijo. Por instantes se dejó llevar por la cruel curiosidad de descubrir un pliegue en la frente, arrugas en las comisuras de los labios, grietas en el cuello, venas protuberantes en las manos, alguna correspondencia entre la edad que deducía por el documento de identidad —cincuenta y un años— y el aspecto de la piel. Se sintió gratamente sorprendido por la ausencia de arrugas, por la seguridad de la voz y el aplomo que al entrar había demostrado la mujer que tendría al frente durante media hora. Ni un gesto ambiguamente masculino —dijo. Era una mujer femenina y de personalidad tal vez recia. Se sintió decepcionado cuando miró disimuladamente los pechos. La mujer sabía ocultar lo que no poseía.

Quizá sabía —empezó a decirle Arias— por qué había sido citada a la Fiscalía. Ella asintió sin disgusto. Pobre muchacha —le escuchó decir antes de que se iniciara el interrogatorio.

—¿Desde hace cuánto tiempo conocía a Érika Muñoz? —le preguntó y la mujer dijo que desde hacía cinco años. Había trabajado para su agencia, pero la había abandonado hacía cinco o seis meses, exactamente desde enero de 1997. Sucedía a veces. La lealtad era muy rara en el negocio. Siguieron siendo amigas, al menos eso era lo que ella creía.

—¿Cuándo fue la última vez que la vio con vida?

—Una semana antes —dijo Angélica McCaussland—. En la presentación de una nueva revista de modas —precisó. Se saludaron, como siempre, pero Érika había llegado acompañada por Irene Lecompte, la modelo, y por la madre, Dora de Muñoz. Además, de inmediato fue asediada por los periodistas.

Arias quiso saber si compartían amistades y Angélica se extrañó de la pregunta. "Por supuesto —exclamó—. Si el mundo es un pañuelo, como dicen, el mundo de la moda es una servilleta más pequeña que el pañuelo y las amistades que allí se hacen son menos duraderas que la servilleta."

—Bonita comparación —celebró Arias—. Un pañuelo donde caben los mismos amigos —dijo Arias sonriéndose—. Por ejemplo, ¿quiénes? —trató de ser amable. La respuesta de la mujer no fue tan amable. Dijo que tendría que concretarle la pregunta, proponerle nombres. Un listado de amistades comunes la ocuparía horas de interrogatorio—. Patricio Aldana, Ramiro Concha, Armando Bejarano.

—Conozco a mucha gente —dijo ella. Arias descubrió una arruga pasajera en la frente de la mujer—. Eso no quiere decir que sean mis amigos. A Aldana, por ejemplo, si es el mismo a quien se refiere, lo vi dos o tres veces, siempre en fiestas adonde iba todo el mundo. Todo el mundo, gente que ahora no se atrevería a mencionarlo. ¿Sabe? Cada vez que Aldana daba una fiesta, había un tremendo revuelo para conseguir invitaciones. Al senador Concha lo conozco y soy su amiga. Fue mi vecino de apartamento. También al doctor Bejarano. No diría que son de mi círculo íntimo, pero no niego que sean mis amigos. ¿No es Bejarano un profesional honorable?

—¿Ha tenido algún vínculo distinto al de la amistad con los mencionados ciudadanos? Quiero decir, negocios.

—Mi negocio es la moda —respondió irritada—. Ninguno de los mencionados se dedica a lo que me dedico desde hace veinte años. Formo modelos, las promociono, sirvo de intermediaria entre las empresas publicitarias y los diseñadores que las buscan. Esas niñas llegan sin un peso a mi agencia y al poco tiempo ganan más que yo.

—Disculpe —dijo Arias—. No era mi intención molestarla. Sé a lo que se dedica y con quién debe mantener vínculos profesionales. ¿Dónde se encontraba el día en que asesinaron a Érika Muñoz Gutiérrez? —recordó el segundo apellido.

—Cenando en un restaurante de La Macarena, en la carrera 4ª con calle 28. ¿Conoce el Urbano? Llegué a eso de las ocho de la noche y permanecí hasta las 12 —respondió con seguridad—. Recuerdo que pedí una sopa de minestrone y un postre, tiramisú, exactamente. Agua mineral y un café —dijo de manera casi desafiante—. Guardo la factura de mis gastos. Saludé a una pareja de conocidos, al humorista James Gallardón y al periodista Ramsés Cristo. Me invitaron a un último café. Recuerdo que Gallardón bromeó con la estola de zorro que colgaba de mi cuello —rió—. ¿Zorro o zorra?, me preguntó.

—Veo que además de disciplinada es una mujer precavida —soltó Arias con amabilidad.

—Lo hago desde hace muchos años, por disciplina.

—Supimos que al día siguiente del crimen se había ausentado del país.

—Sí, un corto viaje a Panamá —dijo—. Cuando llegué a mi apartamento esa noche, como a las doce y media, vi el revuelo en el edificio y me enteré de que Érika había sido asesinada. Fue terrible. No pude dormir, aunque debía viajar temprano a Panamá —dijo. Y añadió que estaría en esa ciudad el tiempo suficiente para hacer las gestiones programadas semanas antes. Pensaba abrir una agencia de modelos en Centroamérica, con sede en Panamá City. Era el mejor puente hacia México y Estados Unidos. Trataba de establecer contactos con Bianca Jagger, la ex modelo nicaragüense, conseguir entusiasmarla para que se vinculara a su proyecto. Tenían casi la misma edad, se habían conocido en Nueva York —decía Angélica McCaussland con desenvoltura, innecesariamente, como si a Arias le interesaran esas elaboradas prospecciones de mercado.

—Lástima que no haya podido asistir al entierro de su vieja amiga. El senador Concha tampoco pudo asistir por encontrarse de viaje —deslizó Arias el nombre del amigo común.

—Está bien informado —coqueteó ella—. O tiene buena memoria. Las revistas del corazón hacen historia.

—Señorita McCaussland —empezó Arias—. Si se mata a un futbolista, se interroga a los futbolistas que estuvieron cerca de la víctima; si se asesina a una modelo, es lógico que busquemos entre la gente que estuvo cerca de ella. ¿Sabía si Érika tenía alguna clase de problemas? Digamos, sentimentales, problemas relativos a su pasado.

—Si los tenía no los demostraba. A veces tuve la impresión de que a Érika se le había subido la fama a la cabeza. Caprichosa a morir, manipuladora a veces, engreída casi siempre —fueron las palabras que usó para caracterizar a su antigua amiga.

—Ese no es el pasado, sino el presente continuo de casi todas las modelos —me dijo Arias que le había dicho a Angélica. A manera de recapitulación dijo—: Cenaba usted en el Urbano la noche del crimen, viajó a Panamá City al día siguiente, no pudo dar el último adiós a su amiga, conoce a Aldana, no mucho, es amiga del senador Concha y del doctor Bejarano.

—Así es —asintió ella—. Y vivo enseguida del lugar del crimen.

—Lo que convierte a su amigo el senador Concha en sospechoso —deslizó el fiscal sin que Angélica diera importancia al comentario—. O la vivienda pudo haber sido utilizada sin su consentimiento.

Arias dijo que antes de formular la última pregunta calculó en segundos el efecto que produciría en la McCaussland.

—¿Algunos de sus amigos, no digo suyos, sino de Érika, tenían motivos para asesinarla? Me explico. Aldana o, lo digo apenas como hipótesis entre otras tantas hipótesis ociosas, ¿tenía el doctor Bejarano algún motivo para deshacerse de su antigua amiga?

El silencio de la mujer fue más extenso que los silencios anteriores. Arias temía una reacción brusca, un repentino gesto de dignidad, pero la mujer salió de su silencio para decir que no veía motivos en ninguno de los dos, que, en verdad, el doctor Bejarano, había abandonado a Érika. Si alguien, lo decía también como hipótesis ociosa, tenía motivos para odiar a Bejarano, esa era Érika. Creo que lo odiaba. Ninguna mujer vanidosa soporta que la abandonen. ¿Por qué motivos tendría cartas en el asunto un hombre como Aldana?

Arias fingió estar satisfecho con cada una de las respuestas de Angélica McCaussland. Se mostró comedido, algo más que eso, se mostró extraordinariamente gentil cuando la acompañó hasta la puerta de su oficina.

Le habló del atentado a Irene Lecompte y la mujer dijo que, aunque no era su intención enlodar la imagen de esa joven modelo, ella creía que podía tratarse de la culminación de algún sórdido episodio desconocido. Dijo que, hasta donde sabía —creía saber un poco de la vida de ciertas modelos—, Irene era adicta a la cocaína, que sus amistades podían estar en ese mundo donde se distribuye y vende la droga, donde fácilmente se cae en las garras de algún vendedor inescrupuloso, digamos, demasiado confianzudo. Era una hipótesis y esta era la hipótesis que ella había barajado al enterarse del atentado cometido contra Irene Lecompte. Tal vez no le bastara la cocaína, tal vez consumiera también basuco. El mundo del basuco era un mundo donde se perdían los restos de dignidad de una persona. Los consumidores de *crack* caían y caían cada vez más bajo. Lamentaba el incidente, incluso le había enviado flores a la clínica. Y algo más: había tratado de ayudarla ofreciéndole un buen contrato, pero Irene se había negado. No comprendía por qué, modestia aparte, Irene odiaba a la persona que más la había ayudado en su carrera.

La despidió más allá de la puerta. En ese instante, los agentes encargados de la captura de Alatriste esperaban hablar con Arias para decidir a qué hora y con qué dispositivo se haría la captura en la mañana del día siguiente. No se haría al día siguiente, había decidido Arias. Se haría a la medianoche. Si Alatriste se encontraba en un casino, había que dejarlo jugar y regresar a su casa.

41

La reseña de Arias tuvo el sello de emoción de ciertas películas. Se espera que algo suceda y lo que puede suceder se dilata en el transcurso del relato.

Alatriste, contra lo previsto, no había salido de su domicilio esa noche. Regresó a su vivienda a las ocho y media. Sentado en el asiento trasero de la camioneta de la Fiscalía —estacionada a unos treinta metros del edificio, detrás de un camión de mudanzas— lo vio entrar. Era un hombre de aspecto penosamente abatido.

Esperó que saliera para dirigirse al casino. Jugaría, como siempre, pensó Arias. Los agentes que lo acompañaban, los mismos que lo habían seguido el fin de semana, dijeron que era probable que saliera hacia las diez, cuando el casino estaba lleno y el juego establecía entre los jugadores un vínculo de complicidad. Era el turno de los arriesgados y compulsivos.

A las once de la noche, la calle 23 era una larga vía desocupada. Estudiantes de las universidades vecinas descendían a la carrera 7ª en busca de transporte.

Empezaba a impacientarse. Un jugador de hábitos fijos no rompe su rutina. Vuelve siempre al infierno de sus esperanzas, a asarse en el fuego ilusorio de la fortuna o a dejarse atrapar por sus ruedas. *Fortuna, Imperatrix Mundi.*

—Si a las doce no ha salido, entramos por él —decidió, y unos minutos después de las doce, cuando tuvo el convencimiento de que Alatriste no saldría del edificio, descendió de la camioneta seguido por tres agentes, a los que se sumaron otros tres, apostados en las aceras de la calle 23. Timbró en la portería del edificio. Un hombre adormilado, envuelto en una ruana, asomó la cabeza por el cristal roto de la puerta, protegida por barrotes de hierro.

Arias se identificó. El hombre dejó pasar a los agentes. Han visto demasiadas películas, pensó Arias al observar a los agentes armados, vestidos con chalecos antibalas. Subían a tramos largos las escaleras del edificio. Es el trescientos cinco —repitió Arias.

Ante la puerta de la vivienda, hizo un gesto de esperar.

Unos segundos. Pensó en el pobre diablo arruinado, en la posible determinación que un hombre puede tomar en segundos. Pensó, no en la resistencia que opondría, sino en la repentina decisión de no dejarse coger vivo. Puede suicidarse, pensó. No era aconsejable llamar e identificarse. La puerta era una simple lámina de frágil madera asegurada por dos chapas. Una lámina metálica la protegía del intento de abrir las cerraduras con ganzúa o un instrumento cualquiera.

Señaló con el índice el lugar donde se harían los disparos. No era su estilo, era una simple precaución. Ahora, dijo en voz baja. La imagen de Alatriste entrando hace unas horas a su domicilio despertó en él un poco de piedad. Mucho más piadoso fue el sentimiento que lo invadió cuando se encontró en la pequeña sala y ante un hombre que, vestido con sudadera sucia, con el cabello desordenado y mirada de perplejidad, no acertaba a decir una sola palabra. No hacía ningún gesto. Seguía inmóvil cuando Arias le dijo que obraban en poder de la Fiscalía pruebas que lo comprometían en el atentado a la modelo Irene Lecompte.

Mientras los agentes se ocupaban de Alatriste, Arias miró el escritorio de burda madera, el televisor en blanco y negro, las estanterías repletas de papeles, el desorden de gruesos libros y la sábana verde y desteñida que hacía las veces de cortina en la ventana que daba al patio del edificio. Abrió la gaveta superior del escritorio y encontró sin dificultad viejas chequeras. Siguió buscando en el desorden de los papeles. Encima de la mesita de noche, pisado por un cortaúñas barato, encontró un sobre de manila sin cerrar. Halló un cheque. Era un cheque posfechado por valor de cinco millones de pesos. Estaba girado a nombre de Aristides Alatriste. Trató de descifrar la firma, pero no entendió nada de ese complejo trazado de líneas.

Volvió la mirada hacia Alatriste y tuvo la impresión de descubrir humedad en sus ojos. No era una impresión. Las lágrimas salían con dificultad y bañaban los párpados del hombre, descendían a sus pómulos. El tipo nada hacía para secarlas. Pidió, en cambio, que lo dejaran tomar un vaso de agua y dos aspirinas. Para el corazón —suplicó. "Se me acabaron las pastillas que me recetó el médico" —añadió, llevándose una mano al corazón.

—Puede llamar a su abogado —dijo Arias, pero el tipo se encogió de hombros y en su cara se dibujó un rictus de resignación. Puede hacerlo mañana, le dijo Arias. Y ordenó a sus hombres que condujeran al sospechoso a las dependencias de la Fiscalía. Le enseñó la orden de registro y aseguramiento.

—Es usted acusado de haber hecho introducir en el apartamento de Irene Lecompte el explosivo con que se perpetró el atentado.

Alatriste entrecerró los ojos.

—¿Por qué no fue al casino, como siempre lo hace?

—No tenía plata —respondió—. Esperaba cobrar ese cheque dentro de tres días. Son los honorarios pagados por uno de mis clientes.

Arias dio otra lenta mirada al domicilio del tipo. No era la pobreza del espacio lo que más le llamaba la atención. Todo parecía dispuesto desde la negligencia y el abandono. Ni un solo detalle alentador. Una cama doble de hierro, un colchón, sucias sábanas blancas, cobijas de lana burda. Dos mesitas de noche de madera carcomida. Encima de una de las mesitas, un frasco con somníferos. Ni una imagen en las paredes. Pobreza de espíritu, pensó. Arrugadas, manoseadas revistas al lado de libros y folios de litigios. *Playboy, Penthouse,* revistas que Alatriste abandonaba en rincones de su cuarto. Dentro de las revistas, recortes de prensa, fotografías impresas de mujeres desnudas.

Miró rápidamente la cola de los cheques.

A primera vista, ninguna cifra llamó su atención. Guardó en una bolsa las chequeras viejas al lado de la nueva. Metió de nuevo la mano en los cajones del escritorio y no encontró más que papeles, recibos de servicios públicos, extractos bancarios. Lo mismo en las mesitas de noche, a excepción de una fotografía donde aparecía al lado del senador Concha en lo que parecía un mitin político. Estaba dedicada a "mi dilecto amigo Aristides", con un garabato en diagonal a manera de firma.

Cuando Arias salió a la calle, donde lo esperaban dos agentes con el vehículo estacionado en la acera, no percibió el frío de la madrugada ni la llovizna que caía sobre la ciudad. Sintió una rara desolación, como una herida que se abre y deja entrar inadvertidamente sentimientos encontrados, piedad, incomprensión, sentimientos que inspira la evidencia de haber estado ante un ser inferior a las circunstancias de su propia vida.

—Pude haberme sentido satisfecho —me diría—. No fue así. Me sentí incomprensiblemente cruel.

42

MARITÉ VIAJÓ A CARACAS EN LA TARDE. DOS AGENTES NOS acompañaron hasta que pasó a Emigración. Habló poco en el trayecto de su casa al aeropuerto, y lo poco que habló no tenía nada que ver con el futuro de nuestra relación. Le hacía ilusión ver a Katya, era el único vínculo familiar entrañable después de la muerte de la madre. Menor que ella, se había casado con un venezolano y vivía en Caracas la vida muelle de una madre de familia con dos hijos, sobrinos que Marité conocía apenas por fotos. Le hacía ilusión, repetía.

Debí ayudarla a ordenar los papeles, pasaporte, impuesto de salida, tiquetes, pasabordo. Cuando percibió la presencia de los agentes comentó que tal vez no hubiera sido necesaria tanta protección. Hacen discretamente su papel, añadió. Les sonrió. Sugirió invitarlos a tomar un café, pero le dije que no solo no lo aceptarían, sino que se mostrarían sorprendidos con la invitación de una desconocida.

Al pasar hacia el control de pasaportes, me entregó un sobre. "No lo abras hasta que no pase el control de inmigración" —me pidió. Un suave beso en la boca, un largo abrazo. Entrecerró los ojos. No los abrió hasta que retiré su cuerpo para decirle que no se preocupara, sabía cuidarme. No volvió la vista atrás.

43

UNA BREVE CARTA, UN CHEQUE, UN RECIBO QUE DEBÍA FIR-
mar y devolver al contador. Veinte líneas bastaban para decirme que le pesaba haber tenido que tomar la decisión de viajar
a Caracas. Nunca, en más de cuatro años, había viajado sin mí.
No hablaba de esperanzas de reconciliación. En tono sosegado
y letra segura, decía que lo que sucediera entre nosotros debía
salir de la más íntima convicción, sobre todo de mí. No quería
ser objeto de piedad ni obligarme a decisiones precipitadas. Si
este era el final, si era el comienzo de la reconciliación, no le
concernía a ella decirlo. Me amaba. Eso era todo.

44

ARIAS PARECÍA DECIRME QUE RESPETABA EL MALESTAR
que me producía el viaje de María Teresa. En los tres días siguientes llamó apenas dos veces, siempre para preguntar si me
encontraba bien. ¿Por qué no habría de estar bien? No me mien-
tas, dijo. Por primera vez te enfrentas a la verdadera sensación
de pérdida. ¿Cómo iba el asunto de Alatriste?, cambié de tema.
Respondió con evasivas. Se le interrogaba con prudencia y un
poco de consideración. Un examen médico había aconsejado
proceder con cautela. El sindicado sufría del corazón. No se le
podía someter a presión. Se habían examinado detenidamente
los extractos de sus cuentas y los movimientos de sus tarjetas,
las colas de los cheques encontradas en las chequeras de los últimos dos años. Alatriste no era un hombre disciplinado y resultaba difícil ordenar aquel desbarajuste, ingresos, egresos, sumas
y restas mal hechas. Ingresos desmesurados. Debía justificarlos.
Gastos astronómicos, superiores a veces a los saldos.

Un dato nuevo: las investigaciones preliminares, la información ofrecida por la Superintendencia Bancaria, ponían a bailar al Hombre del Trade Center la parte valseada del tango. ¿La
parte valseada del tango? Sí, la más difícil de bailar. Las irregu-
laridades son enormes, pero no suficientes para abrirle todavía
un expediente. Interpol prometía ofrecer información dentro de
tres o cuatro días. Por el momento, se sabe que nuestro Hombre
de Harvard maneja cuentas en Panamá, Miami, Nueva York, el
Principado de Andorra, Luxemburgo y Zürich. Dos cuentas en

Managua. Curiosamente, ha viajado más a Panamá y a Managua que a los Estados Unidos y Europa. En el último año. Un curioso viaje a Ciudad de Guatemala con escala de tres días en San Salvador. ¿Te huele a algo?, preguntó Arias. Me huele, dije. Vamos a ver si Alatriste percibió algo de ese olor, dijo Arias. Alatriste huele más los olores que despide Concha que los olores despedidos por el Hombre del Trade Center, comenté. Sin embargo, es posible que Concha y el Economista de Harvard se huelan entre ellos —siguió bromeando Arias.

¿De verdad me sentía bien? De verdad. Había desistido del plan información, mejor dicho, no veía la manera de filtrar información falsa sobre el crimen de Érika. Mora me había rechazado la propuesta —dije a Arias. ¿Instrumento de la Fiscalía? —reaccionó indignado. No confunda, maestro.

Transcurrieron cinco días antes de que Arias pasara por mi apartamento. El ocio me resultaba insoportable. Veía una y otra vez mis grabaciones, le daba vueltas a las combinaciones que podían tejer la malla del homicidio, me distraía con frecuencia. ¿Qué pasaba con la pequeña caja fuerte empotrada en el ropero de Érika? La caja fuerte, había dicho distraídamente Arias. Por eso quería verme. ¿El domingo al mediodía?

¿Y Alatriste? El domingo hablamos, repitió Arias, como si temiera hablar de ello por teléfono. Ese pobre diablo lo único que tiene son miedos y deudas, mintió. Cada vez veo más enredado este asunto. Quizá estemos apuntando al pájaro equivocado y la muerte de esa muchacha sea algo mucho más vulgar que el sofisticado enredo de hebras que tratamos de ordenar.

El sábado en la tarde decidí pasear por el Parque de la Independencia. Sabía que era una decisión temeraria, pero esta clase de desprevención es a veces el recurso que nos evita caer en el miedo o ser piezas fáciles del terror. Lo hice saliendo por los parqueaderos, dando una absurda vuelta por la plaza de toros, remontando las escaleras de ladrillos que rodean al Conjunto Residencial Torres del Parque en su parte posterior. No me interesaba constatar que la línea recta es la línea más rápida para llegar de un extremo a otro. Este rodeo, quizá tonto, me sacaba de la rutina diaria.

Era una luminosa tarde soleada. Sentado sobre el césped, volví a leer la carta de María Teresa. Iba a guardarla de nuevo en el bolsillo del pantalón cuando sentí a mis espaldas el peso de algo que podía ser una mirada. Me levanté. Nadie me miraba. Tres niños jugaban con un perro, un indigente dormía debajo de un árbol, arropado con asquerosas mantas raídas que no cubrían los pies descalzos manchados con lodo seco. Más allá, más niños esperando turno en el tiovivo. Rodeé con la mirada el área y solo percibí la presencia de paseantes desprevenidos. Regresaría, no por las gradas que se empinaban y daban a las torres, sino por el acceso de la carrera Y.

De nuevo el golpe de una mirada a mis espaldas. Me detuve. No había nadie a mis espaldas. Empecé a verme ridículo. ¿Por qué habría de remontar la cuesta y salir a la carrera si lo más fácil era hacerlo por las frecuentadas gradas del Conjunto Residencial Torres del Parque?

Visitaría al periodista Eparquio Mora, si lo encontraba en casa.

Mora había salido temprano con la perra. Cada sábado —informó el portero— llevaba a Constitución a un Hotel de Cinco Estrellas, como el periodista llamaba al veterinario que le cortaba las uñas, la bañaba, la pesaba y le buscaba un parejo a la altura de su raza. Un labrador tan guapo como ella.

No encontré a Mora, pero vi salir a Angélica McCaussland acompañada por Verónica Murgas. Recién bañadas, radiantes. Me parecieron rostros y cuerpos familiares. Evité ser mirado de frente y me distraje, casi de espaldas, mirando el paisaje de la ciudad que se extendía a mis pies. Pensé en la condición del *voyeur:* espía a unos seres, registra actos de su intimidad y esos oscuros objetos de su curiosidad empiezan a serle familiares mientras él sigue siendo un desconocido cualquiera. Lleva ventajas sobre ellos. Él es el listo, ellos son los incautos. Una ventaja arbitraria, deshonesta, si se quiere, pero en las profundidades de la curiosidad humana parecería no existir límite moral.

El carro de la Murgas estaba estacionado en la calle. Un discreto Mazda blanco. Angélica esperó que la muchacha le abriera la puerta, comedidamente, y al hacerlo se acariciaron la cintura con un rápido roce de manos.

Regresé al apartamento. Marité llamó a las seis de la tarde. Estaba bien, me extrañaba, Katya preguntaba por mí. Los sobrinos eran preciosos, dos chamos de cuatro y seis años, dijo remedando el acento caraqueño. Mañana irían a las playas de la Guaira donde su hermana y su esposo poseían una casa de madera. ¿Hacía cuánto tiempo no veía el mar? No tienes puesto el fax, me recordó. Había tratado de enviarme una carta. Ya mismo te doy línea, le dije. Se despidió y en segundos empezó a salir una breve tira de papel.

«Querido, extrañado Raúl: ahora sé lo que es la ausencia. Ahora siento que la distancia es la consejera de siempre. Suelda las piezas rotas o las acaba de romper. Este es el dilema que vivo cuando han pasado cuatro días en Caracas y Bogotá es un dibujo empañado, un cristal en cuyo fondo apareces y desapareces. No le eches el vaho de tu aliento al cristal. Deseo verte con nitidez. Un beso. Te ama. Marité.»

45

ALATRISTE. ENTRE OTROS, ESTE FUE EL TEMA DE LA VISITA de Arias aquel domingo.

El estado del tipo era preocupante. A los cuidados del corazón se le sumaban los temores de alguna locura. El abogado se estaba revelando como un hombre visiblemente depresivo. Esto hizo temer que, acorralado y aún reacio a confesar, escudado en su estado de salud, tomara la determinación de suicidarse. Se hizo más intensa la vigilancia, se le privó de cualquier objeto que pudiera servirle de instrumento para la consumación de un suicidio que Arias y sus colaboradores creían factible.

Dos días después de su captura, en un primer interrogatorio, negó haber llevado el regalo a Irene Lecompte. Negó haber visto al portero Juan Mejía, pero cuando este fue llamado a identificarlo, no vaciló. Ese era el hombre, dijo casi emocionado, como si se asomara la luz de su salvación.

El examen de sus extractos bancarios mostraba la evidencia de un desordenado movimiento, ingresos imprevisibles, gastos inconcebibles, retiros hechos con frecuencia desde cajeros automáticos de casinos y modestas salas de juego. Por temporadas no se registraban ingresos. En algunos casos Alatriste parecía haber girado cheques sin fondos.

¿Cómo justificaba el cheque de los cinco millones hallado en su domicilio? Alatriste no pudo precisar el nombre del cliente que le había pagado honorarios por sus servicios de abogado. La firma, sin embargo, fue el hallazgo feliz del día siguiente: la cuenta pertenecía a un tal Eusebio Palma Buitrago.

¿Quién era Palma Buitrago?

—¿Por qué decidió llevar usted mismo, personalmente, el regalito para la modelo Irene Lecompte? —dijo Arias que le había preguntado en tono familiar, casi íntimo—. ¿Quería ahorrarse el pago de otro mensajero? Mejor dicho, salir de apuros con esos honorarios, destinados a pagar a un profesional?

Alatriste negó nuevamente haber sido el mensajero. Sí, pasaba por un momento difícil, pero no había tenido nada que ver en ese atentado criminal. ¿Quién era entonces Eusebio Palma? ¿Qué clase de servicios había prestado para merecer la bonita suma de cinco millones de pesos?

Arias no tenía prisa. El estado depresivo de Alatriste ya no tenía altibajos, era como el hundimiento constante y cada vez más vertiginoso de aquel hombre, no solo en las aguas de sus contradicciones, sino en el mar muerto de su fracaso. "No debe preocuparse —lo consoló Arias—. Nosotros lo protegeremos."

Le prometió ser benévolo en los términos de la acusación. ¿No se veía a sí mismo irremediablemente perdido gracias a una lealtad mal entendida? ¿Calculaba el peso que caería sobre él en el momento en que se descubriera el origen de esos cinco millones, de otros tantos millones registrados en sus cuentas, aún sin justificación? —le repetía el fiscal con el mismo tono confidencial y piadoso. Le repetía la promesa de una protección estricta, incluso la posibilidad de recluirlo en una de las casas que la Fiscalía destinaba a testigos más comprometidos en su colaboración con la justicia. Fue más allá: en cierto modo, él era un enfermo, un hombre debilitado por el vicio del juego, que erosionaba la psiquis de sus víctimas. En cierto modo, se habían valido de su enfermedad para llevarlo a cometer ilícitos. Esto reducía el grado de su responsabilidad. ¿No era la ludopatía un mal o una circunstancia tan atenuante como la locura? Él era abogado y sabía de leyes. Un buen abogado defensor haría su trabajo valiéndose de informes solicitados a médicos y psiquiatras. Podía comprender que, en su caso, las redes del juego lo ataban a la desesperación y la desesperación lo conducía a la irresponsabilidad de no poder controlar cada uno de sus actos.

Por ejemplo, aceptar ese cheque de cinco millones destinados a un sicario que él se encargaría de contratar, decidir que esa suma era mucho más preciosa en sus manos, el remedio a otra de sus dificultades. Decidir, con torpeza, que él mismo se encargaría de introducir el explosivo en casa de la modelo. Hacerlo con mayor torpeza sin prever que el portero del edificio lo identificaría. Porque ya había sido una y otra vez identificado.

Alatriste dio muestras de mayor debilidad. El interrogatorio y las hipótesis de Arias lo llevaron a un primer momento de duda. Por esa fisura entraría el fiscal, que decidió suspender por algunas horas el interrogatorio. No dejó de mostrarse amable con el sindicado. Amable y cauteloso. Hasta que Alatriste, en tono apagado, aceptó colaborar. "Eusebio Palma maneja algunas cuentas del doctor Armando Bejarano" —confesó en la noche, cuando Arias lo acompañó a cenar en el cuarto donde se hallaba recluido. El cheque fue girado por Palma —repitió. Pero no había sido Palma, a quien apenas conocía de vista, quien le había pedido contactar a un "mensajero" que llevara a Irene aquel regalo tan particular. La orden, por medio de una tercera persona, había salido de Patricio Aldana.

Nunca creyó que se tratase de un explosivo. Pensó que podía ser una broma de amigos. ¿Una broma de amigos? ¿Se pagan cinco millones de pesos al autor de una broma de amigos? Y si fue orden de Aldana, ¿no creía que al aceptarlo, es decir, al inculpar a Aldana, se ponía en su mira? "Si empezó a jugar —le dijo Arias—, siga jugando. Esta vez no va a perder, Aristides, esta vez va a ganar muchísimo."

Arias interrumpió el interrogatorio en este punto.

¿Qué relaciones mantenía Bejarano con Aldana y cuáles eran los vínculos de ambos con el honorable senador Ramiro Concha? Arias estaba seguro de que al formular esta pregunta encontraría en principio el mutismo del sindicado. ¿Qué sabía del crimen de Érika Muñoz? Tampoco esta pregunta tendría de inmediato una respuesta.

Con viejas chequeras en mano, le pidió identificar el origen de las sumas consignadas en distintas fechas. Prefería saberlo de su propia boca antes de saberlo por informaciones de su banco.

En la mañana del día siguiente, Alatriste identificó y explicó el origen de algunas consignaciones, en su mayor parte en efectivo. A Arias le interesaba sobre todo el ingreso de cincuenta millones de pesos a su cuenta, realizado el 14 de junio de 1997, es decir, un día después del asesinato de Érika Muñoz. Le interesaba menos el desembolso casi diario de altas sumas, el retiro por ventanilla de cantidades que, en los tres días siguientes, dejaron un saldo de apenas un millón setecientos mil pesos en su cuenta. ¿Deudas por juego? ¿Pérdidas en el juego al ritmo que mostraban los retiros de esos días?

—Usted mató a Érika Muñoz —le dijo Arias sin agresividad, con la misma suave tonalidad con que empezaba a tratarlo—. Recibió cincuenta millones de pesos por asesinar a la modelo —afirmó sin dudarlo un instante. Y no dudó un instante de Alatriste cuando este reaccionó y negó, con voz inusualmente alta, no haber cometido el crimen. ¿Si no lo había cometido él, digamos con sus propias manos, quién había sido? ¿A razón de qué recibir una suma tan alta si no se estaba directamente involucrado en el homicidio? ¿Dónde se encontraba la noche del crimen, entre las siete y las once? Se trataba de poner al sindicado ante la evidencia de su culpa, no tanto de esperar una inmediata aceptación de su culpa como de ponerlo frente al mapa de sospechas e hipótesis de la Fiscalía.

Si Alatriste llegaba a sentirse solo en medio de una abrumadora carga de acusaciones, calculaba Arias, no asumiría solo la responsabilidad del crimen. Tal vez le importara poco seguir viviendo, tal vez prefiriera acabar con su vida, pero una decisión de esta clase es mucho más difícil de soportar que la eventualidad de verse acusado y condenado por delitos en los cuales no se ha sido más que un instrumento. Y un instrumento en cierto sentido enajenado, enfermo, utilizado precisamente por carecer de fortaleza y en últimas del sentido de la responsabilidad.

Acababa de acusar a Aldana. ¿Creía que, en caso de salir libre, Aldana lo perdonaría? ¿No sería hombre muerto?

Ante una gran taza de café con gotas de brandy, Arias pretendía cruzar dos narraciones, imponer cierto suspenso a su relato. Alatriste a punto de confesar, de soltar la lengua hasta lo imposible. Una narración interrumpida por el inicio de la siguiente: la Interpol acababa de informar que el anillo de diamantes había sido adquirido y pagado por Armando Bejarano, ciudadano colombiano, el día 30 de noviembre de 1995, con un cheque girado contra la cuenta número —se hacían las especificaciones—, del banco —se precisaba el nombre de la entidad—, abierta en Nueva York a nombre del citado ciudadano. Un cheque por cuarenta y cinco mil dólares a cambio de una sortija de diamantes. Constaba en la factura de compra e Interpol acababa de enviar por fax una copia.

Desviémonos del argumento, jugaba Arias. ¿Puede un amante generoso hacer un regalo de tanta importancia a una mujer que tarde o temprano abandonará? ¿Pagaba a Érika un favor especial? Se comprenden los viajes, se comprende la satisfacción de ciertos caprichos. ¿Se comprende el obsequio de un anillo de diamantes, el posible obsequio de un coche de lujo, la camioneta de Érika adquirida en enero de 1996?

A eso iba: el auto fue pagado por Érika, pero en los extractos bancarios de esa fecha figuran dos consignaciones que, sumadas, dan una cifra igual a la pagada por el auto. ¿Quién le ha girado los cheques? El generoso amante Armando Bejarano, según consta, no solo en las informaciones enviadas por el banco, sino en ese tesoro escondido en la pequeña caja fuerte de Érika.

Arias trazaba las primeras líneas de un tercer argumento.

Alatriste a punto de confesar, Bejarano pagando una preciosa suma por un anillo de diamantes, pagando el carro adquirido por la modelo y esta, como si se valiera de un sexto sentido, deposita en su pequeña caja fuerte los recibos de consignación de los cheques girados por Bejarano al lado del recibo del concesionario de automóviles donde adquirió la Burbuja. Consigna, guarda para un futuro, por instinto defensivo o por pura suspicacia, numerosos documentos. Tercer argumento inconcluso de un mismo relato, también inconcluso. Guarda, como el más precioso de los recuerdos, una carta de Patricio Aldana, encendidas declaraciones de amor condimentadas con la obscenidad; guarda la fría nota que le envía Bejarano para decirle que, aunque sigue queriéndola y admirándola, lo más conveniente para ambos es dar por terminada la relación que los une. Fugaz amante de Aldana, primero, de Bejarano después. Guarda la copia de la breve carta con la cual responde al amante, quizá hastiado. La guarda y subraya las frases finales de la misiva —cuenta Arias y me extiende la copia. "Eres libre de tomar la decisión de terminar conmigo, pero quiero que recuerdes que yo sigo siendo libre de guardar en mi memoria el recuerdo de los documentos que por casualidad encontré en tu oficina. No tengo la intención de valerme de ellos para presionarte y mucho menos para hacerte volver a mis brazos. Los conservaré como el recuerdo más valioso de nuestra amistad."

¿Están los citados documentos dentro del tesoro de la pequeña caja fuerte? Están, afirma Arias. Pero existe también el testimonio de la Lecompte en ese sentido y éste es el mejor regalo que haya podido ofrecer en mucho tiempo al fiscal general. Irene está dispuesta a declarar.

Arias, por capricho, introduce un cuarto elemento en el relato, con Irene Lecompte de protagonista. ¿Qué sabía ella de los comprometedores documentos que guardaba Érika? Le había hecho la pregunta en su habitación de la clínica. Si el fiscal ya sabía de la existencia del testimonio, era hora de no ocultarle más lo que le había ocultado en interrogatorios anteriores. Sí, Érika, más aterrorizada que orgullosa de su sentido práctico, le había hablado de las circunstancias en que se había hecho a tales documentos:

Visita a Bejarano antes del mediodía en su oficina. La ha citado para almorzar. Unos pocos minutos. El amigo responde unas últimas llamadas y al colgar en la última le pide a Érika que lo excuse unos minutos. Va a reunirse en la sala de juntas con una visita. Se lo ha dicho la secretaria por teléfono y Bejarano la escucha sin levantar el auricular, presionando solamente el

Voice Stdby del aparato. "Míster Gordon lo espera en la sala de juntas" —escuchó Érika. Solo unos pocos minutos.

Érika está sentada en el sofá de cuero del despacho de Bejarano. Hojea revistas. Pasea la mirada por el entorno, por las obras de arte, por el sólido y amplio escritorio de madera de su amante. Se pone de pie y distrae la mirada examinando sin interés los papeles que siguen encima del escritorio. Con un gesto mecánico detiene la vista en una carpeta. Mr. Gordon. Es el rótulo en rojo que llama su atención. Mr. Gordon en la carpeta, Mr. Gordon en la sala de juntas. La abre. Abre la carpeta y aún más los ojos. La cierra.

Toma el teléfono y llama a Marlén, la secretaria de su amigo. ¿Se demorará mucho el doctor Bejarano? Iba precisamente a llamarla para decirle que el doctor le pide que lo espere unos cinco minutos más. ¿Le provoca un café, un agua aromática? No, gracias. Echa una mirada alrededor, hacia los ángulos de las paredes, donde, presume, podría estar localizado el ojo de una cámara. Impensable, se dice. No sabe de la existencia de un circuito interno de televisión. Entonces vuelve sobre la carpeta. Son tres folios con un listado, marcas y precios en un extremo. Mira el fax que está en una mesa auxiliar e introduce los tres folios en el aparato. Activa el COPY y en pocos segundos tiene las copias del documento. Devuelve la carpeta a su sitio y guarda las copias en su bolso. Las leerá en casa. Algo le ha llamado la atención y ese algo es el listado de armas y el precio correspondiente en una columna. No sabe de armas, pero es frecuente su mención en los informativos de televisión y radio.

Esta es la reseña que le hace Irene, este es el relato parcial sobre el vínculo que en adelante tendrán Érika Muñoz y Armando Bejarano, ignorante entonces de que su amiga guarda copias de documentos explosivos. ¿Con qué fin? ¿Chantajearlo, hacerle saber que el vínculo va más allá de una superable relación amorosa?

Días después, Bejarano le hace saber que da por terminada dicha relación y Érika, no por carta, sino por teléfono, le dice, con más candidez que sabiduría defensiva, que guarda copia de documentos encontrados de manera casual sobre su escritorio, dentro de una carpeta que llevaba el nombre de Mr. Gordon escrito con rotulador rojo. Cuidado, que la curiosidad mata, le respondió indignado Bejarano. Reacciona de inmediato y el mismo día, a unas pocas horas, hace una visita inesperada a Érika. Violenta e inesperada. Le exige la devolución de los documentos. La amenaza. Está jugando con candela. La modelo lo hace, no sin antes resistirse e insultar a Bejarano. Este no sabe que ella, previendo presiones más enérgicas, ha entregado a Irene una copia del documento, enviada desde su propio fax. Piensa hacer otra copia para ella, pero la visita de Bejarano ha sido sorpresiva. Es la copia que Irene guarda aún y que pondrá a disposición de la Fiscalía. Ha referido algo más lacerante: el episodio posterior, la violencia de Bejarano contra la modelo que era su amante. Irene lo ha referido con la voz entrecortada.

Con el documento en su poder, Bejarano la arroja a empujones al suelo. Se abalanza sobre ella. Le desgarra las ropas. ¿Por qué habría de pretender hacerle el amor en esas circunstancias? No desea hacerle el amor, desea humillarla. La fuerza del rencor es superior a los movimientos defensivos de Érika, que se siente bocabajo, con el rostro aplastado contra la alfombra. Siente la respiración acezante de Bejarano, siente la mano que hala de un tirón su ropa interior, siente que la penetra por detrás con rabia, sosteniéndola de los cabellos, gritándole improperios y amenazas. El hombre civilizado, de modales pulidos, es la bestia que la desgarra.

Se lo contó Érika el mismo día, en una rápida visita que Irene, alarmada, le hizo en su apartamento.

Es un paréntesis en el relato. Las circunstancias en las cuales Érika se hizo a la copia de esas tres páginas. Pero, ¿qué revelan los documentos? Ese es el regalo que Arias ha puesto en manos del fiscal general. El paréntesis donde se encuentra Irene añade algo más al relato: los regalos de Bejarano —el anillo de diamantes, la camioneta— no pertenecen al mismo expediente. Son, en verdad, regalos y se puede suponer que la liquidez del amante no repara en sumas que han de parecerle menores si con ellas se engloba la vanidad de saberse generoso con una amante famosa y codiciada por hombres y mujeres.

No es recompensa ni gratificación, de esto está segura Irene. Nunca, como en los meses que duró la relación con Érika, Bejarano había salido tantas y tan repetidas veces en toda clase de publicaciones, en los chismes de la farándula, en los segmentos de cosas secretas que los informativos introdujeron para darle más liviandad a la pesadez del mundo. Érika le enriqueció su imagen pública.

¿Qué carajos dicen esos documentos? —me exaspero con la intención de interrumpir paréntesis y desviaciones del relato o de los relatos que Arias hará coincidir en un punto, como si se tratase de tuberías que conducen a un desagüe común.

—Armando Bejarano es intermediario en una red de contrabando de armas —dice Arias. Lo prueban las tres hojas guardadas por Irene todos estos meses. Son la relación detallada que Bejarano hace de un pedido a su hombre de Managua. Marcas, especificaciones técnicas, precios, porcentaje por comisiones para los intermediarios.

¿Sabía Alatriste algo del negocio? Lo duda. Alatriste no ve más allá de sus narices, es una máquina averiada que cumple órdenes. Tal vez sea tratado de manera humillante por sus jefes. El hombre que ha perdido la autoestima, que mendiga favores, que se muestra dispuesto a cualquier cosa por cualquier clase de recompensa, es precisamente el hombre que trato de ablandar, dice Arias. No cree que sepa nada de las andanzas de Bejarano. Nunca tuvo relaciones directas con Aldana. Cree que falta poco para que Alatriste se derrumbe, pero falta mucho tiempo aún, cuando se siga la pista a las actividades de Bejarano, para llegar al negocio de éste.

¿Qué papel juega el senador Concha en el relato, si juega alguno? Esas tres hojas han excitado al fiscal general. Quiere tomarse el trabajo por su cuenta.

—¿Me ofreces un whisky? —se ha decidido por fin Arias.

46

ARISTIDES ALATRISTE SUFRE UNA RECAÍDA NERVIOSA. Durante casi veinticuatro horas se encierra en un mutismo que Arias atribuye a la visión introspectiva y aterradora que el tipo hace de su futuro. Se resiste a hablar. El sindicado toma una hoja de periódico, la recorta en partes iguales y hace pajaritas de papel. Arias teme que sea el comienzo de la locura. ¿La simula acaso? Rechaza las comidas y se pasa horas sentado mirando cielorraso y paredes.

Arias escribe en una hoja de papel, con letras grandes y en mayúsculas, los siguientes nombres, distribuidos en el papel como un caligrama:

SENADOR RAMIRO CONCHA
ARMANDO BEJARANO
PATRICIO ALDANA
ANGÉLICA MCCAUSSLAND

y en el centro de la hoja, con flechas que se dirigen hacia estos nombres, el de Érika Muñoz. Contempla su obra. La sostiene un rato en la mano y la deja sobre el escritorio. Piensa en Alatriste.

Decide levantarse y dirigirse al cuarto donde el tipo sigue contemplando distraído cielorraso y paredes. No se inmuta al sentir la entrada del fiscal. Entonces Arias deja la hoja de papel sobre la pequeña mesa del cuarto. Sale. Un agente que ha seguido sus movimientos y que por curiosidad va a averiguar sobre el contenido de la hoja, regresa donde Arias y le dice que el sindicado es un simulador: simula la depresión, simula su crisis cardíaca, simula su mudez.

Arias toma otra hoja y escribe tres nombres, con el de Érika Muñoz dentro de un círculo. A los costados, con flechas que apuntan hacia el círculo, resalta los nombres de Aristides Alatriste y Angélica McCaussland. Esta vez pide al agente que deje la hoja sobre la anterior. ¿Va a escribir una tercera? —le pregunta el agente y Arias le responde que no lo va a hacer él, que le pide el favor de dibujarle en otra hoja una pistola 9 milímetros con silenciador. Que la añada a las anteriores.

El agente, con sorna, le pregunta si la tarea incluye el dibujo de una modelo desnuda. Arias, con igual sorna, le dice que vea antes el video con la grabación del crimen. ¿Es cierto que lo grabó Raúl Blasco? —le pregunta a Arias y este niega que esa aberración sea obra de su amigo Blasco. Que no se le ocurra repetirlo. Su amigo Blasco disfruta del mejor de los retiros. Lo envidia. Blasco es un tipo afortunado que vive de las rentas, que se dedica ahora al más inofensivo de los oficios: escribir una novela.

Pasa al breve episodio siguiente. Y el episodio siguiente tiene mucho que ver con una especie de rescoldo afectivo que la modelo Irene Lecompte ha dejado en el corazón del fiscal delegado Clemente Arias.

Los médicos que atienden a Irene consideran ya innecesaria su permanencia en la clínica. Arias dispone, con autorización de su superior, que sea trasladada esa misma noche a una casa de seguridad para testigos especiales. Las puntas del hilo se separan en la madeja.

Arias abre de nuevo las carpetas del caso, examina el último testimonio de Irene sobre las confidencias que le hiciera Érika. La violación de Bejarano era innecesaria, piensa. ¿Deseaba advertirle que no se trataba de un juego? Irene dice que en la parte superior de la primera hoja hay una nota a mano. La cifra final, a manera de suma, asciende a tres millones ochocientos mil dólares. ¿Recordaba la nota? Sí, es brevísima. Dice "Chase. N.Y."

Lo comprobará cuando las tenga en sus manos. Las guarda en un lugar seguro e insospechado del apartamento. Le describe el lugar, que resulta ser un horno microondas inservible. Está en un armario de su cocina. ¿Puede mandar a alguien por las llaves? ¿Puede ir personalmente a buscar esas páginas? Mandará a alguien.

Toma otra hoja de papel y garabatea sobre el boceto de un mapa que cubre la franja centroamericana y se ensancha al pasar el istmo de Panamá. Ha escrito Managua, San Salvador, Ciudad de Guatemala, Panamá, Darién y ha encerrado los nombres en círculos. Una flecha se dirige hacia el nombre de Armando Bejarano y de este sale otra flecha que apunta al senador Concha, de donde salen las flechas que disparan hacia lo que él identifica como el Urabá Antioqueño. La flecha se desvía hacia el sur del departamento de Bolívar y termina en un signo de interrogación en el departamento del César.

No guarda la hoja en su escritorio. La dobla e introduce en el bolsillo interior de su chaqueta. Es la hoja que una semana después me enseña, perfeccionada en caligrafías y dibujos. Es la descripción de una hipótesis. Se siente orgulloso de saber que el fiscal general, sin la destreza de los dibujos hechos por Arias, ha escrito una hipótesis parecida. Con una salvedad: en una de las rutas trazadas ha escrito en signos de interrogación ISRAEL.

Arias le sugiere que añada Bosnia y Herzegovina y una fecha: 1995. Es el final de la guerra —le recuerda al fiscal general— y las guerras que terminan dejan un gigantesco excedente de armamento. ¿No es ese el excedente que entra para ser vendido a guerrilla y paramilitares? —especula Arias.

¿Ha oído el fiscal hablar del tal Mr. Gordon? ¿Douglas Gordon? Habrá que pedir información a la CIA, pedir a Inmigración del DAS las fechas de entradas y salidas del americano, si es americano.

Para introducir un instante de tranquilidad en la tensión que produce estar frente a informaciones inesperadas, el fiscal general le promete a Arias prestarle novelas de Graham Greene y John Le Carré. "Cuando resolvamos este asunto" —le dice.

—En la relación de viajes de Bejarano hay uno particularmente extraño —le dice el fiscal general—. Bogotá, París, Belgrado, Moscú, Bogotá. Y una coincidencia: entre el 20 y 27 de
febrero de 1996, el senador Ramiro Concha se encuentra casualmente en París. El 21 de febrero del mismo año, Bejarano llega
a París, donde hace escala de veinticuatro horas antes de seguir
hacia Belgrado —añade el fiscal general examinando sus papeles—. El 29 llega Bejarano a Bogotá y tres días después viaja a
Managua, vía Panamá, en un vuelo de Copa —recapitula Arias
mirando los restos de hielo en su vaso.

Arias se muestra interesado por la suerte de Marité. Voy hacia la mesa de centro de la sala y le enseño el fax recibido esa
mañana. "COMO EN EL LIMBO, TEMIENDO LA CAÍDA EN EL IN-
FIERNO. Te amo. M." Mueve la cabeza en señal de desaproba-
ción, como si me reprendiera. Pero enseguida pasa a decirme
que Dora de Muñoz lo ha llamado en dos ocasiones, una para
conocer el contenido de la caja fuerte de su hija y otra para decirle que piensa vender el apartamento una vez se aclare el asunto de la sucesión. Es la única heredera de su hija. ¿Había dinero
u objetos de valor en la caja? Sí, le ha dicho Arias. Mil trescientos
dólares y algunas joyas, un certificado a término fijo por diez
millones de pesos y la copia de contratos suscritos con la agencia
"McCaussland's Look". Quiere conocer, si es posible, el contenido del video y Arias dice que se trata, simplemente, como dice
el rótulo, de una fiesta privada. ¿Muy privada? —insiste Dora de
Muñoz y Arias le oculta el verdadero contenido de la cinta. También a mí me lo ha venido ocultando. Cuando le pregunto por el
tema de las imágenes, dice que es otra irrelevante constancia del
narcisismo de la modelo: en imágenes de aficionado, mal edita-
das, Érika se cambia de ropa en un camerino; una y otra vez con
prendas diferentes antes de que la cámara registre la operación
de probarse ropa interior. Un corto segmento la muestra ayuda-
da por Angélica McCaussland, que le extiende las prendas y le
señala un modelo de ropa interior negra de encajes. Angélica ríe,
ríe Érika. Tal vez ría también quien grabó las imágenes. Angélica
se acerca a Érika, que está de espaldas a ella abrochándose el

sostén, y la besa en la nuca. La modelo vuelve a reír. La agente de modelos pasa las manos por la textura del tejido, bordea con los dedos el sostén y Érika gira, hace un divertido gesto de rechazo y acepta el beso de Angélica en la boca que, en los últimos metros de cinta, besa también los pezones de sus pechos. ¿Entonces?, pregunto a Arias. Entonces nada, dice él. Érika consiente, pero lo hace más para complacer a la artífice de su gloria que por su propio placer. Lo que es imposible en dos hombres celosos de su virilidad se hace posible entre dos mujeres que juegan con sus cuerpos. Esta es la teoría de Arias. El video tiene una fecha: 20 de julio de 1994. Modelo y agente vivían entonces su luna de miel. Dentro de la caja de cartón que guarda el casete, Arias ha encontrado una nota, escrita en un papel refundido en el fondo. "Copia para P.A." P. A., ¿Patricio Aldana?

Después de esta visita, Arias se pierde durante una semana. No pasa al teléfono, no contesta su celular. No es justo, me digo. Me llega un lacónico fax de Marité cada día. Eparquio Mora viaja por las montañas de Santander tratando de entrevistarse con la guerrilla del ELN. El poeta Correa deja una nueva nota en mi casillero con un desolador mensaje: no ha podido pasar de los dos primeros versos del poema. A medida que siente la esterilidad literaria más acuciante, lo domina el recuerdo de la hermosa mujer vista fugazmente horas antes de ser asesinada. No lo abandona. Sueña con ella, las palabras huyen, las imágenes se extravían. El poema no será posible. Me dice que ha decidido viajar al Amazonas para reemprender su saga sobre las relaciones armónicas de los indígenas con su entorno. Pretende escribir "una implacable querella contra la idea del progreso". No se va satisfecho. Nada originado en la conciencia del fracaso puede dar aliento al paso siguiente que se da en la vida.

47

ALATRISTE SIGUE SIN HABLAR, PERO RESPONDE A LAS HOJAS de papel que Arias le ha dejado sobre la mesita señalando, rasgando casi con la uña, el nombre de Angélica McCaussland.

—No joda más, Aristides —se enfurece Arias—. ¿Qué quiere decirme? Angélica McCaussland no estaba en su casa a la hora en que se cometió el crimen. Tiene una coartada y ha sido confirmada por el propietario del restaurante "Urbano".

Alatriste mueve negativamente la cabeza y Arias lo sacude. Se arrepiente de haberlo hecho. ¿Es posible que un tartamudo pierda el habla, presionado por el miedo? Se arrepiente de haberlo tomado por la solapa del saco. El tipo señala con el índice el nombre de la agente de modelos y presiona sobre la hoja. Tiene los ojos irritados, a punto de soltar las lágrimas.

—Empecemos de nuevo, Aristides —cambia de tono Arias, rodeado por dos agentes que tal vez no aprueben tanta paciencia, que preferirían ser más expeditivos con el sindicado—. No fue usted quien mató a Érika, fue Angélica —y el hombre asiente—. Pero no es verdad: le repito que ella no estaba en casa cuando asesinaron a Érika, entre las diez y cuarenta y cinco y las diez y cincuenta de la noche —y asiente de nuevo—. ¿Lo hizo usted por orden directa de Angélica, mandada por Aldana? —y esta vez no mueve la cabeza, duda—. No joda, Alatriste, hable o escriba lo que sabe —y Arias le extiende un bolígrafo y una hoja de papel—. Lo presionaron con amenazas para que lo hiciera, ¿es eso? ¿Estaba usted allí en ese apartamento vacío? ¿Quién les dio las llaves?

Con gesto brusco y expresión desdeñosa, Alatriste le da la espalda al fiscal.

—Voy a traerle a Angélica McCaussland para enfrentarlos en un careo —dice Arias—. Tal vez se entiendan mejor juntos.

Alatriste gira de nuevo y se encara con Arias. Su expresión es menos rígida. Da unos pasos adelante, lleva de nuevo el dedo índice a una de las hojas de papel garabateadas por Arias y señala con la uña el nombre de Armando Bejarano.

Habría de pasar un día antes de que Alatriste volviera a dar muestras de no ser mudo, apenas un tartamudo aterrorizado. Ha aceptado tomar una ducha, ha comido, poco, pero ha comido, los rasgos de su melancolía son menos profundos.

—La señorita Angélica me citó a las siete de la noche de ese día en su apartamento. Quería invitarme a comer, me dijo esa tarde. El doctor Bejarano llamó al rato para decirme que debía ir a esa cita. Me dijo que era importante que asistiera, sabía que andaba en apuros económicos y me prometió una buena recompensa. Llegué puntual a la cita. Un tipo que yo no conocía estaba parado en el balcón dándonos la espalda. Era un tipo estrafalario, joven, una visita muy rara en la casa de la señora Angélica. Musculoso, alto, con el pelo largo recogido en una coleta. Raro porque siempre había visto allí gente muy elegante. Ella me pidió que fuera a hablar con él antes de que llegara la señorita Érika. La mesa estaba puesta, solo faltaba servir la comida. Hablé con el tipo y lo primero que me dijo fue que venía de parte de don Patricio Aldana, que con don Patricio no se jugaba. ¿Qué quería?, le pregunté. Que lo acompañara a sacar del camino a esa modelito. ¿Yo, por qué yo?, le pregunté. Porque don Patricio quiere que lo hagas tú —decía Alatriste.

Pese al tartamudeo, su versión era fluida. Y se detuvo en este punto.

Volvió a la sala donde lo esperaba de pie Angélica McCaussland. Aquí tenían las llaves del apartamento vecino. Estaba vacío. Ella se encargaría de convencer a Érika de pasar a verlo, no sería una mala inversión comprarlo, el senador Concha lo vendía a precio de ganga. Alatriste y el muchacho estrafalario estarían esperándolas en el apartamento. "Pueden hacer con Érika lo que quieran antes de matarla, nos dijo la señora Angélica con malicia. Ella se retiraría cuando nosotros saliéramos a darle la bienvenida a Érika" —añadió.

"¿Sabía que la modelo tenía pruebas comprometedoras contra don Patricio, contra Bejarano, contra mí? No me pedía que disparara, me estaba exigiendo que acompañara al muchacho que lo haría. Yerson, se llama. Él quiere divertirse, me dijo la señora Angélica. Usted también puede divertirse, si quiere. Y me miró como si fuera un bicho raro, casi con desprecio."

El muchacho salió del balcón y empujó a Alatriste hacia el pasillo. Se puso un par de guantes de plástico y arrojó otro para Alatriste. Ponételos, marica, le gritó. Abrió la puerta del apartamento vacío con el juego de llaves entregado por Angélica y le mostró la pistola 9 milímetros que llevaba en la cintura. Es una orden de don Patricio —le dijo.

Sintieron la llegada de Érika por el saludo entusiasta de la anfitriona, desmedidas muestras de afecto, dijo Alatriste. Estás divina, le decía la señora Angélica. Le estaba tendiendo la trampa. Y no pasaron cinco minutos: escucharon el timbre en el apartamento vacío y el muchacho ordenó a Alatriste que abriera la puerta. Era el encargado de enseñarle el apartamento a la señorita. Una buena oferta, el precio de venta por debajo de los precios del mercado, debía decir.

Abrió la puerta y creyó sentir en la mirada la sorpresa de Érika. Lo había visto unas pocas veces, él conservaba una vieja foto en su compañía. Nada extraño: la modelo sabía que Alatriste trabajaba para el senador Concha y se explicaba así que le sirviera de guía en la visita a una vivienda de dos pisos que ella, en principio, no estaba interesada en adquirir. Decidió verla por iniciativa de Angélica, inesperadamente efusiva.

¿Cómo la había convencido de aceptar esa cena imprevista? Alatriste no lo sabía. Sospechaba que la agente de modelos le había hablado de Bejarano y que una conversación sobre el antiguo amante siempre interesaría a la diva. Quizá le hablara de trabajo. Tal vez temiera represalias mayores.

De repente, Angélica McCaussland asumió la realidad de su misión y, sin inmutarse, dijo a Érika que la dejaba entre amigos. Fue el momento en que el muchacho llamado Yerson salió de su escondite con el arma en la mano. No se mueva, señorita —recuerda Alatriste que le dijo. En ese instante Angélica salió del apartamento dándole la espalda a la amiga. Primero el desconcierto, después la alarma de una muchacha que todavía no sabía si se trataba de una broma o de una celada. Comprendió que se trataba de lo último cuando dejó de ver a Angélica y se enfrentó a la expresión amenazante del muchacho que decía llamarse Yerson, algo así, Alatriste no recordaba el sonido exacto del nombre, en adelante lo llamaría así, Yerson.

No fue sino el comienzo de una larga, sórdida secuencia de acontecimientos dirigidos por el sicario. Desde el primer momento quiso demostrar que estaba en sus dominios.

Ordenó a Érika sentarse en los primeros escalones de la escalera que llevaba al segundo piso. Quietica, le dijo, acercándole el arma al pecho, subiéndola perversamente al cuello de la modelo.

¿Sabe por qué la tenemos aquí? —le preguntó y ella, perpleja, no acertó a responder. Es una orden de sus amigos. ¿Recuerda al doctor Bejarano, se acuerda de don Patricio Aldana? Me dieron la orden de entretenerla un rato —rió con ganas—. Yo sí sé entretener a las mujeres —fanfarroneó.

Una larga, sórdida secuencia de exhibicionismo y ostentación de poder, reflexionó Alatriste sin mirar la grabadora que tenía enfrente, sin darle importancia a la entrada del fiscal general y el vicefiscal que se acomodaban en sillas cercanas, silenciosos, como si la pérdida de un solo detalle de la narración equivaliera a la pérdida del relato entero, fue lo que interpretó y dijo Arias al hacerme la reseña de aquella sesión desconcertante.

Del mutismo más impenetrable, Alatriste había pasado a la locuacidad de un charlatán.

Yerson empieza a jugar con Érika como si esa fuera la recompensa prometida por sus amos: juegue con ella, haga lo que quiera con ella menos violarla. Alatriste estaba seguro de que esa había sido la orden recibida. Nada de contacto carnal. Humíllela, hágala sentir poquita cosa, destrúyale las defensas, métala en el fango y hágala sentir como una basura.

Alatriste lo había escuchado de boca del tal Yerson antes de que Érika fuera conducida al apartamento vacío. Voy a divertirme con esa hembrita, vamos a divertirnos con ella, marica —le dijo. Vamos a volverla chicuca. El abogado asoció el episodio con casos de secuestro por la humillación que se imponía a la víctima con la intención de reducirla a nada. Eso dijo a los fiscales. Parecido a un secuestro.

El arma roza el cuello de la modelo, pasa por su boca, toca sus ojos, se detiene en la frente. A escasos centímetros, el cuerpo de Yerson toca la cabeza de la muchacha sentada en los escalones. Alatriste mira. El pánico y la repugnancia se acomodan en su conciencia. Estas son sus palabras: el pánico y la repugnancia. Ni siquiera se ha detenido en la belleza de la mujer que vio entrar con Angélica McCaussland, en la minifalda negra, en la blusa verde transparente, en el abrigo de fino tejido negro. Ni siquiera ha podido guardar una imagen de la modelo porque es Yerson quien domina el escenario y se pavonea con el arma en la mano, exigiéndole a Érika que no se mueva.

Ella trata de reaccionar y Yerson la encañona, la empuja, toca con la mano libre las caderas y los muslos de Érika, le echa su aliento en el rostro y le dice que se mantenga quieta.

¿Puedo seguir?, pregunta Alatriste al fiscal. Ahórrese los detalles, le dice Arias. Yerson quiere humillarla, no solo porque le salga de su apetito, sino porque el apetito ha sido estimulado por la orden recibida. De manera lasciva, siempre con el arma en la mano, manosea los pechos de Érika y le pide que camine. Hágalo con ganas, mamacita.

Un gesto de Arias detiene la narración de los detalles que Alatriste quiere ofrecer en su testimonio, no tanto para regodearse en la humillación sufrida por la modelo como para ofrecer una versión exacta del encuentro entre la prepotencia de un joven armado y la indefensión de una mujer de veintidós años.

Yerson dice que tiene ganas de orinar y le entrega la pistola a Alatriste. No vaya a hacer maricadas, le advierte. No podía hacer nada, acepta el abogado. Un solo paso camino de la puerta y el loco ese me cae por la espalda. Ella y él escuchan el largo, sonoro chorro que despide Yerson en el inodoro. Sale con la bragueta abierta, sobajeándose los testículos. Recupera el arma y se aproxima a Érika. Ha visto la maletita metálica al lado de ella y la toma, la abre, explora su contenido: maquillaje, tarjetas de visita, kleenex, toallas higiénicas, un *walkman*. Se muestra feliz con el hallazgo. Un *walkman*. Bromea obscenamente con las toallas higiénicas, apretando una en su entrepierna, simulando dolores menstruales. Bromea con un lápiz labial y se embadurna la jeta sin dejar de reírse. Jeta, ha dicho Alatriste. Mete los audífonos en sus oídos, busca la música y pega un grito de júbilo. Toreros Muertos. Arrincona a Érika contra la pared que da inicio a las escaleras y le pasa los auriculares, se los pone en los oídos. Toreros Muertos, qué bacanería, le dice en la cara, muy cerca de la boca, llevando la mano libre a los muslos de la muchacha. Le toma una mano con violencia y con igual violencia la conduce al interior de la bragueta abierta. Máteme si eso es lo que quiere, le grita ella. Máteme, indio asqueroso.

Yerson se aparta unos pasos de ella. ¿Indio asqueroso, dijo? Vuelve a aproximarse a la muchacha, con la punta del cañón de la pistola le empieza a levantar la breve falda y el arma queda inmóvil presionando el vértice de las piernas. ¿Dijo indio asqueroso? Asesino, grita Érika y Yerson presiona más el arma como si quisiera introducirla en el sexo de la muchacha. Nunca antes en mi vida había presenciado tanta miseria, ha dicho Alatriste.

Evite los detalles escabrosos, le repite Arias, pero parecería que Alatriste necesita de esos detalles para no extraviarse en el flujo del relato. O para ofrecer el verdadero tamaño de la miseria. Arias recuerda haber hallado revistas eróticas en la vivienda de Alatriste y cree que la indignación, el asco del testigo es cierto, como es cierta la irracional predilección por los detalles escabrosos. No es un criminal, es un pobre diablo llevado al escenario de un crimen. Un pobre diablo enfermo girando en la rueda del crimen sin haberlo concebido, aceptándolo porque ya es una presa fácil de sus superiores.

La imprudencia de la modelo, el insulto que ha lanzado al sicario permiten que este se muestre más agresivo. No la golpea. Da vueltas alrededor de ella, la manosea, se instala a sus espaldas y sobajea su sexo contra las nalgas de ella, la pistola puesta en la nuca. ¿Ve, marica, lo que se hace con una hembrita faltona como esta? ¿De qué te sirve la fama, mamacita?

La empuja hacia los escalones y ella queda con la espalda recostada sobre el grueso tejido del tapete, las piernas abiertas. Yerson, cambiando de tono, le dice que le recuerda a su novia. Se pone unas pintas como las tuyas. No me lo da, dice. Nunca me lo ha dado, pero es la mejor mamadora del mundo. Lo mama... —y Arias interrumpe a Alatriste.

En resumen: Yerson obliga a Érika a chupárselo, siempre con el arma apuntándole en el rostro. Se saca el sexo erecto de la bragueta y lo empuja a la fuerza dentro de la boca de Érika.

Arias se molesta y le recuerda al testigo que no son necesarios tantos detalles. ¿Cuánto tiempo ha pasado desde que Angélica McCaussland les entregara a Érika en el apartamento vacío? El apartamento del senador Ramiro Concha, añade Arias. No creo que el senador supiera lo que se hacía en su apartamento, aclara Alatriste. Por algún motivo o pretexto, la McCaussland se hizo a unas llaves, tal vez el senador se las hubiera dejado para que lo enseñara a los interesados en arrendarlo o comprarlo, es el testimonio de Alatriste.

—¿Sabía Concha que su apartamento iba a ser utilizado para la comisión del crimen? —insiste Arias.

—Pregúnteselo a la señora McCaussland —dice con arrogancia Alatriste.

¿Cuánto tiempo ha pasado?

Más de una hora, recuerda Alatriste. Humillación, pavoneo de Yerson. Estaba en su salsa. No dejaba de amenazarme e insultarme, de recordarme que me pagarían por hacerme el marica, mejor dicho, por no hacer nada. Me pagaban para implicarme en el crimen y tenerme atado al árbol de la complicidad, ha reflexionado con lucidez el sindicado, y lo ataron bien atado, dice el fiscal general desde su silla. Llevó el artefacto explosivo a la casa de Irene Lecompte, muy ingenuo usted, creyendo que era un regalo sorpresa. ¿Lo creía? Sí, lo creía. Nunca pensó que era un explosivo. Nunca pensó que quisieran eliminar también a Irene Lecompte. Le sorprendió la recompensa de cinco millones de pesos, el cheque de Eusebio Palma, pero cuando se está con el agua al cuello, ahogado en deudas, se pierde el sentido de las cifras. Cinco millones se pueden perder al *black jack* en una noche. No son nada. Son apenas la ilusión de multiplicarlos en una racha de buena suerte. Había perdido toda noción de voluntad, toda mi autoestima se había ido al piso, ha dicho Alatriste sin mirar a los fiscales, para sí mismo, como si solo se mirara la punta de sus zapatos.

Yerson juega de manera más violenta y perversa con Érika. La obliga a echarse agua en la cara, a enjuagarse la boca, a hacer gárgaras, como si no deseara verla con las huellas de semen que ella, con asco, ha tratado de limpiar, hundida ya en la resignación, ese fondo adonde llega un ser vilmente humillado. Invita entonces a Alatriste a participar en el siniestro juego. Mámesela a este marica, grita. Y me encañona. Sácate la verga, si tienes verga, marica. Me empuja hacia el cuerpo de Érika. Caigo de bruces. Es increíble, dice Alatriste a los fiscales. Alcancé a susurrarle al oído que me perdonara. No por lo que no iba a poder hacer, sino por la sordidez incalificable de todo aquello. Me acerqué a Yerson y le dije al oído que no podía, que desde hacía mucho tiempo no podía hacerlo. A este marica no se le para, dijo en voz alta el sicario. Un viejo marica al que no se le para, ¿se da cuenta, mamacita?

Arias, los agentes, el fiscal general, todos aceptan que Alatriste no puede evitar los detalles de su narración. Yerson dice a Érika que ella no lo recuerda, pero que en muchas ocasiones fue detrás de ella como escolta de don Patricio Aldana. Estaba en la cárcel el día que ella fue a visitar al patrón. Por nada grave. Estaba en la cárcel porque el patrón quería tenerlo unos días a su lado. La vio entrar de visita. Pensó que nunca se cumpliría el sueño de tenerla tan cerca. Se imaginó lo que ella y el patrón hacían encerrados solos en esa celda. Y envidió al patrón. Es que esos manes sí que comen bueno, se dijo.

¿Así que Érika visitó a Aldana en la cárcel? Una vez, que yo sepa, confesó Alatriste. Fue como una semana después de que lo recluyeran en el pabellón de alta seguridad. Un capricho. Deseaba que lo visitaran las mujeres que de alguna manera habían sido suyas. Lo supo por Yerson. Esa vieja visitó a don Patricio en la cárcel y yo estaba muy cerca el día de la visita. Esa noche me masturbé pensando en ella, dijo Alatriste que le había dicho Yerson.

Han pasado casi dos horas. La moral de Érika está por los suelos. Yerson se queda en silencio, se recuesta contra la pared, sentado en el piso, sobre la alfombra. No habla y a Alatriste le resulta angustioso el misterio de esa tregua. El sicario es imprevisible: lujuria, rencor, sobre todo rencor. Una mujer inaccesible, vista siempre de lejos, está ahora en sus manos y a merced de sus caprichos. De su infamia, dice Alatriste. Pasea silencioso con el arma tocándole los muslos. ¿Espera algo? ¿Una señal de sus jefes, una señal de Angélica McCaussland?

Va hacia el teléfono que está en un rincón de la sala, sobre el piso, y es como si la llamada esperada no llegara. ¿Esperaba una llamada? Alatriste dijo que tuvo la esperanza de escuchar el timbre del teléfono. Una orden. Basta ya. Ya le hemos dado la lección. Y no, el teléfono seguía mudo, como Yerson, por momentos de aspecto abatido. Está loco, pensó entonces Alatriste. Solo un loco puede hacer lo que hace este tipo. No le han puesto límites a su juego y él lo lleva al extremo. Entonces saca del bolsillo del pantalón un pequeño sobre, lo abre, mete la uña de un dedo en el contenido, lo lleva a la nariz, aspira y quiere que Érika repita la operación. La obliga a hacerlo: le restriega el polvo de cocaína en la nariz y en los labios. Unta cocaína en las yemas de dos dedos y trata de introducirlos en el sexo de la modelo, pero en realidad no pretende hacerlo, sino someterla a otra de sus bajezas. No se ha quitado de los labios el morado oscuro del pintalabios. Vuelve a pavonearse. La imita y le repite que la ha visto muchas veces, de cerca y de lejos, en persona y en televisión. ¿Podría ser modelo?, le pregunta y se pasea por la sala, amariconando sus gestos. Es la expresión de Alatriste. Tengo buen cuerpo, le dice y, con la camiseta ajustada al tórax, se palpa, pasa los dedos por los brazos, quiere que ella contemple la fortaleza de sus músculos. Ha desatado la coleta y los largos cabellos negros se agitan en movimientos casi afeminados.

Son pocos los acontecimientos que se suceden, repetidos, en esa noche de espanto, pocos si se piensa que han transcurrido más de dos horas. Yerson no toma la decisión de disparar sobre Érika, si esa es la orden que le han dado. El repertorio de humillaciones se le agota. Eso cree Alatriste. Ha creído en algún momento que Érika está a punto de desmayarse. Ojalá se hubiera desmayado. Algo hubiera cambiado. No el destino final. Algo, dice el abogado.

Hace una pausa en el relato, dirige la mirada hacia el fiscal general y le pregunta si él cree que está loco. ¿Cree que estoy loco?, insiste. ¿Puedo negociar la pena?, quiere saber.

El fiscal no le responde. Seguramente sí, le dice Arias. ¿Van a protegerme como es debido? El fiscal general asiente. Vuelve la vista hacia Arias y le dice: Tenía usted razón, quería suicidarme. Usted no sabe lo que es sentirse absolutamente perdido. Del mundo, de la propia vida. No soy un hombre malo, está a punto de sollozar. Resulta que hace tiempo perdí las ganas de vivir. No he hecho nada distinto a lo que han hecho muchos, así que no me juzguen por lo que haya hecho para servir a mi amigo el senador Ramiro Concha.

—¿Y el senador Concha?, le pregunta Arias.

Alatriste no responde.

Son los últimos vestigios de lucidez de un hombre que se hunde en sus culpas.

Yerson decide entonces el comienzo del acto final. Érika lo ha rechazado con brusquedad, con las últimas energías que le quedan, cuando él ha tratado de introducirle una mano entre las piernas. Y ha estado a punto de golpearla con el arma. Suspende el movimiento. Se enfrenta a la mirada extraviada de la muchacha, toma el *walkman,* retira los auriculares. Se lo lleva a una oreja, acciona el *play,* sube el volumen. Descubre que contiene un casete de *Gipsy Kings.* Baile para nosotros, ordena. Y le apunta. Érika no baila. Se mueve como si estuviera narcotizada del pánico. Cuando baila, primero con desgano, después con una especie de orgullo incomprensible, no lo hace mirándonos, recuerda Alatriste. Lo hace para sí misma, alentando la esperanza de que después de tanta humillación quizá sea liberada. Baila y Yerson le ordena que vaya quitándose y arrojando al piso sus prendas. Alatriste no puede entender por qué Érika, de un momento a otro, sacó aliento para seguir en la danza. Yerson se había tranquilizado un poco y la miraba absorto. Quizá pensó que el efecto de la danza podía ser un sedante para el estado de excitación del sicario, que después podría acercarse a él y pedirle clemencia. El instinto no tiene a veces lógica y menos el instinto de vida, dice con severidad Alatriste.

A unos pocos metros, sentado con las piernas abiertas en una vieja butaca, Yerson dispara dos veces contra el cuerpo de Érika. Parece haberse dado cuenta de la transparencia del velo y me exige que apague las luces. Una loca exclamación de júbilo. Se levanta de un brinco. Arrastra el cadáver hacia la zona de sombra. Va al baño de visitas, corriendo, y vuelve con restos de una esponja amarilla. La arroja a Alatriste. Le ordena mojarla y restregar el piso, limpiar la alfombra. Lo hace con gritos, blandiendo el arma. Hay que sacarla de aquí, botar el fiambre por el hueco ese. Yerson dice que esa ha sido la orden de doña Angélica. Envuelvan el fiambre con sus chiros y bótenlo por el *shut* que está a la derecha del pasillo. No le quiten nada de lo que lleva.

Arias le hace un gesto enfático. Basta, dice. Conocemos el resto.

Mira al fiscal general, como si lo consultara. El fiscal mueve la cabeza.

Arias me diría que no conocía en su superior esa expresión de perplejidad. Descanse, Alatriste, acertó a decirle. Alzó la mano hacia atrás y con los dedos hizo un gesto equivalente a Corten.

La confesión de Alatriste había sido grabada y filmada. Copias de las cintas me las enseñó Arias dos semanas después.

Se grabó y filmó la declaración jurada de Irene Lecompte, protegida en una casa de seguridad de la Fiscalía. Sabía hace

tiempo de las dificultades de su amiga Érika. Se sentía acorralada. Bejarano la llamaba para decirle que también ella, en muchos
sentidos, podía ser sospechosa de recibir dineros que, por otra
parte, no había rechazado: el anillo de diamantes, la camioneta
Burbuja. También ella podía sufrir un día un accidente, la amenazaba Bejarano. Pasaba de la dureza a la extrema amabilidad.
Podríamos ir a cenar, hacer otro viaje juntos. Érika se negaba.
Le rogaba dejarla tranquila. Le prometía irse del país, perderse
para siempre. No haría nada contra él, no diría una sola palabra
en su contra. Pero Bejarano la sometía a otra clase de tortura:
la hacía seguir de manera que ella se sintiera vigilada. La vigilancia era retirada por unos días y, de nuevo, tenía a dos tipos que
la seguían a todas partes. Cambiaba su estrategia y se mostraba
cariñoso. El que sabemos quiere que lo visites en su *suite*, le pidió un día. Y "el que sabemos era Aldana" y la *suite* era su celda
en la cárcel Modelo. Aceptó visitar a Aldana. Sabía que era algo
más que una visita de cortesía. Pero Aldana no le exigió hacer
el aimor. Le pidió, en tono suplicante, que se desnudara ante él,
decía Irene que le había contado Érika.

Irene dijo que antes de que asesinaran a su amiga, Bejarano
la había llamado. Quería invitarla a un paseo campestre. Nada
especial, un almuerzo de amigos, porque, ¿somos amigos, verdad? Y ella aceptó. Tenía miedo. No se lo dijo a Érika. Antes de
salir de su apartamento, escribió en una hoja de papel un mensaje para nadie: Voy a dar un paseo, invitada por Armando Bejarano. Y abajo, a manera de posdata, escribió la hora y fecha.
Cuando regresó del paseo, recogió la nota, la dobló y la guardó
en su billetera.

Salieron de Bogotá por la Autopista del Sur. Bejarano le propuso que podían llegar a Chinauta, conocía un hotel hermoso.
El día era espléndido. La tierra caliente era la mejor alternativa
para un viaje de placer. Eso dijo Irene que le había dicho Bejarano cuando ella aceptó el viaje a Chinauta. Creyó que él la presionaba y, en verdad, lo estaba haciendo. En su carro deportivo,
Bejarano la intimidó conduciendo a velocidad de vértigo. Y no
la llevó a Chinauta. Desvió la ruta. Se devolvió haciendo manio-

bras de loco. Trató de tocar la pierna desnuda de Irene y no se molestó cuando ella rechazó el avance de la mano. Fue cuando le dijo que tuviera cuidado con sus amistades, Érika era una mujer demasiado ambiciosa e imprudente. ¿Por qué no convencerla para que se largara del país? Él podía ayudarla, decía, conduciendo temerariamente y sin rumbo por carreteras y caminos destapados de la sabana.

La devolvió a su casa al atardecer. ¿Sabía ella —le preguntó Bejarano a una Irene desconcertada— con qué clase de fuego jugaba? Era una advertencia, confesó ella. Desde entonces —temió— lo que le sucediera a su amiga podía sucederle a ella.

¿Qué sabía de Concha si se tenía en consideración que había sido amiga íntima del senador?

Nada, no sabía nada. En esos pocos días no fue más allá de la superficie de un hombre en muchos sentidos fino y considerado. Lo que sabía lo sabía por las preocupantes confidencias de Érika. Es comprensible que una mujer cuente a otra sus preocupaciones y estas acaben siendo propias.

Angélica McCaussland la presionaba tratando de sacarle algo sobre Érika, pero Irene evadía esta clase de intromisiones. La mujer pretendía alimentar en Irene el sentido de la competencia o de la vanidad que la condujera a traicionar a la amiga exitosa. Una sencilla operación de imagen la llevaría al estrellato, le decía Angélica McCaussland. Los días de Érika estaban contados. ¿Por qué no se dejaba conducir al estrellato? Dos, tres desfiles, una campaña concebida para imponer a una nueva estrella en el firmamento de las *top models* relegaría a Érika a un segundo plano. Una cosa era la amistad y otra la conciencia del valor propio. Ella, Irene, hasta la fecha una modelo conocida, pero no exitosa, tenía la oportunidad de dar el gran salto. Juéguesela, hermana, le decía la McCaussland. La vida de una modelo es demasiado corta. ¿Le había dicho Érika algo comprometedor contra Bejarano, contra Aldana, contra ella? Esa muchacha ambiciosa no tenía ni idea del juego que jugaba. ¿Cómo se le ocurría tirar piedras contra su propio tejado, volverse vengativa y amargada con el hombre que le había ofrecido su confianza?, dijo Irene al fiscal Arias al evocar las presiones de que fue objeto Érika. Y este conoció el tamaño del odio que la modelo guardaba hacia su antigua agente.

Arias hizo una pausa, bebió el café frío que reposaba en la mesa de la pequeña sala de un no menos pequeño apartamento, desabrido y sin personalidad, el lugar donde Irene era protegida en calidad de testigo excepcional en el expediente abierto contra Bejarano y la McCaussland. Recordó lo que yo le había contado sobre la noche en que Irene durmió en mi apartamento. ¿Por qué, de manera tan fácil, aceptaba dormir en casa de un extraño, aunque el extraño fuera amigo del fiscal? Porque se sintió protegida y al mismo tiempo acorralada, de allí su decisión de entregar al fiscal uno de sus secretos: la fotografía que guardaba en una caja de concentrados para perros.

¿Qué pretendía cuando se empecinó en reconstruir la escena del crimen y dar pistas que podían señalar a Angélica? Era una mujer alta de cabellos largos y pechos planos. ¿Quiso inculparla antes de que se esclareciera el crimen?

Aceptó que lo había hecho por odio hacia la agente de modelos, pero también por la fuerza de una vaga sospecha. Angélica le enviaba señales amenazantes.

Reconstruyó su pasado, innecesario en la investigación. Habló de sus miedos crecientes, sobre todo desde el día en que su amiga fue asesinada. Temió por su futuro de modelo. Una refacción del rostro y de la piel afectados por el accidente no bastaba para recuperar el sitio que deseaba seguir ocupando en la profesión. Empezaría a ser señalada por el accidente, relegada, sometida al vaivén de las vacilaciones. La dejarían asomarse a las puertas del oficio, pero se las cerrarían cuando se abriera en ella la esperanza de triunfar. Otras muchachas empujaban desde abajo. Era lo que le repetía Angélica. Tengo la influencia y el poder de elegir a las estrellas. Ninguna, sin una señal de mi mano, puede subir más allá de lo que yo quiera, le repetía Angélica.

Tal vez cumpliera su sueño de irse al exterior y estudiar diseño de modas. Quería decir, sin encontrar las palabras, que todo a su alrededor se estaba pudriendo. Los hombres, exclamó con un suspiro. También ellos se acercan para contagiarme con la podredumbre. No soy una mujer, soy un cuerpo que es preciso devorar de prisa. ¿Sabe que no tengo novio ni amante desde hace más de un año?, dijo.

Extrañaba la ternura de sus primeros amores antes de que un poco de fama llegara a su vida. No eran ciertos los rumores malintencionados que se encargaron de difundir las periodistas de la farándula y sus rivales. Ese cuerpo era suyo. Una pequeña corrección en la nariz, tratamientos contra la celulitis. Todo lo demás era suyo.

Clemente pudo haber suspendido el relato en esta parte de las confesiones. No lo hizo. Le exponían el alma de una muchacha que parecía despertar de un mundo ilusorio y abría los ojos para verse a sí misma con la implacable lente del escepticismo.

No soy del todo inocente, le dijo. Recibí favores, aceptó mirando a Arias a los ojos. Regalos, quiero decir. No importa, le dijo Arias. Todos, de alguna manera, recibimos regalos por hacer un poco más de lo que deberíamos hacer con nuestra vida.

Una cosa, más que las otras, conmovió a mi amigo.

Irene le preguntó si la encontraba bella. Después del accidente, precisó ella llevándose las manos al rostro y al cuello, como si repasara con el tacto la evidencia de su belleza. Lo conmovió escuchar en labios de Irene la precisión de una pregunta: Usted no está interesado en aprovecharse de mí; dígame sinceramente si cree que sigo siendo hermosa.

48

La Fiscalía expidió orden de aseguramiento sin beneficio de excarcelación contra Angélica McCaussland y Armando Bejarano.

La primera fue acusada de complicidad en el asesinato de Érika Muñoz gracias a testimonios de Aristides Alatriste.

Bejarano fue detenido en su oficina del Trade Center acusado de haber sido uno de los autores intelectuales del crimen. Presionada por la Fiscalía, que le prometió rebaja de pena por colaboración con la justicia, la señora McCaussland confesó que fue Bejarano quien impartió la orden de asesinar a la modelo. Los perros que antes se acariciaban con el hocico y las patas, empezaban a morderse con ferocidad implacable.

¿Por qué aceptó llevar a Érika a una celada y a manos del asesino?

Pasaron tres días antes de que la agente de modelos confesara que mantenía vínculos ilícitos con Bejarano.

¿Qué clase de vínculos?

Angélica McCaussland desenredó en parte el apretado hilo de la madeja. Sus actuaciones estaban hipotecadas a la voluntad de Bejarano desde el día en que aceptó la comisión que este le ofreció por traer en su equipaje, desde Panamá, un millón de dólares en efectivo. Su agencia estaba en crisis, la liquidez de la competencia era mayor que la suya. Si no invertía en imagen pronto, su agencia sería una antigualla. Las multinacionales del negocio empujaban, empujaban las agencias de publicidad y las inversiones en el mundo del espectáculo eran más altas. Una in-yección de capital, le propuso Bejarano.

¿Cómo recibir esa inyección de capital? Aceptando mi ofer-ta. Podrías viajar con pasaporte diplomático.

¿Cómo?, se alarmó ella. Tengo mis amigos en la Cancillería —le aseguró Bejarano—. Tengo mis contactos en el aeropuerto —le aseguró.

Y los tenía.

¿Dólares de Bejarano, dólares de Aldana? Tal vez de Aldana, dijo. Desde aquel día, una soga bien anudada la amarró al tronco de Bejarano.

¿Por qué precisamente Érika?

Porque lo que Érika sabía de Bejarano, lo que sabía de Alda-na, la condenaba también a ella. Se dio cuenta de que ya no era libre sin concebir la idea de sacar a Érika del camino. Se lo dijo Bejarano, se lo mandó a decir Aldana. Saque a esa muchacha de las cámaras, apáguele las luces, devuélvala a la oscuridad, dijo en tono sarcástico. Las metáforas, recordó, eran de Bejarano.

Esa muchacha ambiciosa e imprudente podía salirse con las suyas.

¿En qué punto, con qué vínculos había empezado la próspe-ra empresa de Bejarano?

No se lo puedo asegurar —dijo al fiscal general—, pero es posible que Bejarano moviera el dinero de Aldana. Sobre todo a partir del día en que Aldana ingresó a la cárcel para manejar los hilos de su fortuna. Posiblemente antes.

¿Qué quería significar con "movía el dinero de Aldana". Lavaba e invertía, prestaba su red de cuentas en el extranjero, creaba empresas fantasmas, creo. No le constaba. Solo sabía con certeza que Bejarano compraba diamantes en Ámsterdam y esos diamantes iban a parar a las cajas de seguridad que él tenía en bancos de Suiza y Luxemburgo. ¿No era una inversión segura? Era solo una sospecha. Lo escuchó jactarse, en el curso de una fiesta, de la manera como un cheque de un millón de dólares ha-bía dado la vuelta al mundo. De Panamá a Tokio, de Nueva York a Las Bahamas, de las Islas Caimán a Panamá. Un verdadero crucero. La transferencia golondrina había caído en manos de amigos de Managua.

Lo escuchó decir que, valiéndose del escritor Óscar Collazos, residente en Barcelona desde hacía doce años, y a quien había conocido en un vuelo de Bogotá a Madrid, había utilizado sus conocimientos e influencias en el medio para contratar a un perito que certificaría sobre la autenticidad de un Picasso avaluado en novecientos mil dólares, cuadro que ya estaba en poder de Aldana. Collazos, incauto halagado por el hombre de finos modales que decía haber leído su última novela; no exactamente muerto de hambre, pero sí necesitado de una ayuda que le permitiera el sosiego necesario para escribir un próximo libro, le había trazado el puente que lo llevaría al perito, el célebre "picassista" Jaume Dalmau i Galofré. El Picasso, procedente de un museo de Pittsburgh, no solo era auténtico —dictaminó el crítico en el restaurante La Puñalada, de regreso a Barcelona después de haber visto la obra en Bogotá— sino una de las mejores obras que el genio de Málaga había consagrado a sus maternidades. Bejarano dijo a Collazos que era solo un intermediario en los caprichos de ese amigo industrial que por fin se decidía a tener un cuadro célebre en su residencia de Cali.

Arias me dijo que la última parte de esta confesión no lo alarmaba: todos, de alguna manera, éramos cómplices atrapados en algún agujero de la malla vial tejida por el narcotráfico y por hombres como Bejarano.

¿Sabía si Aldana andaba involucrado en el negocio de armas?

No lo sabía. Lo aseguró y se mostró sorprendida con la pregunta del fiscal.

¿Había oído hablar alguna vez de un tal Douglas Gordon?

¿Douglas Gordon?, trató de hacer memoria. Y recordó el nombre, recordó al hombre que la había esperado la última vez en el aeropuerto de Panamá, por sugerencia de Aldana. Un gringo alto, fuerte y atlético, de unos sesenta años. No sabía más de él.

El fiscal general, asistido por Clemente Arias, le recordó que las respuestas de esta indagatoria se incluirían como pruebas en el expediente abierto a Armando Bejarano. La Fiscalía adelantaba una investigación más profunda y larga, con ayuda de la Agencia Central de Inteligencia y el Departamento del Tesoro de los Estados Unidos, en la cual Armando Bejarano aparecía como agente en el lavado de activos, es decir, como la lavandería de los capitales de Patricio Aldana.

La investigación iba más allá: Bejarano trabajaba desde su oficina del Trade Center y a través de sus cuentas bancarias en la importación de armamento destinado a grupos paramilitares. ¿Por qué no también a la guerrilla?, dijo. Es un mercado más. Armas que entran por el golfo de Urabá, por las costas del Pacífico, por las playas de la Guajira, por cualquier parte. Barcos que exportan cocaína e importan armas. Plata que se mueve y se lava sin dejar huellas. Vea, le dijo a Arias el fiscal general. No era una evidencia. O si lo era, no bastaba para comprometer a Gordon. Los servicios de inteligencia de Costa Rica habían remitido a la Fiscalía el informe que daba cuenta de las entradas y salidas del americano por sus fronteras. Una foto lo mostraba en compañía del general Noriega, otra, en Miami, en el pequeño grupo de "contras" que conspiraba contra el gobierno sandinista de Daniel Ortega. Gordon, dijo a los costarricenses el ministro del Interior nicaragüense, es ficha de la CIA y del narcotráfico. Gordon, escribió el vicepresidente de Nicaragua Sergio Ramírez, juega dos cartas: lo protege la CIA, lo persigue la DEA. Gordon, supo el fiscal general mediante informes llegados a su despacho años después de la invasión a Panamá y de la captura de Noriega, se ha convertido en una rueda suelta. Se presume que mantiene vínculos informales con servicios de inteligencia de Israel y que ofrece sus servicios como instructor de fuerzas irregulares, grupos de autodefensa, ejércitos de la extrema derecha. Gordon entró por primera vez a Colombia —presumía— con el equipo de asesores de Azriel Heim que dio entrenamiento militar y estratégico a grupos de autodefensa.

Gordon estaba involucrado en el negocio de Bejarano, concluía el fiscal general.

Los informes de la embajada norteamericana daban cuenta de Douglas Gordon (62), coronel retirado, destinado durante diez años en el Comando Sur de Panamá. Entraba con frecuencia a Colombia. Había sido instructor de la "contra", la organización armada antisandinista, entre 1985 y 1986, presumiblemente en algún lugar del río San Juan, en la frontera de Costa Rica con Nicaragua. Se le conocía cierta cercanía con el general Noriega de Panamá, pero se creía que había declarado en su contra cuando se hizo el juicio al general. Gordon era amigo y acaso socio de Armando Bejarano, esta fue la información filtrada desde la embajada de los Estados Unidos de América en Bogotá.

No era esta una acusación en firme. La única acusación era aquella que implicaba a Bejarano en el crimen de Érika Muñoz y en el atentado contra Irene Lecompte, crimen y atentado criminal que ella, Angélica McCaussland, aceptó horrorizada —dijo— cuando Bejarano los presentó como actos de legítima defensa.

Alatriste, desesperado, hundido en su propia conciencia o en el pantano de su mediocridad, había aceptado ofrecer testimonios que comprometían a Aldana. Ya no tenía nada que perder, dijo a la Fiscalía.

¿Estaba ella, Angélica McCaussland, en condiciones de aceptar sus relaciones en un más denso y grave tejido de actividades criminales?

Se limitaría a acusar a Bejarano en los casos de homicidio y atentado terrorista, aceptó. La idea del regalito bomba a Irene había sido de él.

Arias se reservaba una última pregunta.

Si las investigaciones preliminares señalaban al senador Concha como un enlace entre Bejarano y los grupos de Autodefensa, es decir, los ejércitos paramilitares, ¿no sería lógico preguntarle, señora McCaussland, si la copia de las llaves del apartamento perteneciente al senador Concha le fueron voluntariamente suministradas por él?

Angélica McCaussland dijo rotundamente que no. —Entonces, ¿por qué comprometer al senador en el asunto?

Se había valido de la amistad y la confianza de Concha para utilizar su apartamento como escenario del crimen. Nunca estuvo al tanto de nada, ni del crimen ni del atentado contra Irene

Lecompte. Le voy a ser franca —dijo a los fiscales—. El senador me dijo que esa era la peor cagada que le habían hecho.

—¿Quién quería hacerle la cagada? —pregunta con pudor Arias. Y Angélica vacila, mira al fiscal y decide jugar una nueva carta a su favor.

—Aldana —dice—. No estaba contento con las gestiones que el senador Concha había hecho para tumbar el proyecto de ley que revivía la extradición de nacionales. Concha disponía de recursos para hacerlo y parece que al final salió con un chorro de babas. Se abstuvo en la votación final, de la que salió aprobada la extradición sin efectos retroactivos —estaba diciendo con voz segura—. Lo supe después, por terceras personas.

—¿Por terceras personas?

—Por Armando Bejarano —dijo, tirando su última carta—. Implicar al senador, convertirlo en cómplice, ésa fue la jugada de Aldana.

Arias rió para sus adentros. Si Concha, como se empezaría a ver semanas después en los informes de Inteligencia de las agencias norteamericanas y en los pocos informes en poder de la Fiscalía, estaba también amarrado al tronco de Bejarano y al robusto árbol de Aldana, no le esperaba suerte distinta a la reservada a sus socios. Si el senador era en verdad el enlace entre Bejarano y los paramilitares, se quedaría como pieza clave en el circuito que se abría y cerraba en Aldana. Concha tenía razones para mantener sus alianzas y la más poderosa era la evidencia, hasta entonces oculta, de sus propiedades en la vasta zona bananera del Urabá donde los paramilitares habían desalojado a la guerrilla que extorsionaba a los grandes propietarios de tierras, donde los narcotraficantes compraban a precio de ganga territorios que pertenecieran a campesinos aterrorizados, desplazados a la fuerza y ahora parias en el incesante éxodo de miles y miles de colombianos.

La Fiscalía guardaba celosamente entre miles de copias de cheques almacenadas en los últimos dos años, cuatro girados a la campaña de Concha en las elecciones de 1994. Alatriste los había convertido en fácil moneda de circulación para pagar favores a caciques políticos que llevarían el voto popular a las arcas de Concha. El testimonio de Alatriste no desmentía el hecho, lo corroboraba, pese a que el abogado, ya consciente de su suerte, no deseara escupir para arriba ni tirar piedras sobre su propio tejado. Era como si en un último instante de lucidez no deseara más que salvarse. Salvarse días después de haber pensado en la medida redentora del suicidio.

Si Aldana pretendía restar en la suma de penas que le caería encima, no tendría escrúpulos a la hora de señalar a su socio, el senador Ramiro Concha. Favor, por favor, dijo el fiscal general.

Si Aldana ha seguido delinquiendo después de la reforma constitucional que autoriza la extradición, se puede llegar a un acuerdo o ponerlo ante la disyuntiva de preparar maletas de viaje hacia Estados Unidos o quedarse entre nosotros, a condición de que señale a Bejarano y a Concha. No será difícil convencerlo si la suma de las penas se reduce al restar su colaboración con la justicia —decía el fiscal general. Aldana está enfermo. Una úlcera en el duodeno lo atormenta tanto como la posibilidad de una condena de treinta años. Sabemos que se deprime con frecuencia, que sus ciclos del ánimo se alternan entre la soberbia y el desasosiego. Se hace visitar por antiguas amigas y estas salen de la celda con la impresión de haber visitado a un enfermo, tal es su desaliento.

Este es otro expediente, digo a Arias.

—¿Me sirves un whisky? —ordena—. Jim Beam —exige. Pregunta por Marité. Han pasado quince días y las noticias de ella siguen siendo lacónicos mensajes de fax. Día a día pierden su densidad, se adelgazan y tengo la sensación de que reducen el entusiasmo de esos primeros mensajes cifrados. La llamo a casa de la hermana y esta dice que no está, que se encuentra en casa de amigos. Con el registro de la hora me llega un fax mucho más lacónico que el anterior. Añoro entonces su voz. Ningún papel la reemplaza. Llamo a primera hora de la mañana siguiente y la hermana dice que Marité acaba de salir, que se ha ido a pasar el día en una cabaña de La Guaira, que tal vez haya oído hablar del escritor Juan Carlos Santaella, es precisamente él quien la ha in-

vitado a conocer la colección privada de arte del político Teodo-
ro Petkoff. No sabe a qué horas regresa, me dice la hermana. Tal
vez se quede a dormir en La Guaira. Tal vez Santaella la traiga
a casa en las primeras horas de la mañana. Busco en la imaginación un rostro que identifique al tal Santaella y no encuentro
sino la borrosa imagen de un apuesto desconocido bronceado
bajo el sol del Caribe.

—¿Qué va a pasar con Irene Lecompte? —cambio de tema.

Si empiezo a ofrecer a Arias el paisaje de mis dudas, la in-
cógnita prolongada que dibujan los breves mensajes de Marité,
acabaré por pedirle que sea mi paño de lágrimas.

—Va a declarar contra Bejarano —dice Arias—. Se irá del
país por un tiempo. Ah —dice sin entusiasmo—, Alatriste identificó al tal Yerson. No lo pagaba Aldana, lo pagaba Bejarano.
Entraba y salía de la cárcel con la complicidad de los guardianes.
Pagados por Aldana, por supuesto. Una especie de mensajero.
En realidad, se llama Jonathan Alexander Osario. Si no lo matan
antes, será un testigo clave en el proceso contra Bejarano y Aldana. ¿Me muestras el último fax de tu esposa?

Quería apuntar y dar en una herida que se abría, todavía sin
sangrar. Me levanté, subí a mi estudio y le extendí la hoja de papel. "El bosque no dejaba ver el árbol. Te quiere, M."

¿Dónde estaba el misterio?

Estaba en la despedida. Desde hace cinco días no escribe "Te
ama". Escribe: "Te quiere". Y desde hace días me digo: Te amo, no te
quiero, como pretendía decírselo en las épocas de nuestras disputas.

—No ha pasado tanto tiempo —dice Arias y yo pienso que
ha pasado más tiempo del que él imagina.

Le pedí cambiar de tema.

En unos pocos días extrañaría el suspiro de alivio que me
producía sentir que Marité salía del apartamento. Extrañaría
las disputas, las frases insultantes, los deseos obscenos, la húmeda hierba de los desvíos, el amor apresurado en cualquier
parte. La estaba perdiendo. A menos que todo fuera una estrategia —simular indiferencia—, sentía que empezaba a perderla.
Una ironía dolorosa: durante casi seis meses alimenté la idea de

perderla y ahora que esa idea venía de ella, de su conducta, del progresivo enfriamiento de su correspondencia, una inquietud igualmente dolorosa me quitaba el sueño. Jugué el juego de la soledad y ahora empezaba a sufrir con la perspectiva de saberme solo. Mis cartas no estaban marcadas. Marité tal vez hubiera marcado las suyas y guardado ese as, el que ahora aparecía en sus mensajes. Se abreviaban. Eran casi telegramas, distintos a las farragosas cartas salpicadas de insultos y deseos y zalamerías que ella dejaba en el casillero de mi edificio o hacía deslizar debajo de mi puerta.

Su viaje a Caracas, propuesto por mí, ¿era el comienzo del final, decidido ahora por ella? Tal vez. Pero este tal vez es el signo de la incertidumbre que me aqueja y que Arias quiere conocer, que yo oculto, por orgullo o prudencia o por las dos cosas. Una cosa, me digo, es arrojarse voluntariamente al abismo y otra muy distinta sentir que te empujan hacia él.

¿Es esta la naturaleza del amor? Un ego que decide, un ego que deplora cuando deciden por él? Quizá esté fingiendo y solo desee enfrentarme al sentimiento de pérdida. Quizá, Clemente, sea una estrategia malévola. Invertir los papeles: el hombre que clamaba por la ruptura, clama ahora por la reconciliación. O por la calidez de un nuevo mensaje, la explosión verbal de un deseo, no esa educada manera de recordarme en dos mensajes diarios que sigue viva y paulatinamente indiferente.

Veo venir, Clemente, tiempos borrascosos.

—¿Sabes algo de Mora? —quiere distraerme. Y le digo que el periodista Mora, ya de regreso de las montañas donde ha entrevistado a jefes guerrilleros, no sale de la pena: un irresponsable ha envenenado a su perra y él quema, cada noche, en el balcón de su apartamento, página a página, el articulado de la Constitución Política de Colombia. Grita, a quien quiera escucharlo, que Constitución no era una perra, sino la única amiga que le ladraba a sus penas.

Veo venir, Clemente —le repito—, tiempos borrascosos —pero él exige que le sirva otro trago.

Me levanto, voy a la cocina y de regreso me detengo en la visión de la ciudad, el monstruo que se extiende ante mis ojos como un desconcertante territorio de luces y sombras, luminosa y sombría al mismo tiempo, catastrófica y prometedora.

Clemente llama mi atención.

—Deberías abrir una Agencia de Investigaciones Privadas.

Me resisto a darle la cara. Siento que los ojos se me humedecen.

CARTAGENA DE INDIAS, SEPTIEMBRE DE 1999

CONTENIDO

9   CAPÍTULO 1

21   CAPÍTULO 2

29   CAPÍTULO 3

31   CAPÍTULO 4

37   CAPÍTULO 5

39   CAPÍTULO 6

49   CAPÍTULO 7

61   CAPÍTULO 8

69   CAPÍTULO 9

81   CAPÍTULO 10

85   CAPÍTULO 11

89   CAPÍTULO 12

99   CAPÍTULO 13

105   CAPÍTULO 14

113   CAPÍTULO 15

121   CAPÍTULO 16

125 CAPÍTULO 17

127 CAPÍTULO 18

135 CAPÍTULO 19

143 CAPÍTULO 20

149 CAPÍTULO 21

153 CAPÍTULO 22

157 CAPÍTULO 23

161 CAPÍTULO 24

167 CAPÍTULO 25

169 CAPÍTULO 26

181 CAPÍTULO 27

185 CAPÍTULO 28

187 CAPÍTULO 29

191 CAPÍTULO 30

197 CAPÍTULO 31

203 CAPÍTULO 32

211   Capítulo 33

217   Capítulo 34

219   Capítulo 35

223   Capítulo 36

229   Capítulo 37

233   Capítulo 38

237   Capítulo 39

241   Capítulo 40

247   Capítulo 41

251   Capítulo 42

253   Capítulo 43

255   Capítulo 44

259   Capítulo 45

269   Capítulo 46

275   Capítulo 47

291   Capítulo 48

Esta obra se imprimió y encuadernó
en el mes de febrero de 2013, en los
talleres de Jaf Gràfiques S.L.,
que se localizan en la
calle Flassaders, 13-15, nave 9,
Polígono Industrial Santiga,
08130 Santa Perpetua de la Mogoda